Amare con gli occhi aperti

Lianka

Questo romanzo contiene materiale protetto da copyright, pertanto qualsiasi utilizzo illecito e qualsiasi distribuzione non autorizzata costituiscono una violazione dei diritti dell'autore che sarà civilmente e penalmente sanzionata secondo quanto previsto dalla Legge 633/1941 e successive modifiche.

Questo romanzo è frutto della fantasia dell'autore. Qualsiasi riferimento a situazioni, persone, cose, luoghi ed eventi è puramente casuale.

2022 © Lianka
Tutti i diritti riservati
ISBN: 9798843370497

Capitolo uno

La giornata non era iniziata bene, ma erano mesi ormai che andava così, forse anni, non ricordavo neppure quando era stata l'ultima volta che mi ero svegliata con il sorriso. Svolgevo un lavoro che non amavo, mi serviva solo per avere una mia indipendenza e pagare i conti e le bollette, eppure ogni giorno diventava sempre più difficile fingere che andasse tutto secondo i piani. Non avevo una direzione, non avevo uno scopo, proseguivo nella mia vita come se appartenesse a qualcun altro. Quando avevo smarrito la strada? Ero una semplice insegnante delle superiori, niente a che vedere con la mia perfettissima madre, stimata docente universitaria, con così tante pubblicazioni e insignita di così tanti premi accademici che probabilmente le avrebbero intitolato l'università in cui lavorava; né con mio fratello, genio della medicina, forse il più giovane dottore ad aver scoperto una cura sperimentale per una delle peggiori malattie. Io, Minerva Argento, trentasei anni, avevo ancora tanto da imparare.

Fin da piccola avrei voluto dimostrare a mia madre che ero degna del suo affetto. A scuola mi impegnavo a prendere i voti migliori, ma non sempre ci riuscivo; una parte di me era sognatrice, un'artista. Ricordo quando mia zia mi portò in un laboratorio di ceramiche per vedere come venivano create: fu uno dei giorni più belli della mia vita. Rimasi incantata, anche io volevo dare forma a un oggetto unico e animarlo con i colori, ma mia madre non avrebbe mai approvato.

Mi diplomai al liceo classico e mi iscrissi alla facoltà di Lettere. Mi laureai con 110 ma senza lode. Forse non sarei mai stata eccelsa in qualcosa, e quel senso di non essere abbastanza mi accompagnava ancora alla soglia dei quarant'anni.

Guardai l'orologio e mi resi conto che era tardissimo, il preside della scuola privata in cui insegnavo da qualche anno non avrebbe apprezzato un ennesimo ritardo. Mi catapultai fuori casa, con una mano chiusi la porta a doppia mandata, con l'altra tenevo in equilibrio la cartellina con i compiti corretti che quel giorno avrei riconsegnato ai miei studenti. Quando arrivai a scuola notai uno strano fermento nella sala professori, capannelli di colleghi che parlottavano. Nessuno mi degnò di uno sguardo né mi rivolse la parola. Ero abituata a essere ignorata. Mi avvicinai alla collega di matematica e le chiesi che cosa stesse succedendo. Mi rispose che il preside aveva confidato alla vicepreside che mancavano i fondi e la scuola rischiava di chiudere. Nel giro di pochi mesi saremmo potuti essere tutti disoccupati. Sudai freddo, ero l'ultima arrivata e probabilmente sarei stata la prima a essere licenziata. Mi recai in bagno, avevo bisogno di rinfrescarmi il viso e stare un momento da sola. Non ero pronta a sopportare l'ennesimo fallimento, avevo sperato di poter dire a mia madre che finalmente ce l'avevo fatta a diventare un'insegnante come lei. Guardai la mia immagine riflessa nello specchio, gli occhi erano lucidi e mi veniva da piangere. Mi sciacquai il viso e strappai un foglio di carta per asciugarmi. Quando lo appallottolai per buttarlo nel cestino notai una piuma bianca a terra. Che cosa curiosa, la finestra era chiusa, come era arrivata lì?

Lo vidi come un buon segno, forse qualcosa di bello sarebbe successo. Chissà.

Quando quel pomeriggio tornai a casa controllai come sempre la cassetta delle lettere. Inutili pubblicità e qualche bolletta erano lì ad attendermi. Mentre sfogliavo la posta notai una busta di un bel celeste. Non c'era il mittente, chi poteva averla mandata?

Rientrai in casa, la aprii e iniziai a leggere.

Cara anima,
non sempre la vita va nella direzione sperata, l'unica cosa da fare è provare a vivere le difficoltà come opportunità di crescita. Hai mai pensato di imparare una cosa nuova? Potresti iscriverti a un corso che avresti sempre voluto frequentare e che

non ti sei mai concessa. E se ti dicessi che quella potrebbe essere una via che ora non vedi ma che potrebbe diventare la tua nuova strada, o una strada antica che avevi smarrito e che hai l'occasione di riprendere? Non a tutti è concessa una seconda possibilità. Coglila
Con infinito amore.

Che messaggio assurdo! Ma chi lo aveva scritto? E cosa voleva dire?
Forse si trattava di uno scherzo, ma da parte di chi e, soprattutto, perché? Mentre pensavo a quella strana lettera ebbi un flash: avrei potuto frequentare un corso di ceramica, tanto di lì a poco avrei avuto molto tempo libero. Scacciai subito l'idea, liquidandola come stupida. Avevo bisogno di smettere di pensare, così uscii per fare una passeggiata.
Camminavo senza una meta, come amavo fare quando avevo bisogno di rilassarmi. Senza accorgermene arrivai nei pressi del parco, mi diressi verso una panchina e mi sedetti. Respirai l'aria fresca di fine aprile e notai un'altra piuma bianca. Un soffio di vento la fece cadere su un volantino che reclamizzava un corso di ceramica. Strabuzzai gli occhi, che bizzarra coincidenza! Con un sorriso lo raccolsi e lo misi in borsa.

Capitolo due

Tutto nella mia vita stava diventando caos, al lavoro c'era tensione, ognuno di noi temeva di essere convocato dal preside e ricevere la brutta notizia. Il licenziamento era nell'aria ma non si sapeva a chi sarebbe toccato. Purtroppo avevo un brutto presentimento e il mio sesto senso, come lo chiamava mia madre, non sbagliava mai. Tutte le volte in cui non avevo dato retta al mio istinto me ne ero pentita, eppure una parte di me sperava di sbagliare, non volevo essere io a perdere il lavoro. Dopo un matrimonio fallito, diventare disoccupata non era un'opzione.

Quasi come se mi avesse sentito, il mio ex marito mi telefonò proprio in quel momento, per avvertirmi che il giudice aveva fissato l'udienza di separazione consensuale dopo l'estate. Un giorno di settembre ci eravamo sposati e in un giorno di settembre di circa sette anni dopo ci saremmo detti addio per sempre.

Era stato Giovanni a voler rompere il matrimonio: dopo avermi tradito per anni, aveva deciso che il nostro rapporto non poteva continuare a causa del mio carattere. Ci avevo messo anni a capire che mi manipolava, dicendo che commetteva per colpa mia ognuna delle sue becere azioni e, per tanto, troppo tempo, gli avevo creduto, mi ero colpevolizzata, mi ero sentita sbagliata. Dopo un primo anno di matrimonio idilliaco avevo iniziato a capire che qualcosa non andava: tornava tardi dal lavoro, viaggiava spesso per convegni e riunioni, ma io sapevo che nessuno di quegli impegni professionali era reale. Un venerdì sera avevo ricevuto una telefonata dall'ufficio di mio marito. Era la sua segretaria, si era scusata moltissimo per l'orario ma era una questione urgente e il cellulare era spento, molto strano dato che doveva essere in ufficio per degli straordinari improrogabili. In quell'esatto momento avevo capito che non volevo più essere la signora Giovine, ma la paura del giudizio di mia madre mi aveva trattenuta. Avevo stretto i denti e ingoiato bocconi amari. Mi guardavo intorno e mi sembrava che tutti avessero vite perfette tranne me, io ero un disastro sotto tutti i punti di vista.

Scossi la testa per scacciare i brutti pensieri. Giovanni era stato chiaro: mi avrebbe lasciato la casa ma non mi avrebbe dato un soldo di alimenti, in cambio io gli concedevo la libertà in modo rapido e indolore. Un accordo consensuale era la strada migliore per entrambi, così aveva detto. Ancora una volta mi stava manipolando, ancora una volta ciò che era meglio per lui diventava ciò che era meglio per entrambi. Non volevo i suoi soldi, avevo una dignità; se non voleva più stare con me io non volevo stare con lui, ma avevo paura. Giovanni e io c'eravamo conosciuti all'università, lui studiava legge. Era simpatico, mi faceva sentire unica e speciale. Era brillante, un leader nella nostra cerchia di amici, e stando al suo fianco mi sembrava di brillare a mia volta. Ora si era portato via tutto, i nostri amici, il nostro futuro e la mia luce. Compresi che gli avevo dato troppo, ero diventata dipendente da lui e dalla nostra vita, avevo perso la mia autonomia ed ero diventata una parte di una coppia. Quando si era sgretolata la nostra relazione, mi ero sbriciolata anche io. Promisi a me stessa che non avrei mai più permesso a qualcuno di avere così tanto potere su di me, nessuno avrebbe più potuto togliermi la gioia.

Tra una riflessione e l'altra andai involontariamente a sbattere contro qualcosa, o meglio qualcuno. Sollevai gli occhi mentre mi scusavo e rimasi di sasso: Pierpaolo.

«Ciao» mi disse con quel sorriso che conoscevo fin troppo bene.

Mentre lo salutavo, non potei non constatare quanto fosse bello e in forma. Era sempre stato affascinante e il passare degli anni gli donava. Pierpaolo era un amico di Giovanni, negli anni dell'università erano stati come fratelli. Eravamo tutti nella stessa comitiva e avevamo condiviso vacanze, concerti, risate e traguardi. Poi ciascuno aveva preso la sua strada. Pierpaolo era partito per uno stage in un prestigioso studio legale di New York. Di lì in poi c'eravamo persi di vista. Quando tornava a Roma incontrava Giovanni per una serata tra uomini, ma io non lo vedevo da anni.

Un tempo anche io e lui eravamo stati vicini, e c'era stato un momento in cui avevo sperato che potessimo diventare qualcosa di più che semplici amici, ma così non era stato.

Mi stava fissando con una strana intensità nello sguardo e mi sentii arrossire. Sperai con tutta me stessa di non avere le guance rosse come una adolescente. Pierpaolo continuava a guardarmi e iniziai a temere di avere qualcosa fuori posto, il rossetto sui denti o qualche briciola in faccia.

Fortunatamente fu lui a rompere il silenzio: «Vado di fretta, ma resterò in città un paio di settimane, mi farebbe piacere offrirti un caffè. Ti lascio il mio biglietto da visita, così puoi scrivermi o chiamarmi. Davvero, mi farebbe molto piacere». Senza dire altro si abbassò leggermente per darmi un bacio sulla guancia, prima di allontanarsi e lasciarmi lì come uno stoccafisso.

Memorie del passato mi accompagnarono fino a casa, ricordi di tempi ormai trascorsi in cui ero felice e spensierata. Entrai nel palazzo ancora con il sorriso sulle labbra, accarezzandomi la guancia dove poco prima Pierpaolo mi aveva baciata. Passai dalla cassetta delle lettere.

Vidi subito il lembo di una busta celeste. La presi e corsi a casa.

Cara anima,

so che stai vivendo un momento difficile; eppure sei viva più che mai, e sai perché? Perché sei una guerriera, non ti sei mai lasciata abbattere. Per quanto la lotta possa essere dura, tu ci metti tutta te stessa. Vorrei poter alleviare le tue pene, vorrei poterti dare la forza, ma la chiave per farcela è dentro di te. Posso sostenerti, incoraggiarti e fare il tifo per te, ma solo tu puoi trionfare.

Capisco che queste mie parole possano suonarti strane, forse ti stai chiedendo se stia parlando proprio con te. La risposta è sì.

Ti conosco da sempre e veglio su di te, vorrei poterti abbracciare e farti sentire il mio affetto.

Vorrei farti una proposta: mi piacerebbe aiutarti a cambiare vita. Mi ricordo quando eri piccola e ridevi spensierata, vorrei che tornassi a essere quella bambina allegra e felice. Ti guiderò, se me lo permetterai, ho solo bisogno del tuo permesso. Se accetti la sfida, la prossima luna piena accendi una candela bianca e intona un canto. Non serve una canzone in particolare, basterà solo dar voce alla tua anima e io saprò che sei pronta.

Spero di vedere presto la fiamma illuminare il tuo sorriso.

Con infinito amore.

Ero confusa. Una parte di me, quella sognatrice, avrebbe tanto voluto essere la destinataria di quelle lettere; l'altra parte, quella razionale, era convinta che fosse tutto uno scherzo, o perlomeno un errore. Sicuramente il mittente stava scrivendo a un'altra persona, una persona fortunata, che aveva qualcuno che si prendeva cura di lei e la guidava. Purtroppo, non ero io. Io ero sola, profondamente sola, non tanto perché non avessi amici o parenti, ma perché la solitudine era assordante dentro di me.

Posai la lettera sulla scrivania insieme alla precedente e andai in cucina a prepararmi qualcosa da mangiare.

Seduta sul divano davanti a una serie tv, ripensai alla giornata appena trascorsa. Se la lettera era stata più bizzarra della precedente, rivedere Pierpaolo era stato un tuffo al cuore. Chissà come sarebbe stata la mia vita se quella sera di tanti anni prima avessi scelto lui anziché Giovanni. Non si può cambiare il passato, ma fantasticare non è vietato, e la mia mente partì per uno strano viaggio tra sogno e realtà.

Mi appisolai e sognai Pierpaolo.

Capitolo tre

Il mattino seguente non ricordavo granché del sogno, ma aver passato la notte sul divano mi aveva fatto guadagnare un gran mal di schiena. Mi precipitai sotto l'acqua bollente della doccia nella speranza di alleviare il dolore e poi, come ogni giorno, andai al lavoro, o a quello che speravo potesse esserlo ancora per lungo tempo. La giornata scivolò via velocemente e come ogni martedì sera mi recai a cena da mia madre. Ci teneva alle usanze, era abitudinaria. Alle 19:00 arrivavo da lei, parlavamo un po' del più e del meno e alle 19:30 ci mettevamo a tavola. Io ero solita mangiare più tardi, ma mia madre non transigeva sull'orario dei pasti. Mai una volta che facessimo qualcosa di diverso, ad esempio andare a cena fuori o ordinare d'asporto! Il lato positivo era che alle 21:30 ero già di ritorno. La distanza non era molta e facevo volentieri il tratto di strada a piedi, anche se assicuravo a mia madre di essere in macchina:

non avrebbe mai approvato che una donna andasse in giro da sola di notte. Io, invece, non avrei mai accettato di non poter fare due passi sotto la luna.

A quel pensiero mi tornò in mente l'ultima lettera ricevuta. Guardai il cielo e mi resi conto che la luna era una meravigliosa falce. Controllai su internet: in effetti, di lì a una settimana sarebbe stata piena.

Era così folle l'idea di seguire le istruzioni della lettera e comprare una candela?

Proprio in quel momento, una piuma bianca fluttuò davanti a me e si posò a terra. Alzai nuovamente gli occhi in cerca dell'uccello proprietario della penna, ma sembrava essere apparsa dal nulla.

Erano giorni, ormai, che succedevano cose strane, e mi ci stavo abituando, addirittura me lo aspettavo. Erano ormai anni che vivevo come uno zombie: mi svegliavo svogliata, mi lavavo, mi vestivo, facevo colazione, andavo al lavoro, ma ogni azione era meccanica, senza presenza, senza consapevolezza. Il tempo scorreva lento e sempre uguale, le giornate diventavano mesi e i mesi anni e io sentivo sempre più di aver perso il timone della mia vita. Il fatto che ultimamente mi succedessero cose bizzarre poteva essere lo sprone per cambiare rotta.

Sorrisi, chissà se sarebbe successa qualche bizzarria anche quel giorno.

Con questi pensieri e un sorriso stampato sul volto, arrivai alla scuola e trovai un parcheggio proprio vicino all'entrata. Incredibile, parcheggiare era sempre un incubo! Volli prenderlo come un segnale positivo.

Mentre camminavo verso l'ingresso, una bella signora mi allungò un volantino. Lo presi ringraziandola.
Lei mi disse: «Se lo vuoi, tutto è possibile. Ti aspetto domani sera.»

Ero di fretta e non mi soffermai su quelle parole, ma osservando il volantino mi resi conto che promuoveva una lezione gratuita di meditazione. Il motto ricalcava le stesse parole che quella signora mi aveva rivolto: *se lo vuoi, tutto è possibile*.

Senza pensarci lo misi in borsa e per quella giornata me ne dimenticai.

Come sempre il tempo al lavoro scorreva lento. Amavo insegnare eppure sentivo che qualcosa stava cambiando: non avevo più il fervore dei primi anni. Anche la precarietà e lo stipendio basso non aiutavano.

Mentre tornavo a casa mi accorsi che i miei pensieri si erano incupiti rispetto alla mattina. Avevo sentito dire che l'ambiente che ci circonda influisce sulle nostre emozioni, ma cosa avrei potuto fare? Non potevo certo smettere di lavorare!

Varcai il portone e piena di speranza andai mi avvicinai alla cassetta delle lettere. Non appena vidi la busta celeste il cuore iniziò a battere forte.

La presi e corsi in casa.

Cara anima,
come stai?
So che sono giorni importanti per la tua evoluzione, un vortice energetico ti avvolge e ti fa riflettere.

Quello che prima ti piaceva inizia a non piacerti più, le persone che frequentavi non ti danno più la stessa allegria, la tua vita inizia a sembrarti una giornata che si ripete sempre uguale?

Dovetti fermarmi per qualche minuto. Incredibile, erano gli stessi pensieri che avevo avuto quella mattina. Chiunque scrivesse queste lettere sembrava conoscermi, eppure non riuscivo a trovare nessuno che avesse tale saggezza.

È fondamentale in questo momento della tua vita che tu esca dalla comfort zone. Sai cos'è? È quel luogo dove ti rifugi ogni volta che eviti una situazione nuova, ogni volta che cerchi di sfuggire dalle sfide della vita, che non ti metti in gioco per timore o paura.
Esci allo scoperto e fai qualcosa di nuovo. Credo che imparare a meditare potrebbe esserti d'aiuto. La meditazione ti permetterà di avere dei momenti sola con la tua interiorità.
Imparerai la presenza.
Sai cosa vuol dire essere presente? Sai cosa vuol dire prestare attenzione e diventare consapevole?
Sono certo che lo imparerai.
Con infinito amore.

Sapevo cosa volessero dire le parole attenzione, consapevolezza e presenza, ma capivo anche che chi scriveva si stava riferendo a un significato più profondo.

La lettera parlava di meditazione, e ripensai subito al volantino che quella bella signora mi aveva dato la mattina. Frugai nella borsa e lo afferrai.

Tutti i giovedì dalle ore 20:00 alle ore 21:00, presso il centro olistico "Tutto è possibile", si svolgono lezioni di meditazione mindfulness.
Prima lezione di prova gratuita.

Non avevo mai meditato, non avevo idea di come si facesse e la "vecchia me" avrebbe voluto evitare per non fare figuracce. Eppure c'era una "nuova me" che stava nascendo e aveva voglia di mettersi in gioco.

Perché non provare? In fondo l'orario era molto comodo e il centro olistico era vicino a casa. Un tentativo si poteva pure fare, e poi la lezione era gratuita.

Capitolo quattro

La mattina seguente mi svegliai agitata. Era come se avessi un conflitto interiore: una parte di me desiderava andare al centro olistico, l'altra era invece refrattaria alle novità. La sera prima avevo cercato su Google cosa fosse la mindfulness e sembrava una pratica molto interessante; quando ero diventata così paurosa? Che ne era stato della ragazza curiosa e vitale di un tempo?

Mi trascinai con questo tira e molla interiore fino a sera. Mille dubbi mi assalivano: come mi sarei dovuta vestire? E se fosse stata una setta che attirava gente in strane pratiche? E se non fossi stata capace di meditare? Al contempo, la misteriosa lettera mi aveva suggerito di uscire dalla mia zona di comfort e di meditare, e lo stesso giorno avevo ricevuto, casualmente, un volantino per una lezione gratuita di meditazione.

E se fosse stato un segnale, o dono dell'Universo che dir si voglia? C'era stato un tempo in cui credevo che esistessero gli angeli custodi, che ci fosse qualche presenza a guidarmi. Mi era capitato spesso di sentirmi supportata, soprattutto nei momenti più difficili che avevo affrontato, come la separazione da Giovanni. Proprio in quel momento mi venne in mente il nome del mio avvocato: Donato De Arcangelis.

E se tutto questo non fosse stato un caso?

Ecco la spinta giusta: sarei andata alla lezione di prova.

Erano le 19:45 ed ero in attesa che la lezione iniziasse. Il clima intorno a me era rilassato e allegro, alcune partecipanti erano già arrivate e chiacchieravano, sembravano conoscersi bene. Mi sarebbe piaciuto stringere nuove amicizie, ma non ero mai stata molto spigliata, così attesi in disparte.

Dopo qualche minuto apparve la signora del volantino e ci invitò ad accomodarci nella sala in cui erano state allestite varie postazioni: ognuna aveva una stuoia colorata e sopra un cuscino da meditazione che avevo scoperto chiamarsi zafu.

Quando la oltrepassai, la donna mi disse: «Sei venuta, ne sono felice. Potrebbe essere una svolta importante per te.»

La guardai poco convinta.

Lei continuò: «Ne riparliamo dopo, mi trovi al banco della segreteria. Adesso vai, rilassati e goditi la lezione.»

Così feci. L'insegnante sembrava una hippy uscita da un film degli anni '60, aveva uno stile affascinante e originale e una voce melodiosa che mi mise subito a mio agio. Guarda caso, si chiamava Angela.

Questa storia dei nomi iniziava a diventare sempre più strana, e mi ripromisi di prestare attenzione a come si chiamavano le persone che incontravo e che mi circondavano.

Una dolce musica di sottofondo cominciò a diffondersi nella sala e la maestra ci invitò a chiudere gli occhi e a portare l'attenzione sul respiro che, contro ogni mia aspettativa, si fece lento e regolare. A poco a poco la mia mente si quietò e mi lasciai trasportare dalla dolce voce di Angela.

La lezione volò via, sembrava passato un attimo e invece era trascorsa un'ora.

La mia vicina di postazione si stiracchiò come un gatto e, rivolgendosi a me, disse: «Adoro le lezioni di Angela, mi rigenerano. Ormai è quasi un anno che pratico mindfulness con lei e aspetto con gioia il giovedì. Tu sei nuova?»

«Sì, sono venuta per la lezione di prova e mi è piaciuta molto».

«Mi chiamo Tania, spero di rivederti la settimana prossima».

«Piacere di conoscerti, il mio nome è Minerva».

«Ti chiami come la dea della giustizia?» constatò sgranando gli occhi.

«Sì, mia madre è un'amante della cultura classica».

«Wow, hai un nome importante oltre che bellissimo. Sai che si dice che nel nome di una persona ci sia il suo destino? Conosci il tuo ikigai? Forse dovresti risvegliare la tua dea interiore».

Sorrisi a disagio. Non mi sentivo certo una dea e Tania, per quanto simpatica, mi sembrava strampalata. Annotai mentalmente la parola ikigai: tornata a casa mi aspettava un'altra ricerca su Google.

«Vieni, andiamo in segreteria da Stella, così io rinnovo il mio abbonamento e tu ti iscrivi» mi disse Tania.

Non avevo ancora deciso se volessi continuare o meno il corso di meditazione, ma forse qualcun altro aveva deciso per me. Seguii Tania.

Stella ci accolse con un sorriso e un'altra delle sue frasi criptiche e a effetto: «Voi due insieme! Continuo a stupirmi di quanto l'Universo sia meravigliosamente creativo e geniale».

Sembravo l'unica a non aver capito nulla, perché Tania e Stella si scambiarono un sorriso d'intesa.

In quel preciso momento entrò anche Angela. Si avvicinò a Stella e abbracciandola amorevolmente le chiese: «Hai terminato? Così ce ne andiamo a casa: la nostra cenetta ci attende».

Stella finì di registrare il pagamento della mia iscrizione e guardò la sua compagna con gli occhi dell'amore, poi ci congedò dandoci appuntamento alla settimana successiva. Tania e io scoprimmo di abitare vicine e facemmo la strada insieme chiacchierando del più e del meno, o meglio: lei mi raccontò molte cose di sé e io mi limitai ad ascoltare. Fu comunque piacevole. Tania era una persona interessante: era vegana, amava gli animali e aveva cinque gatti e due cani. Aveva lavorato nel campo della pubblicità per anni, e quando si era trovata vicina a un esaurimento nervoso era partita per un viaggio spirituale in India che le aveva cambiato la vita. Eravamo coetanee.

In quel momento mi stava raccontando che fin da piccola la nonna le aveva insegnato a leggere i tarocchi e che recentemente aveva fatto un sogno in cui incontrava un'amica già conosciuta in una vita precedente. Ne aveva parlato con Stella e quando mi aveva vista si era convinta che fossi io. Ascoltavo con interesse e un pizzico di scetticismo. Avevo una zia che leggeva i tarocchi, ma era considerata la pecora nera della famiglia. Non avevo mai creduto alla storia delle vite precedenti, eppure anche a me sembrava di conoscere Tania da sempre.

Lungo la strada ci fermammo a mangiare sushi vegano in un ristorante molto carino che Tania conosceva, e prima di salutarci sotto casa mia ci scambiammo i numeri di cellulare.

Era stata una serata diversa dal solito, mi sentivo in pace come non mi capitava da tempo immemore.

Non appena mi stesi sul letto mi addormentai come un sasso.

Capitolo cinque

Era domenica pomeriggio, stavo comodamente sdraiata sul divano guardando una serie piuttosto noiosa quando sentii una gran voglia di uscire a fare una passeggiata. C'era un meraviglioso sole, sembrava una giornata estiva. Mi vestii comoda, presi una stuoia e un libro e mi diressi verso il parco cittadino.

Come era immaginabile vista la bella giornata, c'era parecchia gente, eppure trovai un bel posto ai piedi di un pino, che con i suoi giochi di ombra e luce mi parve perfetto. Stesi la stuoia e mi sistemai.

Mi venne spontaneo sedermi a gambe incrociate, chiudere gli occhi e iniziare a inspirare ed espirare. Era una sensazione bellissima. Seguendo gli insegnamenti di Angela, mi misi in ascolto dei rumori circostanti: le voci delle persone, il cinguettio degli uccelli, qualche macchina in lontananza. Solo quando riaprii gli occhi mi resi conto che mi sentivo più consapevole e presente, proprio come mi aveva consigliato la lettera. Sorrisi. Grazie a quel momento contemplativo decisi anche che avrei celebrato il rituale della luna. Non appena tornai a casa cercai su internet la data della successiva luna piena. Mancavano due settimane. Avevo tempo, ma mi dedicai ugualmente alla ricerca di una bella candela profumata così da essere pronta quando sarebbe stato il momento.

Il tempo scorreva, mancavano solo due giorni alla luna piena. Avevo una bellissima candela argentata ed ero emozionata all'idea di fare una cosa così estranea alle mie abitudini.
Pioveva forte e mi si era rotto l'ombrello. Le mie galoche blu con stelle argentate si stavano riempiendo d'acqua. Quando arrivai al lavoro sembravo un pulcino bagnato. Ormai, però, stavo iniziando a capire che l'Universo adorava divertirsi con me, mettendomi in situazioni che io consideravo sfide e lui, probabilmente, reputava comiche.

Stranamente a scuola tutto filò liscio e senza intoppi, così dopo il lavoro decisi di andare in una caffetteria. Avevo bisogno di schiarirmi le idee. Ordinai una tisana e lasciai vagare la mente: avevo bisogno di tirare le somme della mia vita, stavano succedendo tante cose nuove, anche belle, ma dovevo riflettere.

Una cameriera gentile mi servì il mio infuso accompagnato da un piatto di invitanti dolcetti. Tenevo lo sguardo fisso, persa nel nulla, mi capitava spesso quando ero assorta. Nella mia mente iniziarono a susseguirsi eventi, immagini, persone nuove. Ripensai alle strane lettere che stavo ricevendo, chi al giorno d'oggi mandava ancora corrispondenza, e soprattutto, a chi erano destinate veramente? Mi piaceva credere che fossero per me.

Accantonai quel mistero e ripensai a Tania, la mia nuova amica. Avevo bisogno di fare nuove conoscenze e neppure lo sapevo. Frequentarla mi stava aiutando molto, era come una ventata di aria fresca e una pennellata di colore nella mia vita, forse troppo spesso monocromatica fino a quel momento. Io e Tania ci stavamo vedendo e sentendo spesso. Chiacchieravamo di tutto, sembravamo simili pur avendo un carattere differente, e sempre più spesso avevo la sensazione di conoscerla da sempre. Anche Angela e Stella erano persone meravigliose, andare a lezione di meditazione mindfulness era diventato un piacevole appuntamento settimanale. Non saltavo mai una lezione; anzi, aspettavo il giovedì con bramosia.

Meditare mi faceva bene e mi stavo impegnando a essere costante anche da sola: a casa mi ritagliavo quindici minuti ogni sera, mettevo della musica rilassante in sottofondo e lasciavo andare la mente, proprio come mi stava insegnando Angela.

Ero persa nei miei pensieri quando una voce fin troppo familiare mi fece sobbalzare. Pierpaolo era davanti a me, sorridente, e io mi trovai a sorridere a mia volta. Rimasi a fissarlo senza dire nulla, mi sembrava ancora più affascinante della volta precedente.

Fu lui a togliermi dall'imbarazzo. «Posso?» mi domandò spostando la sedia e accomodandosi, era già seduto quando dissi di sì.

Mi sentivo come un'adolescente impacciata.

Ignaro dei miei turbamenti interiori, iniziò a raccontarmi della sua giornata lavorativa. Mi svelò che gli avevano offerto di diventare socio dello studio di Roma, e questo avrebbe comportato che rimanesse in città stabilmente; aggiunse che se avesse avuto un motivo valido per restare, lo avrebbe fatto molto volentieri. Aveva pronunciato quest'ultima frase guardandomi intensamente negli occhi, quasi in attesa di una risposta.

Non ero brava a dedurre le cose non dette, ma mi sarebbe piaciuto pensare che tra le righe mi stesse confidando che sarei potuta essere io quel motivo. Una parte di me, però, mi consigliava di non illudermi, visti i precedenti con Giovanni.

La conversazione continuò piacevolmente e Pierpaolo si offrì di pagare il conto, ignorando le mie proteste.

«La prossima volta pagherai tu, così sarò certo che ci rivedremo» disse facendomi l'occhiolino.

Sorrisi impacciata. Mi sarei presa a schiaffi, avrei tanto voluto essere una di quelle donne che hanno sempre la battuta pronta, e invece ero così timida che ci era mancato poco che arrossissi.

Quando uscimmo dal caffè aveva finalmente smesso di piovere. Pierpaolo mi salutò con un dolce bacio sulla guancia e la promessa di vederci presto. Saremmo andati a mangiare un boccone insieme se lui non avesse ricevuto una telefonata importante con la sede di New York per coordinare un progetto di cui era responsabile.

Sorrisi e mi incamminai verso casa. Una parte di me aveva davvero voglia di passare del tempo con lui, ma l'altra pensava che non fosse una buona idea, visto che era un amico di Giovanni. Alla fine, però, perché dovevo preoccuparmene? Giovanni non si era poi fatto troppi problemi con me.

Camminavo con il sorriso stampato sulle labbra. Non appena entrai nel portone vidi la busta azzurrina che sbucava dalla cassetta delle lettere. La presi e mi avviai verso il mio appartamento, avevo voglia di leggerla.

Cara anima,
conosci la Legge dell'Amore?
È una tra le più potenti Leggi Universali, regola tutto il Creato ma soprattutto governa i cuori delle persone.
La legge dell'amore muove i mondi. Quando si è innamorati, si guarda al mondo attraverso delle lenti rosa, si è ottimisti, felici, tolleranti. Quando invece l'amore manca, tutto diventa difficile, buio, è come se fosse una lunghissima giornata senza sole. Ti parlo della legge dell'amore perché è importante che tu riapra il tuo cuore. So quanto hai sofferto, ti sono accanto anche quando non mi vedi, so quello che stai passando, la delusione che hai provato, il tradimento

che hai subito e la voglia di non amare più per evitare di soffrire ancora.
Scegliere di non amare non è mai la strada giusta.
Bisogna solo capire chi amare.
Cerca di pensare a quale sarebbe la persona che potrebbe donarti un rapporto sano, qualcuno con cui ridere e camminare insieme lungo le strade della vita. Forse questa persona non è poi così lontana, forse basterebbe solo il coraggio di accettare quell'invito e di rimettersi in gioco. Non ti sto dicendo di farlo adesso, ma di accogliere questa possibilità.
Perché amare è come respirare, non puoi farne a meno.
Sei una creatura splendida che merita amore e ha bisogno di aprirsi a questa meravigliosa energia. Ricordati che ti amo infinitamente e ti sono a fianco in ogni istante.

P.s. Domani c'è luna piena, non vedo l'ora di vederti danzare!

Capitolo sei

Quella sera ci sarebbe stata la luna piena. Ero emozionatissima. Forse stavo impazzendo, ma non vedevo l'ora di fare il mio primo rituale. Avevo smesso di pormi troppe domande, da quando stavo ricevendo quelle strane lettere avevo iniziato a provare una fortissima voglia di celebrare la luna.

All'università avevo studiato le religioni del mondo e sapevo che per secoli la luna era stata onorata, ma come mio solito avevo anche fatto delle ricerche su internet e avevo scoperto che questa tradizione non si era persa. Avevo letto che ogni mese numerose donne si riunivano in cerchio per celebrare la luna e che tale festeggiamento veniva chiamato Esbat.

Avrei celebrato anch'io il mio primo Esbat. La parte della danza mi preoccupava un po', non ero mai stata una grande ballerina, ma alla fine non mi importava: sarei stata a casa da sola, nessuno mi avrebbe guardata o giudicata, ero certa che in qualche modo ci sarei riuscita. Per l'occasione avevo scelto una musica speciale che mi faceva sentire bene e mi spronava a muovermi in modo sensuale.

Trascorsi l'intera giornata attendendo la sera e, quando finalmente scorsi dalla mia finestra la luna alta nel cielo, andai a cambiarmi. Avrei indossato una sottoveste leggera, ne avevo una di seta bianca. L'avevo comprata per ravvivare il mio rapporto con Giovanni, ma non era mai capitato di usarla. Alla fine, forse, questa tunica immacolata e vergine sarebbe stata perfetta per me e per il mio rituale.

Feci un bagno usando il mio adorato bagnoschiuma alla rosa, poi indossai la sottoveste e a piedi scalzi mi diressi in salone. Dalla mia finestra la luna piena dominava il cielo; brillava nel suo manto d'argento e io la guardai incantata per alcuni minuti. Aprii gli infissi (era una tiepida serata di primavera), respirai a pieni polmoni e feci partire la musica.

Avevo scelto una traccia a 432 Hz, nelle mie ricerche avevo scoperto che aveva molti effetti benefici sul corpo e sulla mente e aiutava a rilassarsi. Feci un bel respiro profondo e accesi la candela d'argento.

Le note fluttuavano nell'aria. Chiusi gli occhi cominciai a dondolare. Toccai la sottoveste, accarezzare la seta con i polpastrelli mi trasmise una bella sensazione. Seguii i contorni del mio corpo e finalmente, dopo tanti mesi, se non anni, mi sentii di nuovo bella e sexy. L'energia della luna scorreva e brillava in me. Mi sentivo parte di quelle donne che in varie parti del mondo si stavano riunendo in cerchio per danzare libere, con l'unico scopo di dare voce al nostro potere femminile. Mi lasciai andare seguendo la musica, come non facevo da anni.

La danza si rivelò liberatoria, contro ogni aspettativa: più mi rilassavo e più le note mi pervadevano, mi muovevo senza pensare ai passi che non conoscevo, seguivo la mia anima, la lasciavo ballare e le emozioni che provavo erano un crescendo di gioia, allegria e felicità.

Ballai, ballai, ballai perdendo la concezione del tempo fino a che non caddi esausta a terra. Solo a quel punto mi sdraiai in posizione supina e mi misi in ascolto del mio corpo. Il cuore batteva felice, il respiro era accelerato ma si stava calmando. Era un affanno gioioso, tutto il mio corpo vibrava.

In quel momento, un raggio di luna mi attraversò.

Mi sentii appagata, mi sentii di appartenere a qualcosa di più grande. Non sapevo bene che cosa stesse succedendo, ma una parte di me sapeva che era importante.

I giorni seguenti si susseguirono veloci, era come se qualcosa intorno a me fosse cambiato. Mi sentivo piena di energia, ne avevo talmente tanta che traboccava e diventava ogni giorno più forte. Mi sentivo raggiante, colma di fascino e d'amore per me stessa. I colleghi e le persone che avevo intorno lo percepivano ed era come se provassero più attrazione e simpatia verso di me. Attribuivo alla luna piena questa sferzata di luce interiore.

Ero impaziente di raccontare tutto a Tania, quella sera ci saremmo viste per la lezione di mindfulness. Non appena arrivai, le corsi incontro e l'avvisai che avevo tante cose da raccontarle. Non vedevo l'ora di andare a cena insieme dopo la lezione, così da poter chiacchierare. Tania era visibilmente curiosa, ma Stella richiamò la nostra attenzione dicendoci che la lezione stava per iniziare. Angela era già seduta a gambe incrociate sul suo zafu, pronta ad avviare la musica e a farci entrare in uno stato meditativo.

La lezione di mindfulness fu particolarmente importante per me: lavorammo sullo scopo della vita, su cosa ci sarebbe piaciuto fare e su ciò che ci avrebbe fatto sentire appagate. Immediatamente, pensai all'idea di diventare una ceramista: dar forma agli oggetti era una cosa che mi aveva sempre attirata.

In un istante la mia mente corse al volantino che avevo trovato tempo prima e adesso giaceva in fondo a una delle mie borse. Era proprio strano: l'Universo mi mandava preziose informazioni e io me ne dimenticavo! Mi ripromisi di andare al più presto a frugare nella borsa alla ricerca del volantino e, perché no, informarmi. Alla fine, se non mi buttavo in questo bizzarro momento della mia vita, quando l'avrei fatto? Era un periodo di forte cambiamento, mi sentivo più sicura e propositiva; chissà, magari era l'occasione che cercavo.

Angela, con la sua voce melodiosa, neanche avesse sentito la mia mente ronzare, ci invitò, laddove avessimo perso la concentrazione, a riportare l'attenzione sul respiro. In effetti la mia mente stava vagando come una scimmia impazzita. Riportai l'attenzione sul respiro e sul momento presente, mi focalizzai completamente sulla lezione, ma prima presi un piccolo appunto mentale di cercare il volantino del corso di ceramica.

Terminata la lezione Tania e io andammo a cena fuori, ci eravamo ripromesse che ogni settimana avremmo sperimentato un nuovo ristorante vegano o almeno con opzioni vegetariane e vegane.

Non avevo mai mangiato troppa carne, non mi era mai piaciuta e mi ero sempre sentita in colpa nei confronti di quelle povere creature che vivevano solo per sfamarci. Non avevo però neanche mai avuto il coraggio di fare una scelta tanto drastica come quella di cambiare alimentazione. Grazie a Tania stavo capendo che era tutto un fatto di mentalità, ci si poteva abituare a nutrirsi in modo, come diceva lei, non crudele, occorreva solo comprendere ed effettuare un consapevole cambio di abitudini.

Mi spiegò che il primo passo poteva essere il vegetarianesimo, purché ci si accertasse che gli animali venissero trattati bene. Il passo successivo sarebbe stato il veganesimo e lì bisognava resettare la propria forma mentis. Mi ripromisi di fare le mie amatissime ricerche su internet per poter iniziare una dieta vegetariana, assicurandomi che gli alimenti di origine animale che avrei comprato sarebbero stati rispettosi dell'ambiente e degli animali che gentilmente offrivano i loro doni.

Entrammo nel ristorante, completamente vegano e aperto da poco. C'era un enorme buffet in cui era possibile riempire il proprio piatto per poi pesarlo, il prezzo veniva conteggiato al chilo. C'erano tantissime sfiziosità, moltissimi primi e secondi, tanti contorni e infine i dolci.

Ci sedemmo con i nostri piatti pieni, ordinammo un calice di vino ciascuna e iniziammo a chiacchierare mentre gustavamo quelle squisitezze. Tania mi aggiornò sulla sua settimana, mi raccontò che aveva conosciuto un uomo molto interessante, ma dopo il secondo incontro lui voleva una cosa seria e lei gli aveva dato il benservito perché si era ripromessa di rimanere single.

Colpita, le chiesi: «Come mai questa scelta?»

Mi spiegò: «Ho avuto una storia importante quando ero molto giovane da cui è nata mia figlia Aurora, che ormai ha diciotto anni e vive e studia all'estero. Io e il mio ex marito abbiamo adesso un rapporto decente, dopo esserci scannati per la casa e per gli alimenti. Dal mio punto di vista il mio dovere l'ho fatto, e ho deciso di avere solo storie senza impegno, possibilmente occasionali, con ragazzi più giovani».

Sorrisi. Adoravo Tania, aveva un modo di pensare così ribelle, all'avanguardia, tutto il contrario della sottoscritta. Non potei fare a meno di pensare alla mia situazione con Giovanni. Una parte di me non vedeva l'ora che arrivasse la data per l'udienza di convalida del divorzio consensuale, per chiudere la questione e lasciarmela alle spalle; l'altra parte sentiva invece che qualcosa non andava. Di una cosa ero certa: non era sicuramente questo il momento di rattristarmi con pensieri sul mio ex marito.

Cambiai discorso e raccontai a Tania del rituale della luna. Si emozionò, sembrava una bambina, volle conoscere ogni dettaglio e la accontentai. Parlare con lei mi veniva naturale, non mi faceva mai sentire sciocca o giudicata. Non sapevo però se confidarle o meno delle lettere. Da un lato volevo farlo, dall'altro ero restia a svelare il segreto di un "rapporto epistolare" così intimo e assurdo a cui iniziavo a tenere. Forse glielo avrei raccontato la prossima volta.

Proseguimmo la serata ridendo e scherzando, e bevemmo un altro bicchiere di vino. Mentre Tania reggeva bene l'alcol, io mi sentivo leggermente alticcia e per questo le raccontai di Pierpaolo. Le spiegai che l'avevo rincontrato dopo tanto tempo, che ci eravamo conosciuti all'università e che la prima volta che lo avevo visto ero rimasta completamente folgorata. Era bello, intelligente, gentile. Ai tempi, ci eravamo avvicinati, mi piaceva come mi guardava e come mi faceva sentire, ma era il migliore amico di Giovanni. Accennai a Tania della separazione, senza però entrare nei dettagli, ma lei ci era passata e lesse tra le righe anche quello che avevo taciuto.

Le rivelai che una sera eravamo a una festa, Pierpaolo e io stavamo ballando e io speravo mi baciasse. In realtà, quella era stata la sera in cui Giovanni si era dichiarato, confessandomi di essersi innamorato di me. Da quel momento Pierpaolo si era sempre più allontanato. Tra noi era finito tutto prima ancora che qualcosa cominciasse. Pierpaolo sembrava evitarmi e alla fine avevo ceduto al corteggiamento di Giovanni e ci eravamo fidanzati. Lui e Pierpaolo erano rimasti amici, quest'ultimo era venuto anche al nostro matrimonio, dopodiché non l'avevo più rivisto, per poi incontrarlo dopo anni due volte nel giro di neanche un mese. Sembrava avere molto piacere a passare del tempo con me.

Tania seguiva le mie parole muovendo la testa con grande enfasi, si vedeva che stava aspettando che terminassi il racconto per dirmi la sua.

Infatti, non appena conclusi l'ultima frase attaccò subito: «Ma è ovvio che gli piaci, è cotto di te da tutta la vita. Da quanto mi hai detto ho capito quanto è stronzo il tuo ex marito: sicuramente ci sarà il suo zampino se all'università tu e Pierpaolo non vi siete messi insieme. Io non lo conosco, ma queste cose le percepisco: Giovanni avrà intuito che Pierpaolo era innamorato di te e, siccome anche a lui piacevi, avrà preferito giocarsi la carta dell'amicizia, sapendo che se si fosse dichiarato, Pierpaolo si sarebbe fatto da parte perché è corretto, come mi hai detto, mentre il tuo ex non lo è affatto. Sicuramente avrà fatto leva sulla sua lealtà e avrà giocato sporco».

Non ci avevo mai pensato, ma quello che diceva Tania non faceva una piega: essere sleale, avevo scoperto negli anni, era proprio tipico di Giovanni.

Ascoltavo Tania come in trance mentre lei continuava con veemenza: «Devi assolutamente uscire con Pierpaolo, meritate questa seconda opportunità. L'Universo ti sta parlando, hai fatto un rituale bellissimo che ha risvegliato la tua femminilità, e l'amore della tua vita, per giunta un figo, riappare. Cosa aspetti? Chiamalo e proponigli di uscire».

Sorrisi. La vecchia me non lo avrebbe mai chiamato, ma la nuova Minerva sì.

Capitolo sette

Quella notte feci uno strano sogno, ambientato in un'epoca lontana. Indossavo una gonna lunga e un mantello con il cappuccio. C'erano dei gendarmi. Li riconoscevo come figure familiari, anche se erano di spalle. Mi resi conto che stava avendo luogo un'esecuzione in piazza; c'erano delle donne legate a dei pali e un uomo che stava leggendo qualcosa su un rotolo di quella che sembrava pergamena. Forse si stava svolgendo un processo per stregoneria, sicuramente un processo sommario in cui quelle povere donne non avevano avuto l'occasione di spiegare il loro punto di vista. Una società bigotta le stava condannando per qualcosa che probabilmente non avevano fatto.

Provavo un misto di rabbia e paura, avrei voluto gridare, farmi avanti e aiutarle, ma mi sentii prendere da due braccia forti che mi trascinarono via. Mi girai in preda al panico, spaventata guardai in faccia la persona che mi teneva: anche se indossava una divisa da gendarme, il volto era inconfondibile. Pierpaolo!

Mi prese per mano, mi fece segno di tacere e senza dire una parola mi portò via. Arrivammo a un capanno, con un colpo secco forzò la porta e mi spinse dentro.

«Ti sta cercando. Devi andare via dal villaggio al più presto, sennò sarai condannata alla stessa sorte di quelle donne» disse con tono urgente.

«Chi mi sta cercando?»

Non feci in tempo a dire altro che sentii gli zoccoli di un cavallo passare accanto al capanno. Sbirciai fuori e il profilo di un uomo che mi sembrava Giovanni mi sfilò davanti. Per fortuna non si voltò, proseguì in quella che avevo appena compreso essere la ricerca della sottoscritta.

Non sapevo cosa fare. Dove sarei potuta andare?

Il Pierpaolo dell'epoca mi offrì una borsa con dentro delle monete, mi disse che fuori c'era un cavallo che mi aspettava e poi mi diede un bacio. Un lungo, lento e appassionato bacio...

Mi svegliai di soprassalto. Mi toccai le labbra e mi resi conto che era come se il mondo onirico si fosse sovrapposto alla realtà: le mie labbra erano ancora calde e fremevano per il tocco di quelle di Pierpaolo.

Forse il sogno dipendeva dal fatto che avevo bevuto troppo, ma non riuscivo a togliermi dalla testa la sensazione che, più che di un sogno, si trattasse di un ricordo.

Cercai di riaddormentarmi ma non fu affatto facile: quello che avevo visto mi aveva scosso profondamente. L'uomo che prima stava giustiziando quelle povere donne e poi mi cercava assomigliava troppo al mio ex marito. Stessa mascella decisa, stessi occhi scuri, stessi capelli neri tagliati corti. E al medesimo tempo un altro uomo mi offriva la possibilità di salvezza coprendomi a suo rischio e tornava a visitare, oltre che i miei giorni, anche le mie notti.

Forse aveva ragione Tania, era veramente giunto il tempo di provare a darci un'altra occasione.

La mattina seguente, quando mi svegliai, aggiornai subito Tania, mandandole un messaggio vocale in cui le raccontavo del sogno. La sua risposta non tardò ad arrivare: mi disse che non era un sogno ma la memoria di una vita precedente. Mi spiegò che la nostra anima vive tante vite e che queste a volte si sovrappongono, se ci devono portare dei messaggi. Mi fece anche notare che non era un caso che si fossero mostrati due uomini per me importanti, uno che mi condannava col suo piglio sempre tirannico e l'altro che mi offriva una via di fuga. Secondo lei, sia che fosse il mio inconscio o la memoria di una vita precedente, il messaggio era chiaro: ero dentro quello che poteva essere chiamato un nodo karmico. Potevo sciogliere questa matassa solo affrontando il mio ex marito una volta per tutte, per poi darmi l'opportunità di amare una persona che si era già rivelata presente nelle mie vite precedenti.

Era davvero tanto da metabolizzare di prima mattina. Non ero solita bere caffè, ma mi concessi un ginseng al bar sotto casa: energia per la mente e tanta pazienza per raccapezzarmi tra tutte queste assurdità che però sembravano avere un senso. Una cosa l'avevo capita: dovevo far pace con il passato per non rovinare il futuro.

E fu allora che lo vidi, un cartellone pubblicitario con una scritta che sembrava parlarmi: "Quando si agisce cresce il coraggio, quando si rimanda cresce la paura".

Era tempo di agire!

*

Ripensai alla borsa che portavo il giorno in cui mi avevano dato il volantino del corso di ceramica. Probabilmente era la maxi bag blu, quella che usavo per andare al lavoro, era molto capiente e comoda per mettere dentro i compiti corretti dei miei alunni. Frugai al suo interno e lo trovai accartocciato in fondo. Lo aprii e riuscii a leggere tutte le informazioni.

Decisi di chiamare.

Un signore gentile mi rispose: «Il corso si tiene due volte alla settimana, il lunedì e il mercoledì sera. Se vuole può venire per una lezione di prova. Però, la avviso, per quest'anno le lezioni stanno per concludersi. Sono aperte invece le iscrizioni per un seminario intensivo di tre giorni, è adatto anche ai principianti. Ci pensi, potrebbe essere una bella occasione per immergersi nella natura e far amicizia con l'arte della ceramica».

Aggiunse che, se mi fosse piaciuto, a settembre avrei potuto continuare iscrivendomi al corso standard.

«La informo anche che il laboratorio si terrà in Umbria, a Deruta, la conosce? È un incantevole e piccolo comune famoso in tutto il mondo per le ceramiche artistiche».

Concluse la telefonata registrando il mio numero di cellulare e dicendomi che a breve mi avrebbe mandato via WhatsApp un link in cui avrei potuto trovare tutte le informazioni.

Fu rapidissimo. Appena ricevuto il messaggio, aprii il link. Rimandava alla pagina di presentazione. Oltre al corso di ceramica erano previsti anche momenti conviviali, avremmo soggiornato in un agriturismo con piscina; il pacchetto prevedeva una formula tutto incluso e si poteva optare per pasti vegetariani.

Che fosse un segno?

Quando avevo chiamato per avere informazioni sul corso di ceramica probabilmente mi aspettavo un qualcosa di un po' meno impegnativo di un seminario intensivo di un weekend, ma quello che stavo capendo in quel periodo era che non ero io a decidere e che l'Universo stava tramando alle mie spalle.

Mi diressi a scuola, le ultime interrogazioni erano alle porte e molti dei miei studenti fremevano per il successo o temevano di dover ripetere l'anno. Dovevamo concentrarci sulla chiusura dell'anno scolastico, ma l'aria era sempre tesa e ci avevano assicurato che dopo la chiusura dell'anno scolastico ci sarebbe stata una riunione del corpo docenti per comunicarci cosa ne sarebbe stato di noi. Al momento non c'erano fondi per il nuovo anno. Dicevano comunque che non dovevamo preoccuparci e che il preside stava facendo tutto il possibile per trovare delle soluzioni.

Una parte di me si preoccupava eccome, l'altra, però, quella che si stava risvegliando, che aveva iniziato a danzare sotto la luna e che si era presa una cotta giovanile per un ex compagno di università, non aveva alcun timore. Forse era un po' pazza, ma sicuramente mi aiutava ad alleggerirmi.

Davvero stavo prendendo in seria considerazione di andare tre giorni in Umbria per un seminario intensivo di ceramica?

Risi di gusto, una follia per una che non si muoveva di casa e viaggiava solo con il marito per le ferie estive.

Feci le mie solite ricerche su internet. L'Umbria era una terra stupenda; Deruta era un paese delizioso, colorato e impreziosito da ceramiche appese ovunque, una tradizione che si tramandava da lungo tempo. Il prezzo era a portata delle mie tasche e se mi fossi iscritta entro la fine del mese avrei usufruito di un ulteriore sconto.

Ci stavo seriamente pensando. Entro poche settimane la scuola sarebbe terminata, nel migliore dei casi sarei stata in vacanza, nel peggiore disoccupata, in entrambe le situazioni mi meritavo una vacanza premio.

Inserii i dati della carta di credito, compilai il modulo con le mie informazioni, e il pagamento e l'iscrizione andarono a buon fine. Il weekend del Solstizio d'Estate sarei stata in un agriturismo nelle verdi terre umbre a plasmare ceramica. Mi sarebbe piaciuto? Lo avrei scoperto presto.

Sorridevo, sorridevo così tanto che battei i piedi a terra. Mi rendevo conto che per qualcuno poteva essere una cosa da poco, ma per me era l'inizio di una rivoluzione.

Capitolo otto

Quella sera, al ritorno dal lavoro, trovai il lembo azzurro della busta che usciva dalla cassetta delle lettere. Sorrisi e corsi in casa a mettermi comoda.

Cara anima,
conosci l'orgonite?
È una meravigliosa piramide che trasforma le energie negative in energie positive.
Negli anni Ottanta due studiosi la crearono miscelando resina e metallo e aggiungendo un cristallo di quarzo. È molto utile perché ha la capacità di ripulire gli ambienti dalle energie negative e trasformarle in positive.
Ti insegnerò come crearla e tu ne preparerai due.
Indosserai la prima: ti proteggerà dalle energie malsane, ti permetterà di riequilibrare l'energia dell'organismo e favorirà la canalizzazione nella pratica della meditazione.

L'altra la posizionerai in casa, vicino alla finestra, nella zona più a nord.

Mi chiesi se fosse un caso, ma nel punto più a nord c'era la stanza che Giovanni usava come studio, l'aveva scelta perché era la meno esposta al sole.

La nostra casa era molto bella e grande, un attico di più di centoventi metri quadri in un palazzo signorile di un quartiere bene della città. Giovanni aveva sempre voluto il meglio e, soprattutto, aveva sempre dato molta importanza alle apparenze. La casa sarebbe rimasta a me; un gesto gentile, forse, o più probabilmente un modo di farmi stare buona e zitta e concedergli la separazione il prima possibile.

Non ero più entrata in quella stanza, parlava troppo di lui, ma prima o poi avrei dovuto farlo. Quante coincidenze anche in questa lettera!

Ti dirò come preparare un'orgonite piramidale, poi, una volta che avrai appreso come fare, potrai creare anche il pendente che indosserai.

Segui le indicazioni che trovi nel secondo foglio contenuto nella busta: sarà un'esperienza molto bella per te, te lo assicuro.

Ti amo infinitamente, non dimenticarlo mai.

Controllai ed effettivamente c'era un secondo foglio con la lista dell'occorrente per creare l'orgonite e le istruzioni passo passo.

Dovevo davvero reperire tutte quelle cose e creare uno strano oggetto dai poteri magici? Ero dubbiosa, ma per precauzione riposi in borsa la lista dell'occorrente, di questi tempi non si sapeva mai.

Nei giorni successivi seguii la mia solita routine. Il martedì sera andai a cena da mia madre. Non le raccontai niente di tutte le cose strane che mi stavano succedendo, con lei continuavo a fingere che fosse tutto normale. Tuttavia, forse era più intuitiva di quello che credevo.

A metà cena mi disse: «Hai qualcosa di strano, ti stai facendo crescere i capelli? E hai un'aria differente, che succede?»

«Nulla, mamma, figurati» risposi sulla difensiva, come facevo anche da piccola.

Non ero mai stata sicura che le interessasse sapere cosa provavo.

Questa volta mi incalzò: «Hai parlato con Giovanni, avete trovato un modo per appianare le vostre divergenze? Forse, se fossi un pochino più accondiscendente, o se provassi a essere una moglie migliore, chissà...»

Iniziai a fumare di rabbia. Mai una volta che mia madre fosse stata solidale con me; anche in quella situazione, in cui il mio quasi ex marito mi aveva tradita e abbandonata, lei lasciava sottintendere, neppure troppo velatamente, che me la ero cercata. Ero io ad aver sbagliato qualcosa, non lui a essere uno stronzo fedifrago.

«Mamma» dissi, cercando di scandire bene le parole e ricorrendo a tutta la mia pazienza «con Giovanni è finita per sua volontà, ma, probabilmente, è meglio così per entrambi. Dopo le vacanze ci sarà l'udienza di separazione e finalmente questa storia finirà».

«Be', un divorzio non ci voleva proprio» sentenziò lei.

«Mamma, non credo siano affari tuoi. Piuttosto che giudicarmi, se proprio volessi far parte della mia vita e starmi accanto in questa situazione, potresti sostenermi».

«Che vuol dire che ti dovrei sostenere?» mi domandò, neanche le avessi parlato in una lingua straniera.

Alzai gli occhi al cielo, davvero c'era bisogno di spiegarlo? Evidentemente sì.

«Tanto per iniziare, potresti pensare che tua figlia non è poi questa persona orribile e che magari è Giovanni a essere molto meno perfetto di quello che vuole far credere».

«Sciocchezze» tagliò corto. «Il ruolo di una madre non è quello di essere debole, ma di educare la propria figlia per farla diventare forte».

«Sicuramente questo è il tuo modo di educarmi, ma non credo che sia l'unica via possibile. Una madre potrebbe anche abbracciare sua figlia, sostenerla e dirle che le vuole bene e che non sarà mai sola!»

Purtroppo, mia madre era la persona più anaffettiva che avessi mai conosciuto, non ricordavo l'ultimo abbraccio che ci eravamo scambiate. Forse quando ero piccola mi aveva dato qualche bacio della buonanotte sulla fronte, ma penso che abbia smesso presto. Certo, non mi aveva fatto mai mancare nulla a livello materiale, ma a livello affettivo era tutta un'altra questione. E anche in questo caso non mi stava in alcun modo supportando.

Mentre continuava a sostenere la validità di quelli che erano i suoi metodi educativi e del perché era così che una madre si doveva comportare, pensai che forse avrei davvero creato quello strano oggetto chiamato orgonite: avrebbe potuto proteggermi da mia madre durante le cene settimanali. L'indomani avrei comprato tutto l'occorrente.

Mia madre concluse il suo monologo e io feci sì con la testa, lasciandole credere che avesse piena ragione, tanto sapevo che era quello il suo scopo ultimo, sentirsi dire che le sue asserzioni erano giuste. Con la scusa di un po' di mal di testa, mi congedai.

Decisi d'istinto che l'avrei salutata nel modo meno abituale per noi, così la abbracciai e le diedi un bacio sulla guancia.

«Ciao, mamma, ci vediamo la settimana prossima».

Rimase impietrita, l'avevo presa alla sprovvista, e combattendo con la sua anaffettività, riuscì a pronunciare a stento un: «Ciao, Minerva» mentre chiudeva la porta alle mie spalle.

Mi diressi verso casa ridendo, era stato scioccante abbracciare mia madre, probabilmente erano anni che non c'era un contatto fisico tra noi. Non volevo diventare una persona chiusa e diffidente, volevo vivere, condividere le mie emozioni con gli altri e, perché no, come mi era stato consigliato dalle lettere, tornare ad amare.

Il pensiero corse a Pierpaolo. Non lo avevo ancora chiamato, perché? Conoscevo fin troppo bene la risposta: non solo ero una fifona, ma temevo soprattutto un suo rifiuto.

Avevo letto da qualche parte che gli Egizi ritenevano che gli oggetti a forma piramidale avessero poteri magici, così, mentre reperivo tutto l'occorrente necessario per creare l'orgonite, mi sentii come un'antica sacerdotessa che si preparava per una cerimonia importante.

Come prima cosa posizionai una tovaglia sul tavolo per non rovinarlo, poi disposi ordinatamente il foglio di rame per lo stampo, le forbici, la limatura di alluminio, la colla, la resina, il righello, il bulino, il rame e il quarzo. Mi misi all'opera. Seguendo le indicazioni della lettera creai lo stampo, con righello e bulino tracciai sul foglio quattro triangoli, incisi le sagome e le tagliai con le forbici. Poi incollai tra loro i triangoli e formai una piramide.

Lo stampo era pronto e lo guardai affascinata: creare mi dava una gioia indicibile.

Pensai per un istante al seminario di ceramica a cui avrei partecipato a giugno e fui felicissima della mia decisione.

Posizionai la piramide con la punta rivolta verso il basso e iniziai a inserire in ordine i vari elementi: un po' di limatura di alluminio e sottili pezzetti di rame, ricoprii i frammenti con la resina e posizionai nel centro un cristallo di quarzo con la punta rivolta verso il basso. Un altro strato di limatura metallica per poi ricoprire il tutto con la resina. Livellai bene e, mentre lasciavo seccare l'orgonite, mi misi subito all'opera per creare il pendente che avrei indossato.

Preparai lo stampo, questa volta più piccolo e rotondo, usando materiali e pietre differenti, e nel giro di poco avevo terminato anche il ciondolo. Mi stavo divertendo tantissimo.

Attesi che l'asciugatura fosse completa, poi capovolsi lo stampo per estrarre l'orgonite e la osservai estasiata. Feci lo stesso con il pendente, poi lo infilai in una sottile catenina d'argento che avevo comprato e me lo misi al collo. Vibravano di luce ed energia. Ero pronta, mi sentivo protetta.

Presi l'orgonite piramidale e mi diressi verso lo studio di Giovanni.

Capitolo nove

Kierkegaard diceva: "Ci vuole più coraggio per soffrire che per agire". Mai come in questo momento mi sentivo così d'accordo con lui.
Dovevo affrontare il mio dolore.
Il ciondolo pulsava di energia al mio collo facendomi sentire protetta, questa orgonite era davvero potente.
Aprii la porta dello studio di Giovanni. Tutto era rimasto come lo aveva lasciato quando se ne era andato di casa, pochi mesi prima.
Mi aveva liquidato freddamente dicendomi che ero noiosa, che era impossibile stare con me. Per mesi mi ero colpevolizzata, avevo pensato a come sarei potuta essere, a cosa avrei potuto fare, avevo cercato in tutti i modi di salvare il nostro matrimonio anche se lui mi aveva tradita e in cuor mio sapevo che separarci era la cosa migliore.
Poi avevo capito: non ero io, era lui. Non voleva più stare con me, ma non aveva il coraggio di prendersi le sue re-

sponsabilità. Anziché dire "sono un codardo, rinuncio al nostro rapporto senza combattere", aveva preferito dare tutta la colpa a me.
Ero ferma al centro della stanza. Sulla scrivania rimanevano poche carte ordinate, un portapenne quasi vuoto e poco altro. Tutto mi sembrava gelido, come gelido era Giovanni.
Quando posizionai l'orgonite sulla cassettiera vicino alla finestra, notai che l'ultimo cassetto non era chiuso bene. Tentai di assestarlo con un calcetto ma qualcosa lo bloccava da dietro. Controllai: incastrata in fondo al mobile c'era una cartellina nera, che doveva essere scivolata, il cui colore si confondeva con il legno scuro. Non riuscii a spostare il mobile, ma a fatica potei ugualmente estrarla. Era un portadocumenti chiuso con una combinazione. Lo portai con me in quella che era stata la nostra camera matrimoniale e adesso era solo la mia stanza da letto. Lo misi sulla sedia sotto alcuni vestiti che avevo lasciato lì dopo essermi spogliata la sera precedente.
Mi sentivo una ladra, avrei dovuto chiamare Giovanni e avvisarlo? Forse, se addirittura c'era una combinazione, la cartellina poteva contenere documenti importanti, forse di lavoro. O forse potevo dare una sbirciatina? No, non ero quel tipo di persona.

Ero nel mio letto, ero stanca ma la mia mente continuava a pensare. Quel giorno, per la prima volta in vita mia, avevo costruito un'orgonite, anzi due. Toccai il ciondolo che avevo al collo e decisi che non me lo sarei più tolto, neppure per dormire: mi faceva sentire protetta e quando mi ero specchiata, prima di sdraiarmi, mi ero vista e sentita più bella e in pace.

Erano giorni che stavo riscoprendo la parte più selvaggia e istintuale di me: mi stavo facendo crescere i capelli e li lasciavo spesso sciolti anziché raccolti in un severo chignon, avevo ripreso a truccarmi in modo leggero e naturale e a valorizzare il mio corpo con vestiti che mi facevano sentire bene. Da quando mi ero sposata avevo cercato di indossare abiti eleganti dal taglio classico, ma in questi giorni stavo iniziando a chiedermi se forse non avevo sempre vissuto per accontentare gli altri anziché me stessa.

Forse in tutti questi anni avevo fatto miei degli stereotipi che con me non c'entravano nulla. Forse potevano andare bene alla mia perfetta madre o al mio perfettissimo quasi ex marito, ma iniziavo fortemente a dubitare che andassero bene alla sottoscritta. Stavo capendo finalmente che la cosa più importante era compiere tutte quelle azioni che mi facevano stare bene, indossare quegli abiti che mi valorizzavano, portare i capelli scompigliati dal vento, mettere un ciondolo un po' strano creato da me che mi faceva sentire a dir poco bellissima. Ero così orgogliosa pensando a quanto fossero belle le mie creazioni!

Poi il pensiero si spostò sulla cartellina portadocumenti che giaceva mezza sepolta sotto i vestiti. Forse avrei avvisato Giovanni affinché se la riprendesse, non ero mai stata una persona invadente, non rispettosa della privacy altrui. Che diritto avevo di leggere dei documenti che gli appartenevano?

Tra un pensiero e l'altro, mi addormentai...

Mi trovavo di nuovo nel passato, i vestiti erano gli stessi, forse anche il capanno era lo stesso, ma questa volta avevo le mani e i piedi legati a un palo di legno. Molto probabilmente non ero riuscita a scappare. Davanti a me c'era un uomo che sembrava in tutto e per tutto il mio ex marito.

Mi urlava contro in modo arrogante: «Ti è ben chiaro che o diventi mia moglie o farai la fine di quelle donne? Ricorda che ho delle prove per accusarti di stregoneria».

Mi stava ricattando. Negai battendomi per la mia innocenza. «Io sono una guaritrice, curo le persone, le aiuto a stare bene e tu lo sai. Uso le erbe che crescono nel giardino dietro alla mia casa. Quando le persone si ammalano vengono da me e io semplicemente le aiuto a guarire».

Mi rise in faccia. «Nessuno crederà a una donna, tantomeno a una strega. Soprattutto se ti metterai contro di me».

Era il capitano dei gendarmi e ostentava il suo potere.

Ero sempre più furiosa, provai a liberarmi ma le corde erano strette. Tentando ancora una volta di ribellarmi, gli gridai: «Svelerò a tutti il tuo segreto!»

Fu allora che riconobbi quello sguardo furioso: stava per colpirmi. Chiusi gli occhi attendendo il colpo,

che però non arrivò. La porta del capanno si aprì ed entrò l'altro gendarme, il Pierpaolo del passato. «Comandante, dovete andare, il duca vi attende. Me ne occuperò io» disse indicandomi.
«Non lasciarla scappare e soprattutto fatti dire dove tiene la borsa nera con i documenti. Prova con le buone ma usa le cattive se devi. Voglio quelle carte».
L'uomo che assomigliava a Giovanni uscì sbattendo la porta.
Pierpaolo mi guardò tristemente. «Perché non sei fuggita come ti avevo detto?» Poi fece qualcosa che non mi aspettavo: iniziò a sciogliere le corde che mi tenevano legata. «Scappa il più lontano possibile, non farti prendere, questa volta. E porta con te la borsa nera, è la nostra unica possibilità. Vai, ora, non c'è molto tempo». Con un bacio mi spinse fuori.
Mi girai e non potei fare a meno di chiedergli: «Cosa succederà a te? Rischierai grosso per avermi fatto fuggire».
Mi sorrise. «Non preoccuparti, dirò che mi hai fatto un incantesimo, sei o non sei una strega? Ora vai! In qualsiasi era, vita dopo vita ti ritroverò, ma tu custodisci i documenti, sono la chiave».
Mentre guardavo il suo bellissimo viso svanire mi svegliai, madida di sudore.
Non sapevo cosa fare, il messaggio del sogno sembrava chiaro: dovevo aprire quella dannata cartellina nera e vedere cosa conteneva. Ma forse era solo il mio inconscio a farmi immaginare cose che non esistevano.

Era notte fonda e avrei fatto meglio a cercare di riprendere sonno, tuttavia non ci riuscii: ero dilaniata dal dubbio, aprire o non aprire? Mi alzai e andai in cucina a bere un bicchiere d'acqua, vi aggiunsi qualche goccia di melissa e valeriana e tornai a letto.

Il cuore mi batteva forte. Il sogno era stato davvero scioccante. Possibile che avesse ragione Tania? Io, Giovanni e Pierpaolo ci eravamo conosciuti in altre vite? Possibile che dentro quel portadocumenti ci fosse qualcosa di importante?

Solo in quel momento mi resi conto di non conoscere tante cose del mio ex marito. Avevo sempre pensato che fosse una persona ordinaria, con una vita come tante e che non potesse nascondere dei segreti, ma chi poteva dirlo?

Mi rigiravo nel letto, i pensieri si susseguivano, ma le gocce di valeriana riuscirono a calmarmi e a poco a poco ripresi sonno, con la consapevolezza che la mattina dopo avrei chiamato Tania per avere un parere: il suo conforto mi avrebbe sicuramente aiutata.

Capitolo dieci

La mattina seguente, mi svegliai assonnata al trillo della sveglia. Mi trascinai in cucina e, mentre aspettavo che l'acqua per il tè bollisse, mandai un messaggio a Tania dicendole che avevo fatto un sogno che sembrava la continuazione del precedente. Mi rispose subito: "Raccontami tutto, non tralasciare neppure un dettaglio". Continuammo a scambiarci messaggi e le raccontai il sogno. Ribadì che si trattava della memoria di una vita precedente.

Dovevo correre a scuola, avevo lezione alla prima e alla seconda ora e non potevo assolutamente fare tardi perché c'era l'ultimo compito in classe dell'anno. Strada facendo inviai a Tania un ultimo vocale; non avevo molto tempo per raccontarle tutto, soprattutto i dettagli che mi chiedeva, e tantomeno per farle sapere le mie teorie al riguardo. In ogni caso, era giovedì: la sera ci saremo viste alla lezione di mindfulness e dopo ci attendeva la nostra cena in un nuovo ristorante vegano.

Anche questo locale lo aveva scelto Tania, aveva una app fantastica che le segnalava tutti i ristoranti vegani e vegetariani della città.

Non vedevo l'ora che arrivasse sera. Non solo per andare a cena con Tania e chiacchierare, ma anche per la lezione di meditazione di cui avevo più che mai bisogno.

La lezione di mindfulness con Angela mi rigenerò profondamente: sentivo la mente quieta e una profonda pace interiore. Al termine salutammo Stella, indaffarata con le iscrizioni di alcune allieve, e ci dirigemmo al ristorante, un locale che proponeva piatti della tradizione italiana in chiave vegana. Ero davvero curiosa di provare la carbonara veg.

Ordinammo il nostro immancabile calice di vino, questa settimana scelsi un rosso da accompagnare alla mia "finta carbonara" che si rivelò deliziosa. Mentre mangiavamo, raccontai a Tania per filo e per segno cosa mi era successo durante la settimana e le dissi che avevo creato l'orgonite. Lei aveva già visto il nuovo ciondolo che portavo al collo e mi domandò dove lo avessi comprato, visto che ne desiderava uno simile. Quando seppe che lo avevo creato io si entusiasmò e me ne commissionò uno. Le dissi che gliel'avrei regalato ma insistette per pagarlo. Accantonammo temporaneamente la questione, anche se ero veramente intenzionata a regalarle il pendente di orgonite che avrei creato pensando a lei.

Tornai a parlare, raccontandole di quando ero andata a posizionare l'orgonite nello studio di Giovanni e avevo trovato la cartellina di pelle nera chiusa da una combinazione, per poi passare al sogno. Lei sostenne che non poteva trattarsi solo di una coincidenza, ma in una situazione del genere non stava a noi decidere: avremmo chiesto aiuto ai tarocchi. Tania mi spiegò che quando siamo alle prese con nodi karmici e succedono cose che vanno oltre la nostra umana comprensione, è meglio chiedere aiuto al divino. Infatti, attraverso la divinazione, ossia una "divina-azione", chiediamo all'Universo di condurci sulla strada giusta.

Mi affascinava l'idea di avere qualcuno che mi guidasse. «Pensi che potrei chiedere aiuto al mio angelo custode?» le domandai.

«Certamente. Ho un mazzo di Tarocchi degli Angeli, se preferisci posso usare quelli per la lettura di domani. Così il tuo angelo custode potrà indicarti cosa fare con la cartellina misteriosa. Anche se, lasciatelo dire, fossi stata al tuo posto l'avrei già aperta».

Scoppiò a ridere e la seguii a ruota. Sarà stato il vino che reggevo poco, sarà stata l'emozione per il programma del giorno successivo – sarei andata a casa di Tania per un aperitivo e poi lei mi avrebbe letto i tarocchi –, ma avvertii un brivido di gioia.

D'istinto abbassai gli occhi e mi accorsi che accanto al mio piede sinistro c'era una piuma bianca.

Questa volta non mi chiesi come ci fosse arrivata, ero certa che prima non ci fosse, ma probabilmente era un segno del mio angelo custode.

Era giunto il momento di chiedere aiuto al divino.

Per l'appuntamento a casa di Tania avevo scelto un vestito a fiori monospalla, che mi lasciava la spalla sinistra scoperta e mi faceva sentire particolarmente sexy. Sfinava il mio corpo e seguiva le mie forme, esaltandole. Calzai dei sandali bassi color oro, volevo raggiungere casa di Tania a piedi, visto che abitavamo vicine.

Lungo la strada mi fermai a fare acquisti in una rinomata pasticceria specializzata in dolci vegani. Scelsi degli assaggini: un tiramisù, due cheesecake, una al frutto della passione e una al pistacchio, e una mini crostata di visciole. Li avremmo degustati insieme e sarebbe stato un modo per ringraziare Tania della sua gentilezza e ospitalità. Da sempre credevo che regalare un dolce fosse un bel modo di dimostrare gratitudine.

Quando arrivai a casa di Tania, lei mi accolse sorridendo, mi diede due affettuosi baci sulle guance e prese i dolci trillando entusiasta. Disse che adorava quella pasticceria e che, quando riusciva, si fermava sempre a comprare qualche delizia. Recitando alla lettera le indicazioni che mi aveva dato la pasticcera, riferii che i dolci dovevano essere lasciati fuori dal frigo, così da essere pronti quando li avremmo consumati. Li lasciammo sul tavolo della cucina su cui vi erano due calici colorati e vari vassoi coperti, che lasciavano intravedere rustici e tartine.

Tania aveva preparato un aperitivo che metteva l'acquolina in bocca.

Tornammo in salotto. L'appartamento era molto carino, arredato in stile boho chic, c'erano tanti pezzi etnici e sembrava di trovarsi in qualche isola caraibica. Tania mi disse di aver acquistato i numerosi soprammobili durante i suoi viaggi. Il lampadario era una canna di bambù sorretta da una corda da cui scendevano lampadine decorative che creavano un piacevole gioco di luci, illuminando il tavolo su cui Tania aveva già steso un telo bordeaux e posizionato vari mazzi di carte. Ce n'era uno che sembrava molto usato, e al suo fianco un altro in una scatola, visibilmente più nuovo.

La mia amica propose di leggere prima i tarocchi e prendere successivamente l'aperitivo, così saremmo state più concentrate e dopo ci saremmo rilassate. Accolsi con favore questa decisione, anche perché non ero solita farmi leggere i tarocchi ed ero emozionata. L'idea che avremmo usato i tarocchi degli angeli mi metteva più a mio agio perché mi aiutava a credere che fosse il mio angelo custode a parlarmi e a darmi le indicazioni di cui avevo bisogno.

«Rilassati e fai dei respiri profondi. Concentrati e formula bene la domanda». Tania mi spiegò che era fondamentale ai fini della riuscita della lettura.

Mi presi il mio tempo per pensarci, poi chiesi: «Che cosa succederà se aprirò il portadocumenti nero?»

Tania assunse un'aria concentrata e solenne, iniziò a mescolare le carte e poi me le pose davanti. Tagliai il mazzo e lei posizionò le carte in quello che mi spiegò essere il metodo della croce celtica, un metodo a dieci carte che mi avrebbe aiutato a comprendere la situazione nel suo insieme, dandomi un quadro ampio e una risposta completa e sfaccettata.

Girò la prima carta, che rappresentava la situazione attuale: la Morte. Ebbi un brivido: c'erano carte che culturalmente per via del sostrato culturale che ci apparteneva facevano paura e sicuramente la Morte era una di quelle. Parlava di paure e di un taglio netto che doveva essere fatto.

Tania mi rassicurò: «Vista la situazione che stai vivendo è inevitabile che uscisse questa carta. Avevamo già capito da sole che si trattava di qualcosa di grosso e i tarocchi stanno solo confermando quello che avevamo intuito».

Passò alla seconda carta, rappresentava la sfida che stavo vivendo: il Matto. in quel momento ricordai il mito del vaso di Pandora e compresi all'istante che cosa mi stavano dicendo i tarocchi: se avessi aperto quella cartellina avrei scatenato una tempesta.

Ero concentratissima e pendevo dalle labbra di Tania. Prese la carta in basso rispetto alle due estratte, rappresentava il fulcro della situazione.

L'Appeso.

«Minerva, questa carta è determinante: non solo parla di un blocco, che io interpreto con il blocco derivante dal karma delle vite passate, visti i sogni che stai facendo, ma indica anche la necessità per te di iniziare a guardare la situazione da una nuova prospettiva. Dovrai impegnarti ad andare oltre le apparenze e cercare di leggere tutto quello che sta succedendo da una prospettiva più ampia, oltre il velo dell'illusione».

Girò poi la quarta carta, alla sinistra delle prime due: la Torre.

«Questa carta indica la separazione da Giovanni. La Torre parla di un crollo, di un'instabilità, di una rottura, ma allo stesso tempo ti sta consigliando di smettere di avere paura e di vedere tutto quello che ti sta capitando come il risveglio del tuo potere interiore».

La carta successiva rappresentava il presente e uscì il Bagatto, anche detto il Mago.

«Il Mago ha il potere di agire» mi spiegò Tania. «I tarocchi ti stanno suggerendo di agire».

Avrei dovuto aprire quella cartellina e vuotare il vaso di Pandora. Quello che avrei trovato sarebbe stato importante, ma era una fase necessaria se volevo giungere alla carta successiva che mi avrebbe dato indicazioni sul futuro prossimo.

Erano gli Amanti. Tania si premurò di spiegarmi che i tarocchi non prevedono un futuro fisso ma potenziale. Ciascuno di noi può creare il proprio futuro, i tarocchi mi stavano dando solo le indicazioni che io avevo chiesto e di cui avevo bisogno se volevo andare verso l'amore.

Mi tornò in mente la frase scritta nella lettera: "Torna ad amare".

Non potei fare a meno di sorridere e Tania, che ormai iniziava a conoscermi fin troppo bene, mi prese in giro e con una voce scherzosa disse: «Chissà chi rappresentano questi amanti, eh?» Poi tornando seria mi spiegò che quella carta, posizionata in quel punto, rappresentava la possibilità che io e Pierpaolo non avevamo avuto nella vita passata.

Deglutii e mi concentrai sulle carte seguenti, la sesta e la settima: l'Imperatrice e l'Imperatore. La prima ero io e l'altra la associammo a Pierpaolo. Poi Tania girò la carta delle Stelle: la speranza per noi di riuscire a vivere la nostra storia d'amore.

La lettura si concluse con l'ultimo tarocco: il Mondo.

«Questa carta è bellissima, indica il completamento e la riuscita. Potrebbe essere l'esito della tua storia con Pierpaolo, se seguirai i consigli dei tarocchi». Tania mi guardò e rise di nuovo. «Certo che il tuo angelo non ci va tanto per il sottile. Voleva mandarti un messaggio forte e c'è riuscito! Quindi, per concludere la lettura e rispondere alla tua domanda, quello che posso dirti è che dovrai aprire quel portadocumenti. Dentro troverai qualcosa che scotta e che non riguarda solo questa vita: sarà qualcosa che ti aiuterà a risolvere anche i nodi karmici che ti trovi ad affrontare. Solo se lo farai avrai veramente un'opportunità con Pierpaolo, sennò continuerete a percorrere la ruota karmica che vi tiene lontani da molte vite».

Ero molto colpita. Quello che mi aveva detto Tania era strano, eppure allo stesso tempo dentro di me sapevo che era la verità.

Tania era stata gentile a usare dei tarocchi con delle immagini angeliche, ma mi aveva spiegato che non bisogna mai aver paura dei tarocchi con le immagini classiche, perché quello che fa questo meraviglioso strumento è mostrarci la nostra evoluzione e il cammino che ogni essere umano è venuto a percorrere sulla Terra.

Sapevo che la tradizione voleva che si offrisse sempre un compenso in cambio di una lettura di tarocchi, così allungai sul tavolo una busta.

Tania mi sorrise. «Non avrei voluto chiederti dei soldi, ma è giusto dare un contributo al divino. Userò i soldi per comprare qualcosa di magico». Mise via la busta senza neanche guardare quanto avevo messo dentro. Avvolse i mazzi dei tarocchi nel telo bordeaux e li portò in quella che credo fosse la sua camera da letto. Quando rientrò in salotto era tornata la persona solare di sempre. Mi prese sottobraccio e mi condusse in cucina per preparare l'aperitivo.

Apparecchiammo la tavola dove poco prima mi aveva letto i tarocchi usando una tovaglia dai toni pastello. Portai i vassoi con gli stuzzichini e le tartine e Tania si occupò degli spritz che aveva preparato. Ormai sapeva che non reggevo molto bene l'alcol e quindi il mio lo aveva fatto leggero; strizzandomi l'occhio mi aveva detto che invece nel suo aveva messo molto più alcol.

Spizzicammo qualcosa e parlammo ancora della lettura e di come pensavo di agire. Le dissi che, come prima cosa, avrei dovuto trovare la combinazione per aprire il portadocumenti. Mi disse che secondo lei, borioso com'era, Giovanni aveva sicuramente scelto una data che ricordasse qualche suo successo. Scoppiammo a ridere, ma sentivo che aveva ragione. Chissà, forse la data in cui si era laureato o, meglio ancora, la data in cui era diventato avvocato.

Finimmo i nostri spritz e Tania mi invitò a rimanere a cena. Avremmo ordinato una pizza, avremmo visto un film e ci saremmo mangiate i dolci che avevo portato. Optammo per *Matrix Resurrections*, il quarto e ultimo capitolo della saga che scoprimmo adorare entrambe.

Mi resi conto che da tanto non passavo una piacevole serata con un'amica. Io e Giovanni avevamo delle conoscenze di coppia ma non degli amici, e a volte passavamo i weekend con suoi colleghi e le rispettive mogli. Era da tantissimo che non mi divertivo in quel modo, che non mi emozionavo davanti a un film, ridendo con un'amica.

Ero davvero grata all'Universo, o forse al mio angelo custode... Insomma, non sapevo a chi essere grata per il fatto che Tania fosse entrata nella mia vita, così sussurrai un grazie al nulla, sperando che giungesse a chi doveva arrivare.

Pensai che fosse un buon momento per parlarle delle lettere, ma non lo feci: la serata era stata già ricca di informazioni da elaborare, ero certa che non sarebbe mancata un'altra occasione.

Tania si girò verso di me e, puntandomi contro il cucchiaino con cui stava mangiando il tiramisù, disse: «Lo sai che oltre ad aprire quella cavolo di cartellina nera dovrai anche chiamare Pierpaolo? Perché sono certa, dato che ormai ti conosco, che non l'hai ancora fatto».

Imbarazzata le confermai di non averlo ancora chiamato.

Alzò le braccia al cielo. «Ma si può sapere che cosa aspetti? Be', ora che te l'hanno detto anche i tarocchi, non puoi più tirarti indietro. Domani lo farai, chiama il tuo angelo custode al tuo fianco per darti forza e mandagli quel cavolo di messaggio».

L'idea di mandargli un messaggio anziché chiamarlo mi sembrò ottima e lo dissi a Tania.

«Ma certo! Siamo nel ventunesimo secolo, smettila di farti problemi. E domani mattina mandagli un bel buongiorno via WhatsApp, dopodiché manda anche a me il buongiorno e raccontami tutto, tutto tutto tutto».

«... se non mi dovesse rispondere?»

«Ma certo che ti risponderà, è cotto di te da non si sa quante vite!»

Mi tirò un cuscino che presi al volo e con cui mi coprii la faccia. Iniziammo a ridere.

Era una delle serate più belle degli ultimi anni.

Capitolo undici

Quando tornai a casa ero ebbra di gioia. La serata era stata fantastica. Sì, la lettura di tarocchi mi aveva un poco sconvolta, ma l'idea di scrivere a Pierpaolo il giorno seguente e la curiosità per la cartellina contenente i documenti misteriosi mi facevano sentire viva.
Entrai nel portone e vidi nella cassetta delle lettere l'ormai familiare lembo azzurro. Presi la lettera e corsi in casa.

Cara anima,
so che stai vivendo un periodo intenso e pieno di eventi che ti spingono fuori dalla tua comfort zone, ma è proprio lì che risiede la forza.
In questa lettera voglio parlarti di due concetti importanti: il coraggio e il cambiamento.
Sono due temi molto attuali, non è vero? L'essere pronta al cambiamento e avere coraggio non vuol dire non aver paura, piuttosto significa affrontare le

proprie paure, entrarci dentro con tutta te stessa e superarle.

La paura spesso è come il buio, ma svanisce nel momento in cui sorge l'alba o si accende la luce, lasciando il posto a un'incantevole visione. La paura è come una nube che oscurando la tua mente ti fa credere di non potercela fare perché ti troverai ad affrontare cose più grandi di te. Sappi che non è così. La paura ha più paura di te. Spesso la paura è la parte bambina di te, che teme di non essere all'altezza. Ma tu oggi sei una donna che sta sbocciando, meravigliosa, nella sua essenza più pura.

Ogni situazione che vivi è un'occasione per dimostrare al mondo chi sei e per riprendere in mano la tua vita e trasformarla in un capolavoro. Non aver paura del cambiamento, il cambiamento porta trasformazioni. A volte si ha paura di ciò che non si conosce, ma immagina di avere con te una lanterna che illumina i tuoi passi, mostrandoti dove stai andando. Ricorda che intorno a te hai persone preziose che vogliono il tuo bene, ti amano e ti sostengono: permetti loro di amarti e aiutarti.

Come ti ho già detto: apriti all'amore. Troverai nell'amore una grande risorsa. Circondati di persone che ti fanno stare bene. Regalati momenti felici che diventeranno ricordi preziosi da custodire gelosamente.

Nel momento in cui decidi di trasformare la tua vita, inevitabilmente, affinché le cose possano trasformarsi, saranno necessari dei cambiamenti. Se questa parola non ti piace, inizia a chiamarli mutamenti. Pensare al mutare ti può far venire in mente un bruco che diventa farfalla, l'inverno che diventa primavera, un bambino che diventa grande, un seme che diventa fiore. Pensa al mutamento come al processo naturale dell'essere. Pensa al mutamento come al fiume che scorre e alla vita che viene vissuta. Non sprecare neppure un attimo, ogni istante è prezioso perché può essere un momento di gioia.

Domani sarà una giornata grandiosa per te, per questo ti abbraccio e ti ricordo che sono sempre al tuo fianco.

Il ciondolo che hai creato rappresenta la mia presenza vicino a te: ogni volta che avrai bisogno di sentirmi tocca il tuo ciondolo e io troverò il modo per dimostrarti che sono accanto a te. Impara a sentirmi, impara a riconoscermi, impara a vedermi con gli occhi del cuore.

Sono al tuo fianco e sono fiero di te, oggi e sempre.
Con infinito amore.

La mattina seguente ripensai alla lettera: coraggio e cambiamento. Via la Minerva fifona e benvenuta alla Minerva coraggiosa! Le cose potevano cambiare, toccava a me dare il via al mutamento.

Per prima cosa, avrei scritto a Pierpaolo.

Avevo registrato in rubrica il suo numero il giorno stesso in cui mi aveva lasciato il biglietto da visita. Non so più quante volte avevo iniziato a digitare un messaggio per poi cancellarlo, ma oggi ci sarei riuscita. Il misterioso mittente della lettera aveva ragione: potevo farcela.

Presi coraggio, digitai e inviai: "Ciao, sono Minerva, ti andrebbe un caffè in settimana?"

Ecco, avevo scritto il messaggio più stupido della storia, mi avrebbe preso sicuramente per una cretina. Scrissi anche a Tania. La sua risposta arrivò subito: "Smettila di farti tutte queste pippe mentali e aspetta un attimo, vedrai che ti risponderà all'istante".

E in effetti così fu. "Ciao, sono in partenza per New York".

Lo sapevo, aveva trovato una scusa educata per evitarmi, ero stata una sciocca a illudermi. Poi arrivò un altro messaggio.

"... ma finalmente ho il tuo numero! Da adesso in poi non mi sfuggirai :-)".

Sorrisi, era da lui scherzare in questo modo. Continuammo a messaggiarci ancora per un po', fino a che, col sorriso stampato in faccia come un'adolescente innamorata, mi avviai al lavoro.

Finite le lezioni, trovai un messaggio di Pierpaolo che mi mandava una foto di lui all'aeroporto in partenza per New York: "Torno presto e voglio riscuotere la cena che mi devi ;)".

Il sorriso mi accompagnò fino a sera.

Quando tornai a casa dopo aver fatto la spesa trovai un'altra delle ormai familiari lettere azzurre.

Cara anima,
oggi ti svelerò una cosa importantissima, che potrà davvero cambiarti la vita!
Ti insegnerò ad amare con gli occhi aperti. Spesso quando si ama si chiudono gli occhi, permettendo all'altro di farci qualunque cosa pur di tenerlo con noi. Ci lasciamo manipolare. Ci lasciamo sminuire. E pensiamo che la colpa sia solo nostra. Quando invece si ama con gli occhi aperti, si inizia a tenere sempre in conto il vero valore di sé stessi.
Amare con gli occhi aperti vuol dire camminare insieme tenendosi per mano e supportarsi. Amare con gli occhi aperti vuol dire ridere insieme, essere ironici, superare le difficoltà della vita sapendo di essere sostenuti.
Spesso il possesso viene scambiato per amore, spesso si preferisce non voler guardare in faccia la realtà per paura di rimanere soli. Tutto questo con il tempo diventa nocivo, pian piano porta un dolore sordo e cieco che spesso viene proiettato su altre sfere della vita, il lavoro inizia a non andare bene o diventa insoddisfacente, gli amici spariscono e si inizia a dare la colpa agli altri della propria tristezza.
Invece il punto è che si sta perdendo la propria luce interiore.
Ogni persona è un magnete di luce potente, ma quando perdi il tuo potere anche la tua luce affievolisce.
Sai qual è l'unica fonte della vera luce?
L'amore.

Per questo desidero insegnarti ad amare con gli occhi aperti, così potrai imparare ad amare te stessa e la tua vita . Apprenderai quello che si chiama amore cosmico universale, un amore che trascende l'amore di coppia ma allo stesso tempo ne è alla base. Quando non c'è amore per se stessi non si pulsa amore, non si vibra amore e non si può avere un rapporto di coppia appagante. Per questo alcuni rapporti sono destinati a finire. La loro luce si è spenta. All'inizio si soffre, è normale e umano, poi si comprende che è meglio così, perché solo chiudendo una porta si può aprire un portone verso un nuovo viaggio.

Questo sta succedendo anche a te. Preparati a iniziare un cammino che ti farà riscoprire l'amore per te stessa. Solo quando sarai piena d'amore sarai veramente pronta ad amare un'altra persona e a lasciarti amare.

Quando un amore è sano, nutre, disseta e ti fa sbocciare. Quando un amore è marcio e malato è destinato a finire, e ostinarsi a volerlo salvare a tutti i costi è come non avere il coraggio di potare una pianta per farla tornare a vivere.

Sei in un momento di scelta, è giunto il tempo di dire addio al vecchio per dare il benvenuto al nuovo.

Ricordati la lettera precedente: cambiamento e coraggio. Non aver più paura del cambiamento, ma sii coraggiosa e la vita ti ripagherà con la più grande delle ricompense: un amore vero e sincero, fuori dal tempo e dallo spazio, eterno.

Fai quello che devi!

Con infinito amore.

Capitolo dodici

Era tempo di mettersi all'opera. Dovevo trovare la combinazione per aprire quella cartellina nera contenente chissà cosa. Forse Tania e io c'eravamo lasciate suggestionare dalla lettura di tarocchi o forse quell'antico strumento di saggezza aveva davvero visto laddove noi non riuscivamo a vedere? In entrambi i casi, ormai sentivo di dover aprire quella cartellina, e lo avrei fatto.

Ancora una volta fui ingenua, o speranzosa, e usai come prima combinazione la data del nostro matrimonio. La cartellina rimase chiusa. Provai allora con la data del compleanno di Giovanni. Niente. Forse avevo un principio di masochismo, e tentai con la mia data di nascita. Ancora nulla.

Riflettei. Giovanni era egocentrico oltre ogni misura, il suo più grande traguardo era stato diventare avvocato, e quando era successo si era sentito fiero di sé. Ricordavo perfettamente la data perché l'anno scorso avevamo festeggiato con degli amici i quindici anni della sua iscrizione all'albo.

Provai, e la cartellina si aprì.

Dentro c'erano svariate carte e iniziai a estrarle. Erano dei documenti abbastanza complessi per me, che non masticavo economia e diritto. Sembravano estratti conti e contratti, alcuni erano in lingua inglese, con intestazioni di banche di Panama. Riconobbi la nostra polizza vita, vidi altri contratti di cui non ero a conoscenza che però portavano la mia firma, o meglio: quella che sembrava la mia firma ma non lo era, non era la mia scrittura. Era stata falsificata. A fianco della mia falsa firma c'era quella di Giovanni.

Ero esterrefatta.

Presi il primo documento e iniziai a leggere. Per fortuna mia madre aveva sempre dato grande importanza al fatto che io e mio fratello conoscessimo le lingue, per questo fin da piccola ogni estate partivo per interscambi a Londra e in Irlanda e avevo frequentato il quarto anno di liceo negli Stati Uniti, così adesso potevo vantare un inglese molto più che fluente.

Non ebbi difficoltà a comprendere di cosa trattasse: una procura a investire il nostro patrimonio comune in una banca estera e i cui benefici sarebbero andati tutti a Giovanni. Nel contratto gli cedevo le mie quote di partecipazione, rinunciando al fondo fiduciario.

Non ero un avvocato ma riuscivo a capire che qualcosa non quadrava. Mi sarei rivolta a De Arcangelis, che si stava già occupando della mia causa di separazione.

Continuai a scartabellare fogli vari ed estratti conti con cifre a sei zeri.

Giovanni aveva fatto qualcosa di grande, e l'aveva fatto alle mie spalle.

Stringendo al petto quei documenti, mi chiesi chi fosse realmente il mio ex marito. Forse l'avevo davvero sottovalutato, credendolo una persona normale, forse aveva molti più traffici di quelli che mi lasciava immaginare.

Mentre cercavo di riprendermi dallo shock, dal portadocumenti cadde un altro foglio, per la precisione una busta ingiallita dal tempo, con scritto: "per Minerva".

Mi sentii autorizzata ad aprirla.

Cara Minerva,

Giovanni mi ha raccontato tutto, ora so della vostra storia, se avessi saputo che tra voi stava nascendo qualcosa non mi sarei mai permesso di comportarmi così con te.

Forse avevo frainteso i tuoi sentimenti.

Sei una persona speciale, oltre a essere dolce, gentile e bellissima.

Avrei davvero voluto essere io la persona di cui ti saresti innamorata, ma se hai scelto il mio migliore amico, vi auguro allora tutta la felicità.

Da oggi in poi mi farò da parte, permettendovi di realizzare il vostro sogno.

Giovanni mi ha spiegato che avevi capito il mio interesse per te ma non hai avuto il coraggio di rac-

contarmi quello che stava succedendo tra voi per non ferirmi. Lo apprezzo.

D'altra parte, come si fa a non amare una creatura meravigliosa come te?

Ti auguro ogni bene e tanta felicità.

Ti amo e ti amerò per sempre.

Pierpaolo.

Fu il colpo di grazia.

Mi accasciai a terra e iniziai a piangere.

Non sapevo niente della lettera, Giovanni se ne era appropriato per mascherare le sue menzogne e me l'aveva tenuta nascosta per tutto questo tempo.

Come sarebbe stata la mia vita se avessi ricevuto quella lettera?

Capitolo tredici

Il mattino seguente non riuscivo ad alzarmi dal letto, per fortuna era domenica. Solo nel pomeriggio, quando il mio stomaco iniziò a brontolare forte, mi trascinai fino in cucina per prepararmi qualcosa da mangiare.

Mi accorsi che il cellulare, che avevo lasciato acceso e in modalità silenziosa dalla sera precedente, lampeggiava annunciando delle notifiche. Avevo tre chiamate perse da Tania più vari suoi messaggi, e altri messaggi da parte di Pierpaolo.

Mi sedetti al tavolo, e mentre scorrevo i messaggi iniziai a sgranocchiare un pacchetto di cracker con dell'hummus. Tania mi avvisava che iniziava a preoccuparsi, visto che non aveva mie notizie dalla sera precedente, mi intimava di chiamarla al più presto. Pierpaolo invece mi aveva inviato una sua foto che lo ritraeva con il berretto dei New York Yankees; scriveva che stava andando a pranzo con amici in un ristorante in cima all'Empire State Building. Doveva essere proprio bello andare a pranzo in cima a un grattacielo, e doveva essere meraviglioso poterci andare con lui. Continuai a guardare la foto che mi aveva mandato. Mi piacevano i suoi tratti mascolini ma gentili, mi piacevano i suoi capelli ricci. Sembravano così morbidi, chissà come doveva essere affondarci le dita. Risposi a Pierpaolo augurandogli una felice giornata, aggiunsi una faccina che rideva.

Cercai di dissimulare quello che era il mio reale stato d'animo, anche se non potevo fare a meno di ripensare alla lettera della sera precedente. Continuavo a chiedermi come sarebbe stata la mia vita se avessi scelto Pierpaolo anziché Giovanni. Ai tempi dell'università non avrei avuto neanche un tentennamento tra i due: avevo sempre preferito Pierpaolo a Giovanni. Solo dopo aver notato il suo disinteresse e averlo visto allontanarsi, con il tempo mi ero lasciata andare al corteggiamento di Giovanni, il resto era storia. Forse avrei dovuto capire che c'era qualcosa che non quadrava, forse avrei dovuto avere il coraggio di affrontarlo, ma ero stata una codarda, non avevo chiesto spiegazioni di fronte al suo cambiamento per paura di un suo rifiuto. La mia insicurezza aveva lasciato vincere la paura. È vero, non ero andata fino in fondo, ma ciò non cambiava le cose: quello che aveva fatto Giovanni era stato meschino e scorretto e mi aveva tolto la possibilità di scegliere. Aveva rubato una lettera indirizzata a me, ma adesso, proprio come mi avevano detto i tarocchi, avevo l'opportunità di cambiare la situazione.

Adesso non ero più una ragazza, ero una donna e avrei lottato senza paura né insicurezza per ottenere ciò che volevo, e volevo Pierpaolo, ne ero sempre più convinta.

Non sapevo invece come muovermi in merito ai conti esteri e alla falsa firma, fatti che incombevano come un'ombra spaventosa. Sapevo che avrei dovuto affrontare il mio ex marito, ma non volevo che mi manipolasse come aveva sempre fatto. Per questo dovevo essere preparata prima di incontrarlo.

Un'altra domanda che mi frullava in testa era: perché quella cartellina era rimasta lì, perché non se l'era portata via insieme a tutte le sue cose, visti i documenti importanti che conteneva?

Proprio in quel momento arrivò un altro messaggio di Tania: era un ultimatum, o le rispondevo o sarebbe piombata a casa mia per accertarsi che fosse tutto a posto. Anziché scriverle, la chiamai.

«Ma si può sapere che fine hai fatto?» urlò. «Mi stai facendo prendere un colpo, pensavo che ti avessero rapita gli alieni».

Le risposi con voce mogia e capì all'istante che qualcosa non andava. Le proposi di andare a prendere un gelato così le avrei raccontato tutto.

«Okay, basta che prima tu mi garantisca che stai bene e che non devo venire a casa tua o chiamare la polizia o qualcos'altro».

Mi venne da sorridere. Le assicurai di stare bene fisicamente, ma moralmente non l'avevo ancora capito, forse no; le promisi che a breve le avrei spiegato ogni cosa.

«Un po' di zucchero ci farà bene» disse lei. «Tra un'ora al parco, ci vediamo alla giostra grande».

Adoravo andare al parco vicino alla zona dove abitavamo, e adoravo la vecchia giostra. A volte la osservavo da lontano, altre volte mi concedevo un giro. Sapevo che vicino c'era anche un'ottima gelateria.

Mi gettai sotto la doccia, ne avevo davvero bisogno: l'acqua calda e il mio bagnoschiuma alla rosa mi avrebbero aiutato a togliermi di dosso l'enorme peso che mi attanagliava l'anima.

Quando arrivai all'appuntamento Tania era già lì. Portavo dei grossi occhiali da sole e quindi non si rese subito conto che avevo ancora gli occhi gonfi per il pianto, ma la mia amica era molto intuitiva e capì al volo che qualcosa di grosso doveva turbarmi.

Mi prese sottobraccio e mi condusse a un tavolino libero della gelateria. Ci sedemmo e mi disse: «Tu aspetta qui, vado a ordinare due gelati, che gusti vuoi?»

Senza esitare risposi: «Cioccolato fondente e pistacchio».

Fece un cenno affermativo e si diresse al bancone. Quando tornò si sedette e, in attesa che ci servissero, mi spronò: «Dai, vuota il sacco, non riesco a vederti così, mi sembri il fantasma di te stessa».

Feci un bel respiro e attaccai a raccontare per filo e per segno, partendo dal principio, tutto quello che era successo. Vedevo che la bocca di Tania piano piano si apriva, sempre più stupefatta. Stava avendo una reazione molto simile a quella che io avevo avuto la sera precedente, anche lei non riusciva a capacitarsi di quanto era successo.

«Certo che il tuo ex marito è proprio uno stronzo!» esclamò.

Mi venne da ridere, adoravo la mia amica, aveva una solidarietà senza uguali nei miei confronti. Certo, c'era anche da dire che Giovanni era proprio stronzo.

Arrivarono le nostre coppe di gelato e in silenzio iniziammo ad assaporarle, erano davvero deliziose e questo allentò un pochino la tensione.

Dopo qualche minuto Tania disse: «Hai ragione su un punto: dovrai farti trovare preparata. Dovresti rivolgerti a un avvocato il prima possibile».

Le dissi che ci avevo già pensato e che il giorno seguente mi sarei rivolta a De Arcangelis. Una parte di me continuava a sperare, a illudersi che forse ero io a non essere stata in grado di leggere quei documenti così complicati, ma l'altra parte sapeva benissimo che qualcosa non tornava. Una firma era stata falsificata e c'era qualcosa che bolliva in pentola. Ma come ci diceva sempre Angela durante le lezioni di mindfulness: «Se una cosa la puoi cambiare agisci, se non la puoi cambiare rilassati». Dovevo attendere fino al giorno seguente, lambiccarmi il cervello adesso, senza avere le competenze giuridiche ed economiche necessarie, non avrebbe portato a nulla.

Continuammo a chiacchierare del più e del meno. Raccontai a Tania di Pierpaolo e del fatto che ci stavamo mandando dei messaggi, e lei mi chiese di mostrarle una foto. Poco prima me ne aveva mandata una dall'Empire State Building, mentre era a pranzo con alcuni amici in un ristorante messicano. Un po' mi vergognavo, mi sentivo davvero un'adolescente alle prese con la prima cotta, poi la donna che era in me prese il controllo e le mostrai la foto.

Tania emise un sonoro fischio.

«Sai fischiare?» dissi scherzosa. «Io non sono capace, dovrai insegnarmi».

Lei mi liquidò con un gesto della mano. «Certo che so fischiare. E ti posso dire che questo tipo merita proprio un fischio. È davvero bello. Ora capisco perché lo ami da tutte queste vite. Un giorno mi farai vedere anche una foto dello Stronzo, ma sono certa che non regge il confronto con questo bonazzo».

Ormai Tania aveva ribattezzato Giovanni "lo Stronzo" e dovevo ammettere che come soprannome gli calzava a pennello.

Per fortuna che c'era Tania nella mia vita. Il pomeriggio passato con lei e non in solitudine a rimuginare, il gelato delizioso e quella chiacchierata tra amiche mi avevano permesso di recuperare una giornata che altrimenti sarebbe stata disastrosa. Certo, l'indomani mi attendevano tante cose da dover affrontare, ma gli insegnamenti delle lettere azzurre risuonavano in me: bisogna essere pronti a vivere la vita con coraggio per raggiungere e ottenere i cambiamenti che desideriamo.

Sorrisi.

Tania mi domandò: «Perché stai sorridendo?»

Prima o poi le avrei raccontato delle lettere, ma anche questa volta c'era già troppa carne al fuoco. Così liquidai la questione come niente di importante.

Tania mi propose di cenare insieme, ma ringraziandola declinai l'invito. Mi sarebbe piaciuto, ma mi attendeva una settimana faticosa, volevo tornarmene a casa e concentrarmi, prepararmi mentalmente per i giorni che sarebbero venuti. La scuola era agli sgoccioli, anche il corso di mindfulness stava per terminare e il martedì avrei dovuto affrontare mia madre. L'avrei informata che a breve sarei partita per il laboratorio di ceramica e sapevo che non avrebbe approvato: ogni anno nel periodo del Solstizio d'Estate c'era una cena di beneficenza a cui mi costringeva a presenziare con lei, non si era mai capito perché.

Sospirai e mentalmente ricapitolai il tutto. Non sapevo cosa mi pesasse di più tra dovermi recare dall'avvocato per cercare di sbrogliare la questione legale, dover informare mia madre delle mie scelte imbattendomi nella sua disapprovazione, dover affrontare Giovanni riuscendo a farmi valere, o la questione lavorativa che rimaneva precaria. Insomma, avevo veramente bisogno di fare il punto della mia vita e prepararmi alla battaglia. Mi immaginai armata di elmo e lancia e mi sentii pronta a combattere.

Rincasando speravo di trovare una lettera ad attendermi e quando la vidi fui davvero felice. Forse mai come in questo momento stavo aspettando una lettera da parte del mittente misterioso. La presi ed entrai in casa. Decisi di svolgere prima le faccende e i doveri per poi godermi la lettera, quindi sistemai un pochino l'appartamento, anche perché sembrava essere scoppiato un putiferio. La sera precedente avevo lasciato tutto in disordine. Presi i documenti, li infilai nel portadocumenti nero e li chiusi nella cassaforte che avevamo nell'armadio in camera da letto. La lettera di Pierpaolo la inserii invece in un libro che avevo sempre amato e che per un periodo era stato il mio preferito: Brida di Paulo Coelho.

Poi mi preparai un'insalata mista condita con tzatziki e del tempeh macerato in salsa tamari, squisito. Stavo proseguendo con l'alimentazione vegetariana e stavo scoprendo delle delizie di cui non sapevo neppure l'esistenza. Tra queste c'era il tempeh. Volli curare ogni dettaglio, così apparecchiai con una bella tovaglia di lino appartenuta a mia nonna materna e quando fu tutto pronto collocai a centro tavola l'insalata e scattai una foto da inviare a Pierpaolo, accompagnata dal messaggio: "Esperimenti culinari. La cucina vegetariana mi sta conquistando".

La sua risposta, come al solito, non tardò ad arrivare: "Dovresti venire a New York. Qui troveresti il paradiso. Potrei portarti in qualche delizioso ristorante vegan. Ti sto tentando?"

Il cuore mi batteva forte. L'idea di raggiungerlo a New York mi sembrava impossibile, un sogno irrealizzabile. Ma la nuova me mi fece notare che era tantissimo che non mi concedevo un viaggio oltreoceano, e passare del tempo con Pierpaolo sarebbe stata un'occasione meravigliosa.

Così gli risposi: "Sarebbe bello, chissà..."
Dannata timidezza, ma per fortuna Pierpaolo non era timido, non lo era mai stato, e scrisse: "Non vedo l'ora di farti da Cicerone a New York".
Ci scambiammo ancora qualche messaggio, chiedendoci in tono scherzoso se valesse l'espressione "fare da Cicerone" anche in città in cui Cicerone non era mai andato.
Pierpaolo continuò a farmi compagnia mentre cenavo, poi ci salutammo e io corsi a letto, mi misi comoda, sprimacciai i cuscini, li posizionai dietro alle spalle e aprii la lettera.

Cara anima,
in questa lettera vorrei parlarti dei cinque pilastri.
Cinque sono i punti fondamentali alla base della vita, affinché questa possa essere piena, ricca e felice: il perdono, il coraggio, la gratitudine, l'amore e l'umorismo.
Quando ti parlo di perdono, penso e mi riferisco a perdonare te stessa per non aver fatto o detto una cosa oppure un'altra. Non convincerti di portare il mondo sulle spalle, non credere erroneamente che se ti fossi comportata in maniera differente le cose sarebbero andate diversamente. Non è così. A volte la scelta è solo un'illusione, le cose vanno come devono andare, per poterti condurre all'oggi. Oggi sei una persona meravigliosa che sta riprendendo in mano la sua vita. Il passato è passato, non lo puoi cambiare, ma puoi perdonare te stessa e amarti per come ti

sei comportata. Convinciti che non ci sarebbe stato nulla che avresti potuto dire o fare affinché le cose andassero in modo differente. Ogni cosa è perfetta così com'è e alcuni eventi devono succedere affinché tu possa comprendere le lezioni che ti condurranno verso il risveglio e la consapevolezza.

Il secondo pilastro è il coraggio: abbi il coraggio di affrontare quelle persone che ti spaventano, perché dietro la paura si nasconde la parte fragile di te, quella parte che non si crede all'altezza ma che in realtà lo è.

Abbiamo già affrontato il tema del coraggio e mi sembra che tu lo abbia capito a pieno. Nei prossimi giorni potrai mostrare al mondo la tua forza e il tuo coraggio. Sii orgogliosa di te, non credere più di non essere all'altezza e non lasciarti spaventare da qualcuno o da qualcosa. Pancia in dentro, petto in fuori, postura fiera e vai a prenderti il mondo: è tuo di diritto.

Il terzo pilastro è la gratitudine. La gratitudine è un ponte verso i miracoli. Quando la gratitudine sboccia dentro di te, la tua vibrazione è così alta che ogni cosa diventa meravigliosa. Prendi un foglio e stila una lista della gratitudine: scriverai cento cose per cui sei grata. Leggendo queste mie parole potresti pensare di non aver cento cose per cui essere grata, ma se ti fiderai di me e incomincerai a scrivere ti accorgerai che ne hai molte di più. Inizia a essere grata per l'aria che respiri, per le persone che hai intorno, per l'acqua che bevi, per tutto ciò che hai, che hai avuto e che avrai. Quando avrai tempo, divertiti a compilare la lista della gratitudine e ringrazia ogni cosa che scriverai. Ricordati di ringraziare anche chi ti ha fatto del male perché ti ha reso più forte; ringrazia chi ti ha amato perché ti ha reso felice, ringrazia tutto ciò che è stato, che è e che sarà. La gratitudine è la chiave. L'Universo ama le persone grate, e più tu sarai grata più l'Universo ti darà validi motivi per ringraziarlo. Apriti a questa meravigliosa frequenza e nella tua vita inizieranno ad accadere miracoli.

Il quarto pilastro è l'amore. Anche l'amore è un miracolo. L'amore è la via, l'amore è il faro. In una lettera precedente ti ho parlato dell'amore cosmico universale, quello con la A maiuscola, l'amore che crea i mondi. Quando c'è amore nella tua vita tutto si illumina, si accende e diventa perfetto. Solo se ami te stessa, veramente, completamente, in ogni singola parte, potrai attrarre un rapporto sano e sincero. L'amore è come un faro nella notte: anche quando tutto è buio, la via ti verrà rivelata.

Mi emozionai tantissimo nel leggere quelle parole, perché l'affetto di Tania mi aveva portato fuori dal baratro in cui ero caduta e i messaggi di Pierpaolo mi avevano fatto battere il cuore e tornare a sorridere. Grazie all'affetto della mia amica e all'amore che credevo sopito e si era risvegliato, finalmente mi sentivo pronta ad affrontare il mondo a testa alta.

Ripresi a leggere, curiosa di conoscere l'ultimo pilastro.

L'ultimo pilastro è l'umorismo. Troppo spesso la vita viene presa così seriamente che non ne vale la pena. L'umorismo è la chiave della felicità. Ti svelo un segreto: quando sorridi non puoi pensare a qualcosa di triste. Ti invito a fare questo esercizio, proprio ora mentre stai leggendo, insieme a me: pensa a qualcosa di veramente triste e adesso sorridi. Vedrai che è impossibile. Il cervello umano non è programmato per riuscire a sorridere e a pensare contemporaneamente a qualcosa di triste.

Prendi tutto con ironia, scherza su ogni cosa. La vita è un gioco, diventa una giocatrice, gioca per vincere, ma se qualche volta non dovessi vincere, impara anche a perdere. I più grandi atleti a volte vincono, a volte perdono, ma questo non li definisce, a definirli è la loro attitudine.

Prova a sorridere in questo momento. Sorridi per me e per la meravigliosa lezione che hai appreso sui cinque pilastri.

Ti amo infinitamente, ma questo ormai lo sai.

Quei cinque pilastri erano portentosi: avevo ancora il sorriso stampato sulle labbra e sorridendo mi sembrava tutto più sopportabile, più leggero, più affrontabile. Davanti a me avevo una settimana difficile in cui avrei dovuto vedermela con persone e situazioni complesse. Non ne avevo voglia, avrei preferito evitare e rifugiarmi in un apparente mondo statico e perfetto in cui tutto andava a meraviglia, ma non era possibile.

Tuttavia, più sorridevo più mi rendevo conto che

ce l'avrei potuta fare. Mi lasciai andare a una risata, poi un'altra e ancora una. Iniziai a ridere per l'assurdità della mia vita. Tutto era crollato. Fino a neanche un anno prima sembrava che avessi una vita perfetta. Sapevo di conoscenti che mi invidiavano, che erano gelosi della mia vita perfetta: avevo un marito affascinante e in carriera, avevamo un bellissimo appartamento, avevo un lavoro dignitoso. Insomma, eravamo una coppia modello. Poi, in poco meno di un anno tutto si era sbriciolato.

Stavo ridendo, ero sommersa dalle macerie della mia vita, ma ridevo, ridevo a crepapelle. Era tantissimo che non mi facevo una risata così liberatoria. Con Giovanni non ridevo, non mi divertivo, non mi lasciavo andare, mi sentivo sempre imperfetta, mai all'altezza. Adesso invece ero libera, felice, selvaggia. Apparentemente non era cambiato molto, ma in realtà era cambiato tantissimo.

Ero cambiata io.

Capitolo quattordici

La sveglia suonò annunciando il lunedì. La nuova settimana era incominciata. Ripensai ai cinque pilastri: ero in pace con me stessa, mi sentivo pronta ad affrontare qualsiasi cosa, ero grata alla vita per queste seconde opportunità e mi amavo come non mai. Sorrisi e spontaneamente mi ritrovai a dire: «Rispetto i miei confini, brucio le mie paure, accedo alla mia saggezza, mi apro all'infinita bellezza».
Questa frase da dove era uscita? Non l'avevo mai né letta né sentita, o perlomeno non me la ricordavo. Di sicuro suonava bene. Ero di fretta e pensai che potesse essere un buon mantra motivazionale per iniziare al meglio la giornata.
Non appena ebbi pausa tra una lezione e l'altra, mi ritirai in un angolo della sala professori, che stranamente e fortunatamente in quel momento era vuota, e chiamai l'avvocato De Arcangelis. La sua segretaria rispose al primo squillo e mi informò che l'avvocato la

mattina era in tribunale e che se avessi avuto bisogno di un appuntamento avrebbe potuto fissarmelo per il pomeriggio alle 15:30.

Quando terminai di lavorare comprai un pranzo da asporto in un nuovo ristorante orientale di cui avevo sentito parlare bene da alcuni colleghi. Volevo provare gli spaghetti di riso saltati con tofu e verdure. Presi il mio take-away e andai a mangiare al parco. Sentivo di voler stare nella natura. C'erano un bel sole e un leggero venticello, la giornata si prestava a un momento di riflessione in attesa dell'appuntamento con l'avvocato.

Mi stavo accomodando su una panchina libera, pronta ad assaporare il mio pranzo, quando il mio cellulare squillò: era mio fratello. Io e Samuele avevamo uno strano rapporto. A modo nostro eravamo uniti, ma ci sentivamo poco. Da ragazzini avevamo passato molto tempo insieme, ma crescendo ognuno aveva preso la sua strada.

«Ciao, Lele, quanto tempo. Come stai?»

«Ciao, sorellina, sto bene. Sei impegnata?»

«No, sono al parco e stavo per iniziare a pranzare. Dimmi».

Lo sentii tentennare, probabilmente l'idea di mangiare al parco aveva fatto rabbrividire Samuele Argento, anzi l'illustrissimo dottor Samuele Argento, insignito di così tanti riconoscimenti accademici da perderne il conto. Non era da lui tergiversare, mio fratello andava sempre dritto al punto, era la persona più sicura di sé che avessi mai conosciuto. Aveva un carattere così forte e determinato che rendeva fiera nostra madre e che era stato uno dei motivi del nostro allontanamento.

Visto che non parlava, iniziai a preoccuparmi. «Lele, va tutto bene, è successo qualcosa?»

«Be', sì, qualcosa è successo».

Mi allarmai. «Mamma sta bene?»

«Sì, sì, mamma è una roccia, chi la ammazza!» disse con un'intonazione che lasciava immaginare un sorriso.

Lo incalzai: «Vuoi dirmi che cosa succede? Problemi con Sonia?»

Samuele e sua moglie erano sposati da circa dieci anni, avevano due bambini, Iris di otto anni e Ismael di sei.

«Ehm, insomma, così così». Samuele continuava a prendere tempo, ma poi vuotò il sacco: «Mi sono innamorato di un'altra donna».

Per un attimo vacillai, tutto mi aspettavo tranne che una confessione del genere dal mio perfettissimo fratello, e soprattutto facevo fatica a capire perché ne stesse parlando con me.

Continuò: «Stavo pensando se dirlo a Sonia e andare via di casa, non so cosa fare, sono confuso».

«Lele, pensaci bene, non fare scelte affrettate, avete due figli, avete costruito tante cose belle insieme. Sei sicuro che non sia una infatuazione passeggera?»

«Forse hai ragione. Dovrei essere forte e resistere a questa sciocca fantasia. Solo i ragazzini seguono il cuore, devo ragionare da uomo maturo e padre di famiglia quale sono».

Quelle parole suonarono stonate. Visto quello che stavo vivendo avrei voluto consigliargli di seguire il cuore, dato che era quello che stavo facendo io, ma era pur vero che lui aveva dei figli. Iris e Ismael ne avrebbero sofferto. Forse per lui seguire la ragione sarebbe stata la cosa più giusta da fare. Non sapevo come consigliarlo, era davvero difficile. E poi chi ero io per dire cosa era giusto e cosa sbagliato?

Così compii un'azione che forse non avevo mai fatto rapportandomi con mio fratello. «Lele, non so bene cosa consigliarti, ma qualunque scelta prenderai io sarò dalla tua parte. Mi sembra saggio suggerirti di provare a parlare con Sonia, soprattutto per i vostri figli. Ma ricordati che puoi sempre fare affidamento su di me».

Mio fratello rimase muto per qualche secondo, fino a che non riuscì a balbettare solo un «grazie, sorellina».

Forse nella nostra famiglia era mancato quell'amore che ha il gusto della solidarietà, il sostegno incrollabile che ti dà chi ti ama e ti accetta completamente. Forse c'eravamo davvero persi tante cose, come il lato dolce della famiglia. Mi venne da sorridere, allo stesso tempo riflettei che anche la vita perfetta di mio fratello non era poi tale. Alla fine non è tutto oro quello che luccica.

Per lui sarebbe iniziato un periodo faticoso, sia che avesse seguito il cuore sia che avesse seguito la ragione. La cosa che più mi colpiva era che tutte le volte che avevo visto mio fratello e mia cognata mi erano sembrati una coppia perfetta. Evidentemente non era

così. Ma alla fine anche per il mio matrimonio era stato lo stesso.
Presi il cartone bianco con dentro il cibo e iniziai a mangiare. Amavo usare le bacchette, mi divertiva moltissimo, e gli spaghetti di verdure e tofu erano davvero deliziosi.
Ripensai alla telefonata di poco prima. Ammisi che sapere che la vita di mio fratello non era così perfetta, per quanto mi dispiacesse moltissimo per lui, mi aiutava a sentirmi meno sbagliata. Ero un mostro per questo?
Accanto a me si poggiò una piuma bianca scesa dal cielo. Avevo imparato a cogliere questi segnali e a interpretarli come un incoraggiamento, un abbraccio o una carezza da parte del mio angelo che mi ricordava che non ero mai sola.
Di lì a poco sarei dovuta andare dall'avvocato De Arcangelis. Dovevo muovermi o avrei fatto tardi, la segretaria era stata molto gentile a fissarmi l'appuntamento per quello stesso pomeriggio e volevo arrivare puntuale, così raccolsi il cartone degli spaghetti e lo gettai nella spazzatura. Lungo la strada mi fermai a un bar per prendermi un ginseng in tazza grande, il mio preferito, e poi mi diressi allo studio dell'avvocato De Arcangelis.
La gentile segretaria mi fece accomodare nel salottino adibito a sala d'attesa e mi informò che l'avvocato sarebbe stato disponibile a breve. Infatti, nel giro di qualche minuto, fui invitata ad accomodarmi. Donato De Arcangelis mi accolse con un sorriso. Era un amico

di vecchia data di mia madre, lo conoscevo da quando ero piccola e per questo mi fidavo di lui. Gli avevo affidato il mio divorzio e adesso stavo per svelargli qualcosa di davvero grosso.

L'avvocato mi indicò una sedia posta davanti alla sua scrivania invitandomi ad accomodarmi. Ubbidii, ma prima di tirar fuori il portadocumenti nero mi premurai di chiedergli: «Donato, tutto quello che sto per mostrarle è protetto dal segreto d'ufficio, vero?»

«Certamente, Minerva, sono obbligato deontologicamente a mantenere il segreto professionale, ma ti conosco da quando eri una bambina e così mi preoccupi, che cosa c'è che ti fa temere così tanto?»

Estrassi dalla borsa il portadocumenti nero e glielo passai. Lo aprì con cautela e iniziò a estrarre con attenzione i fogli che conteneva. Gli dissi soltanto che la mia firma apposta sull'ultimo documento era stata falsificata. Mentre De Arcangelis scrutava concentrato i contratti e gli estratti conto, notai che si toccava gli occhiali con fare nervoso. Passarono vari minuti e la tensione crebbe, poi l'avvocato si tolse gli occhiali e si stropicciò gli occhi.

«Minerva, la situazione è grave. Io non mi occupo di questo ramo del diritto e dovresti rivolgerti a qualcuno che è più esperto di me. Sicuramente devi andare a fondo di questa faccenda e capire le implicazioni che può avere in vista dell'udienza del divorzio. Vedendo questi documenti, mi viene facile comprendere il motivo per cui il tuo ex marito ha voluto lasciarti la casa, non voleva che indagassi sui vostri conti in comune. Ti ha mostrato una falsa generosità che faceva comodo più a lui che a te. Ci sono in ballo molti soldi, voi siete in regime di comunione dei beni e, fino a che non sarete divorziati ufficialmente, hai diritto alla metà del patrimonio. Questi documenti cambiano tutto. Purtroppo non posso darti un parere tecnico, soprattutto sulla validità del contratto su cui è apposta la firma falsificata, dovresti rivolgerti a un avvocato che si occupa di diritto bancario internazionale».

In quel momento mi si accese una lampadina. Non sapevo di preciso in che ramo del diritto fosse specializzato Pierpaolo, ma se non ricordavo male il suo studio legale si occupava proprio di diritto internazionale. Forse poteva essere la persona giusta al momento giusto. Inoltre, di lui mi fidavo.

«Potrei conoscere un legale esperto nella materia» dissi.

«Va bene, Minerva, se conosci un avvocato di cui ti fidi veramente, affidati a lui, altrimenti posso sentire qualche mio collega che tratta la materia».

Prima di congedarmi mi invitò ad attendere un momento. Sollevò la cornetta e chiamò la segretaria. La donna entrò immediatamente nella stanza. De Arcangelis le porse il portadocumenti nero e lei uscì. Tornò dopo poco reggendo in mano delle fotocopie, che diede all'avvocato. L'uomo riordinò con cura i documenti e li mise al sicuro nel portadocumenti nero che mi passò insieme alle fotocopie.

«Custodiscili gelosamente, mettili in cassaforte e cambia la combinazione, e quando ti rivolgerai all'avvocato per esporgli la faccenda, mostragli le fotocopie. Solo successivamente, se sarà necessario, gli originali».

Annuii e ringraziandolo uscii dallo studio.

Tornando a casa, mi domandai se non avessi fatto un buco nell'acqua. De Arcangelis non aveva potuto aiutarmi da un punto di vista tecnico e prima di affrontare Giovanni io avevo bisogno di capire bene cosa fossero quei documenti e che implicazioni potevano avere. Questa volta volevo essere pronta, conoscere bene i miei diritti e i suoi. Solo così mi sarei potuta difendere perché lui avrebbe provato a manipolarmi, questo era poco ma sicuro.

Mi tornò in mente di chiedere aiuto a Pierpaolo. Se poco prima mi era sembrata un'ottima idea, adesso iniziavo ad avere dei dubbi. Urtai con il piede qualcosa, abbassai lo sguardo e vidi un cuore rosso, doveva essere caduto a qualcuno. Era un antistress di gomma morbida, aveva un'etichetta attaccata con scritto: "L'amore risolve tutti i problemi. Non perderti nei dubbi, fidati di chi ami".

Lo raccolsi e lo tenni nel palmo della mano. Che coincidenza bizzarra: quel cuore sembrava aver risposto ai miei dubbi, lo vidi come il segnale che stavo aspettando. Forse rivolgersi a Pierpaolo era davvero la cosa giusta da fare.

Estrassi il cellulare e digitai il messaggio: "Ciao, come sta andando la tua giornata? La mia turbolenta, mi sembra di essere sulle montagne russe. Volevo farti una domanda, tu di che ramo del diritto ti occupi? Forse non te l'ho mai chiesto :-)".

A New York doveva essere mattina, Pierpaolo forse stava lavorando, infatti non rispose subito come suo solito, ma quando arrivai a casa e tirai fuori le chiavi dalla borsa per aprire il portone, sullo schermo lampeggiava una notifica. Era lui.

"Il mio studio si occupa di diritto internazionale e io sono specializzato in diritto bancario internazionale".

Bingo! Era davvero la persona più giusta a cui chiedere consiglio. Conosceva Giovanni, conosceva me e conosceva la legge. Ma non era sicuramente un argomento che potevamo trattare via cellulare, quindi continuammo a messaggiarci parlando del più e del meno e delle nostre giornate. Infine, tornando sull'argomento, gli accennai: "Quando sarà possibile vorrei parlarti di una questione legale importante".

Si rese subito disponibile: "Se vuoi spiegarmi di cosa si tratta sono a tua disposizione, e per qualsiasi cosa puoi scrivermi via mail, studierò il caso il prima possibile".

Sorrisi di fronte alla sua voglia di aiutarmi, ma declinai: "Grazie, ma preferirei parlarne a voce".

Scherzando scrisse: "Se è una scusa per vedermi, mi piace. Non vedo l'ora :-). Sarò di ritorno il 25 giugno".

"Perfetto. Dal 21 al 23 sarò via per un seminario di ceramica".

La sua risposta mi lasciò completamente sbalordita. "Se non ricordo male, hai sempre avuto una grande passione per la ceramica. Quando ci incontreremo mi farai vedere le tue creazioni?"

"Scordatelo, è il mio primo workshop, sono una principiante, verranno delle schifezze".
"È impossibile, sarai bravissima".
Il suo supporto incondizionato era davvero qualcosa di nuovo per me. Non ero abituata, ma alle cose belle ci si abitua facilmente. Lo avvisai che ero arrivata a casa e lo salutai con una faccina che lanciava un bacio.

Capitolo quindici

Mancava poco alla cena a casa di mia madre e sarebbe stato tutto fuorché una piacevole serata. Dovevo dirle che a breve sarei partita per il laboratorio e non l'avrei potuta accompagnare all'annuale gala di beneficenza. Iniziammo la serata bevendo un aperitivo sulla sua terrazza fiorita. Mia madre aveva un incredibile pollice verde, aveva fiori e piante bellissime e rigogliose, sembrava di stare in un piccolo bosco incantato.

Quando ci sedemmo a tavola sentivo che il tempo a mia disposizione stava scadendo, infatti mia madre attaccò: «Sono certa che ti ricorderai che siamo invitate alla raccolta fondi. Hai già scelto cosa indossare? Farò avere la nostra donazione in settimana».

«Ehm... mamma, temo che quest'anno sarà impossibile per me essere presente, proprio in quei giorni partirò per un seminario di ceramica».

Mia madre fermò la forchetta a mezz'aria e sollevò lo sguardo che si era fatto glaciale, neanche le aves-

si detto che andavo a rapire bambini innocenti. «Se è uno scherzo, è di pessimo gusto».
«Sono serissima. Sai che ho sempre amato la ceramica».
Un lungo silenzio. Attimi di attesa snervante, poi mia madre sbottò: «Ancora con questa sciocchezza?» «Posso sapere qual è il tuo problema se ho deciso di frequentare un corso di ceramica? È una cosa che mi piace e che avrei sempre voluto provare. Non vedo che cosa ci sia di male».

Mia madre era la campionessa del gelido contegno e quindi non lasciò trasparire neppure un'emozione, ma se fosse stata umana come tutti noi sarebbe stata paonazza.

«Mi domandi cosa ci sia di male? Non pensi che sarebbe il caso, vista la tua età, di maturare e dedicarti a cose più serie come il tuo matrimonio che sta andando a rotoli o il tuo lavoro precario, o...»

La interruppi: «Come fai a sapere del mio lavoro?»
«Sai benissimo che ho degli amici e delle conoscenze. Le voci sulle difficoltà economiche della tua scuola stanno girando da un pezzo».

Iniziai a fremere dalla rabbia.

Mia madre non se ne accorse e continuò imperterrita: «Si può sapere perché non riesci a comportarti da persona seria e matura come tuo fratello? Guardalo, ha una famiglia solida, un lavoro prestigioso. Prendi esempio da lui, invece di dedicarti a sciocche frivolezze».

Respirai a fondo e mi concentrai sul momento presente, facendo appello a tutte le tecniche di mindfulness che Angela mi aveva insegnato per non compiere un matricidio infilzando mia madre con la sua preziosa forchetta d'argento. Decisi anche di non svelare la verità su mio fratello. Evidentemente Samuele non le aveva detto niente di quello che stava vivendo, e come dargli torto? Non sarei stata certo io a fare la spia. Inspirai ed espirai. Inspirai ed espirai. Quando mi fui calmata almeno un po' dissi: «Mamma, sarò chiara con te una volta per tutte. Per tanti anni ho fatto di tutto per compiacerti, volevo essere la figlia perfetta, degna della grande donna che sei, ma qualunque cosa facessi non era mai abbastanza, tu ti aspettavi sempre di più da me. La mia vita non era mai soddisfacente, io non ero mai all'altezza e il mio lavoro era sempre mediocre. Accettiamo entrambe il dato di fatto che non sarò mai la figlia che avresti voluto. Ma sai cosa ti dico? Io mi vado bene così, sto imparando ad amarmi.» A quel punto fui scorretta e tirai in ballo mio padre, assestandole un colpo basso : «Lo so, per te l'amore è una cosa frivola e da deboli e forse hai dimenticato cosa vuol dire amare, perché tu ami te stessa, ma sicuramente hai delle difficoltà ad amare gli altri e a lasciarti amare».

Mia madre strinse talmente tanto la posata che le sbiancarono le nocche. Io e Samuele eravamo bambini, io avevo circa cinque anni e lui sette, e da un giorno all'altro nostro padre era scomparso nel nulla. Mia madre aveva dichiarato l'argomento tabù, non c'era dato sapere niente di quell'uomo. Aveva rimosso tutte le fotografie, col tempo ogni tipo di ricordo era stato cancellato. Non so neanche se nostro padre avesse mai mandato una cartolina per Natale o un regalo di compleanno. Era stato bandito. Sicuramente neanche lui aveva vinto il premio padre dell'anno, avrebbe anche potuto fare qualcosa per incontrarci o mantenere un rapporto con noi.

Ripresi a parlare, questa volta con un tono più gentile, era inutile accendere gli animi: «Mamma, capisco che tu abbia sofferto, sei stata una donna forte e hai cresciuto due figli da sola. Non so dove sia finito papà, se sia ancora vivo, ma non capisco perché tu non abbia mai voluto parlarne. Avevamo diritto di sapere perché se ne era andato. Hai sempre deciso tutto tu, hai deciso cosa dovevamo studiare, chi dovevamo diventare, cosa saremmo dovuti essere, anche chi avremmo dovuto sposare. Oggi mi ritrovo qui e sto cercando, nonostante tutto, di avere un dialogo con te. Siamo come il giorno e la notte. Siamo completamente diverse, probabilmente tu sei perfetta e io imperfetta. Però se da adesso in poi vuoi costruire un rapporto con me, accetta questa figlia imperfetta, accettami così come sono. Amo la ceramica, sto facendo dei grandi cambiamenti nella mia vita, sto divorziando e forse a breve non avrò neanche più un lavoro. Che tu lo voglia o meno, questa è tua figlia. Sei libera di non avere più niente a che fare con me oppure di iniziare a creare un rapporto nuovo, da donna a donna. Sai anche tu che la vita è difficile, perché anche la tua vita, per quanto tu voglia farci credere che sia stata impeccabile, non lo è stata, quindi da oggi cerca di sostenere i tuoi figli, anche quelli che apparentemente hanno una vita perfetta, perché noi abbiamo bisogno di te e se lo vorrai anche noi saremmo felici di esserci per te».

Mi alzai, poggiai il tovagliolo che avevo sulle gambe sul tavolo e mi congedai salutando mia madre che nel mentre si era tramutata in una statua di sale. Era silenziosa e impettita, ma sapevo che qualcosa dentro di lei si stava sciogliendo, o forse era solo una mia speranza.

Chissà.

Uscii dall'elegante portone di quella che una volta era stata anche casa mia. Ero nata e cresciuta lì, ma mi ero sempre sentita un'ospite.

Mentre camminavo verso il mio appartamento mi resi conto che non vedevo l'ora che arrivasse giovedì per andare a lezione di mindfulness: sarebbe stata l'ultima prima della pausa estiva. A settembre avrei ripreso sicuramente, ormai non potevo più fare a meno delle criptiche perle di saggezza di Stella, e soprattutto non potevo fare a meno di immergermi nelle meditazioni guidate dalla dolce voce di Angela. Mi piaceva l'idea che quel giovedì, al termine della lezione, saremmo andate a cena tutte insieme, Angela, Stella, io, Tania e le altre partecipanti al corso.

Sovrappensiero, varcai il portone e subito la vidi. Speravo tanto di trovare una nuova lettera ad attendermi dopo la cena a casa di mia madre, ed era lì.

Cara anima,
l'Universo non ti punisce, non ti premia, non ti controlla, l'Universo risponde alla tua vibrazione. Attraverso la tua vibrazione crei la tua realtà. Dentro di te c'è già il tuo futuro, dovrai solo scegliere la via per realizzarlo.

Emozione dopo emozione, tu crei esattamente quello che già è in te. *Se coltivi la tristezza la tua realtà diventerà pregna di dolore, perché è così che tu la vedrai ed è così che essa sarà. Se non cambi tutto resta uguale.*

Ma tu stai coltivando la gioia, la fiducia e l'assertività e questo equivale a porre delle basi magnifiche per il tuo futuro.

Un grande errore è pensare che presente e futuro siano due cose separate. Non lo sono, sono uniti, sono l'uno il continuo dell'altro.

Pensa alle piante che prima erano semi. I semi sono i tuoi pensieri. Se oggi pianti ottimi semi, domani sbocceranno piante meravigliose.

Ricorda sempre che diventerai ciò che già sei, saprai quello che deciderai di apprendere e troverai solo quello che hai cercato veramente.

Nulla accade se non lo vuoi, nulla può esserti imposto. Ricorda che hai il potere di creare la tua vita, ma nei momenti di sconforto questo potere si perde perché diventa più debole e ti senti in balia degli eventi. Ma se recuperi il tuo centro, riparti dal tuo respiro, passi dal cuore e cambi coscientemente la tua frequenza vibrazionale, allora darai il via a una cosa

potentissima che si chiama manifestazione consapevole *(ne parleremo a tempo debito)*. Per ora sappi che non c'è niente di sbagliato, ogni cosa che avviene è perfetta, anche quando non lo sembra. Ogni scelta che fai non è veramente una scelta; è, in realtà, l'unica cosa che vuoi fare. Quindi sii orgogliosa delle tue decisioni, coltiva i tuoi sogni e le tue passioni e non aver paura perché dopo ogni fine c'è sempre un nuovo inizio.
Quando si è coraggiosi si avvia il cambiamento, ma tu questo già lo sai. Non temere, tutto quello che ti preoccupa si risolverà presto.
Sono sempre con te. Goditi i prossimi giorni, saranno meravigliosi.
Con infinito amore.

Raccolsi una lacrima che era rotolata dai miei occhi. Avevo affrontato mia madre a testa alta, e per la prima volta nella mia vita mi sentivo orgogliosa di me stessa. E presto sarei partita per il corso di ceramica. Un nuovo capitolo della mia vita stava per cominciare.

Capitolo sedici

La scuola era terminata e ancora non sapevamo nulla del nostro futuro; il rinnovo del contratto era possibile, o almeno così si vociferava. Il preside ci aveva garantito che non appena avesse saputo qualcosa ci avrebbe aggiornato.
Decisi di accantonare questa problematica in attesa di nuove notizie. Il saggio insegnamento di preoccuparmi solo di ciò per cui potevo agire e di provare ad avere fiducia laddove non potevo far nulla si stava rivelando una manna dal cielo. Prima ero sempre in ansia, mi preoccupavo di continuo per cose che non erano in mio potere. Adesso mi affidavo al mio angelo per tutto quello che non potevo controllare e quando era il mio turno agivo.
Ora era il momento di concentrarsi sul weekend che stava per iniziare, portando con sé il tanto atteso corso di ceramica. Stavo preparando la valigia, che al momento giaceva semi vuota sul letto cosparso di

varie opzioni di vestiario, scarpe e dall'occorrente che il signor Enzo mi aveva consigliato. Quando lo avevo chiamato, circa una settimana prima, era stato molto gentile e disponile e mi aveva suggerito di portare con me gli utensili e un grembiule. La sera stessa avevo acquistato online un astuccio arrotolabile con dentro gli attrezzi per scolpire e un bellissimo grembiule da ceramista in jeans; era robusto, impermeabile e aveva varie tasche, di cui una grande centrale doppia in cui mettere gli attrezzi, e un taschino posto in alto, le bretelle regolabili si intrecciavano dietro il collo e si allacciavano in vita con un fiocco. Avrei così coperto i vestiti per non rischiare di sporcarli, in ogni caso avevo deciso di indossare dei leggings e una t-shirt durante il corso, volevo essere comoda e se mi fossi sporcata non sarebbe stato un problema.

Il giorno seguente sarei partita di buon mattino, avevo già controllato il tragitto sul navigatore: avrei impiegato circa due ore per arrivare. Il mio piccolo-grande bolide era pronto, avevo fatto il pieno e l'avevo portato al lavaggio per l'occasione. Guidavo poco perché Giovanni era un patito di automobili, sceglieva sempre macchine grandi e di grossa cilindrata e amava mettersi lui alla guida quando ci spostavamo. Tuttavia io avevo la mia 500 bianca con cui l'indomani sarei partita alla volta di Deruta. Sarebbe stata una buona occasione per mettermi al volante e gustarmi ogni istante di questo viaggio che sentivo essere davvero importante.

Continuai a preparare il mio trolley viola. Era di media capienza perché volevo portare con me solo il necessario, inoltre l'occorrente tecnico ce lo avrebbero fornito gli organizzatori. Avevo sparpagliato sul letto tutti gli indumenti tra cui ero indecisa, nell'aria si diffondeva la musica di una stazione radio che trasmetteva grandi successi del presente e del passato. Mi stavo godendo anche questo momento di preparazione alla partenza, a tratti ancora non ci credevo, più volte avevo pensato di disdire e mi ero chiesta se avessi fatto una buona scelta, ma più si avvicinava il gran momento e più mi rendevo conto di essermi fatta un gran regalo. E poi le lettere ormai me l'avevano insegnato: più si è coraggiosi, più la vita ci premia.

Scartai alcuni vestiti troppo eleganti e optai per un abito bianco di lino e uno giallo ocra di chiffon, era un colore così particolare che da quando lo avevo acquistato non avevo mai trovato l'occasione giusta per indossarlo. Sicuramente Giovanni lo avrebbe considerato eccessivo e troppo appariscente. Ma lui adesso non faceva più parte della mia vita e non aveva più potere su di me. Nessuno ha più potere di quello che noi gli diamo. Avrei indossato quel vestito, mi faceva sentire bella e il giallo metteva in risalto i miei capelli scuri. Lo avrei indossato il sabato sera, quando era prevista la cena nel centro di Deruta, lo avrei abbinato con dei sandali neri con il tacco basso, più comodi per camminare, perché ero intenzionata a visitare il paese e tutte le botteghe che vendevano le ceramiche.

Stavo mettendo le ultime cose in valigia quando suonò il campanello. Non aspettavo nessuno. Mi diressi alla porta, guardai dallo spioncino e vidi tanti fiori. Aprii e un giovane fattorino mi allungò un enorme mazzo di rose rosse.

«Signora Argento, questo è per lei, mi può mettere una firma qui?»

Automaticamente siglai la ricevuta e lui se ne andò salutandomi cordialmente, non ebbi neppure il tempo di dargli la mancia.

Osservai quel meraviglioso trionfo di rosso, era accompagnato da un biglietto: "Alla donna più bella che conosco. Passa un weekend meraviglioso. Non vedo l'ora di vedere le tue creazioni. Pierpaolo".

Il cuore mi batteva forte, fortissimo, ed ero emozionata come una ragazzina. Tenevo i fiori con una mano e con l'altra rimiravo incredula il bigliettino. L'uomo perfetto esisteva e mi aveva appena mandato due dozzine di rose rosse. Posizionai i fiori in un vaso che avevo riempito d'acqua e respirai quel profumo celestiale. Poi iniziai a saltellare per la stanza. Cercai di darmi un contegno e mi posizionai dietro il vaso di fiori, controllai l'angolazione e la luce e, quando trovai quella che reputavo l'inquadratura perfetta, scattai un selfie che mi ritraeva fra quelle rose meravigliose. Venne una bella foto. Mio fratello mi aveva sempre detto che ero un talento fotografico, avevo l'occhio per le prospettive e facevo delle foto molto belle. Forse aveva ragione. Chissà. Tra le tante cose che stavo tornando a fare, avrei potuto anche dilettarmi un pochino con le fotografie.

Inviai lo scatto a Pierpaolo accompagnato da un messaggio: "Le adoro, sono stupende! Grazie!"

Come sempre la sua risposta non si fece attendere. Probabilmente era stato avvisato dell'avvenuta consegna.
"Tu sei più bella".
Galante!
"Hai reso i preparativi della partenza ancora più entusiasmanti".
"Missione compiuta, era quello l'obiettivo. Volevo essere presente in questo momento così speciale per te".
Stava digitando.
"Il 25 giugno sarò a Roma, non vedo l'ora di vederti".
"Sei sicuro che non sarai stanco? Se vuoi ci possiamo vedere il 26".
"Stai cercando di evitarmi? :-) :-)".
Risi. "No, no, allora il 25 mi considero impegnata".
"Ecco, vedo che iniziamo a capirci... e quindi sei pronta per la partenza?"
"Stavo finendo di chiudere la valigia quando il fattorino mi ha consegnato i fiori ed è scappato via. Non ho fatto in tempo neanche a dargli una mancia".
"Non ti preoccupare, è stato pagato profumatamente ;)".
"Ecco perché era così gentile e sorridente :-) :-)".
Continuammo a scambiarci messaggi parlando del più e del meno. Ero davvero felice che al mio rientro avrei trovato le rose ad attendermi. Mi avrebbero fatto sentire Pierpaolo vicino, e poi di lì a pochi giorni ci saremmo visti.
Chiusi la borsa, il bagaglio era pronto. Ogni volta che passavo per il salone e notavo le rose in bella vista sul tavolo sorridevo come una bimba al luna park. Il

mio cuore scoppiava di gioia e capii che era il momento giusto per fare l'esercizio che mi era stato indicato in una delle ultime lettera: compilare la lista della gratitudine. Prima di prepararmi la cena mi misi seduta al tavolo della cucina, presi un foglio e lo intitolai: *La Lista della Gratitudine, 100 cose per cui sono grata*. Come prima cosa creai un elenco e scrissi i numeri da 1 a 100, dopodiché feci come mi era stato consigliato dal mio anonimo amico di penna: iniziai a scrivere le cose per cui ero grata. Le prime mi vennero facili: ero grata per le rose che avevo ricevuto, per aver rincontrato Pierpaolo dopo tanti anni, per l'amore, per la gentilezza, per l'allegria. Ero grata per le seconde opportunità, per il corso a cui avrei partecipato l'indomani. Ero grata a Enzo per averlo organizzato, al mio amico di penna anonimo, all'aria che respiravo, all'acqua che mi dissetava. Sentivo di voler dire grazie a Tania per essere un'amica speciale, ad Angela per aver portato la mindfulness nella mia vita, a Stella per avermi dato quel volantino, al preside della mia scuola per avermi dato un lavoro, almeno fino a questo momento. Poi ringraziai mia madre per avermi fatto capire che volevo essere una persona diversa da lei, mio fratello perché mi aveva svelato di essere imperfetto e questo me lo faceva sentire più vicino. Un grazie al sole che scaldava la mia pelle in queste giornate estive, a madre terra che ci ospita come suoi figli. Grazie alle ceramiche per essere così belle. Grazie a questa casa che mi accoglie...

Continuai così per parecchio tempo. Un meraviglioso flusso mi investì, sentivo sciogliersi tutte le tensioni accumulate negli anni, qualcosa di potente e primordiale si stava liberando in me. Giunta intorno al numero 44 iniziai a piangere. Proseguii a ringraziare anche le persone che mi avevano ferito, quelle che c'erano state e poi se ne erano andate, chi era tornato e chi era sempre rimasto. Ringraziai le situazioni difficili che mi avevano forgiata e ancora di più quelle semplici perché mi avevano dato gioia. Mi venne spontaneo ringraziare per essere viva, in salute. Più mi guardavo intorno più trovavo motivi per ringraziare, ringraziavo ogni singola cosa, anche gli elettrodomestici che arricchivano la mia cucina e rendevano tutto più semplice. Ringraziai il cibo che avevo nel frigorifero. Ringraziai le meravigliose rose nel mio vaso e tutti i fiori del mondo, tutti i pesci del mare, tutti gli animali del cielo e della terra.

Mentre ringraziavo il pianeta e ogni creatura vivente, un'enorme onda d'amore mi investì, facendomi sentire parte di qualcosa di più grande. Mi sentivo unita alle altre creature, come se tutti fossimo in una grande tela intessuta da un ragno primordiale. Ringraziai le culture antiche per averci trasmesso una grande saggezza, ringraziai le pietre, le rocce, le montagne, i fiumi, le cascate, il mare... e più ringraziavo e più mi sentivo grata, più ringraziavo e più mi aprivo alla gratitudine e più ero felice.

Senza accorgermene completai i cento motivi per cui essere grata, proprio come aveva scritto il mio amico di penna, ma continuai, ancora e ancora, mi fermai solo quando arrivai a centoventidue motivi di gratitudine. Stavo piangendo come una bambina, ma ero una bambina felice. Il giorno dopo sarei partita per un'esperienza che volevo regalarmi da tempo, mi sentivo grata per tutto quello che avevo avuto perché, volente o nolente, mi aveva portato a dov'ero adesso; mi sentivo grata per quello che stavo vivendo, perché me lo ero meritata. Mi sentivo orgogliosa di me stessa e soprattutto ero infinitamente grata per tutto quello che avrei avuto perché sapevo che sarebbe stato meraviglioso.

Feci dei bei respiri profondi, piegai la lista in quattro e la riposi in un cassetto. Rassettai la cucina, sistemai le ultime cose e andai a dormire, dopo aver puntato la sveglia alle 7:30 del mattino. Crollai addormentata all'istante.

La mattina dopo, quando suonò la sveglia, non ricordavo il sogno che avevo fatto ma sentivo che era stato importante, mi aveva lasciato addosso tanta felicità e uno strano profumo di rosa. Sorrisi e aprii gli occhi.

Ero pronta all'avventura.

Dopo poco più di un'ora stavo trascinando la valigia fino al garage. Andai al mio posto auto, caricai il trolley nel portabagagli e mi misi alla guida. Impostai il navigatore su Deruta, segnava due ore e sette minuti. Partii, volevo assaporare ogni momento del viaggio. Avevo scattato una foto di me con la valigia pronta alla partenza e l'avevo inviata a Pierpaolo per dargli il buongiorno. Sapevo che lui stava dormendo, a New York era notte, ma mi faceva piacere l'idea che al suo risveglio avrebbe trovato il mio messaggio.

Proprio come aveva previsto il navigatore, ci misi poco più di due ore ad arrivare. Il viaggio andò benissimo e, quando giunsi, alcuni dei partecipanti erano già arrivati. Era un posto incantato. Fui accolta da una signora che mi offrì un aperitivo di benvenuto, potevo scegliere tra alcolico e analcolico. Optai per un analcolico alla frutta. Me lo avrebbe servito nel giro di qualche minuto, nel mentre mi indicò il tavolo su cui erano posizionati piatti e vassoi con pizze rustiche e delizie locali. Mi servii e con il mio piatto mi avviai sotto il gazebo dove c'erano già alcune persone sedute a un tavolo. Stavo andando verso un tavolo libero, ma mi salutarono con la mano, invitandomi a sedere con loro. Mi feci coraggio, queste situazioni mi imbarazzavano, ma superai il disagio e mi accomodai. Ci presentammo e iniziammo a chiacchierare.

Anna e Alessio erano moglie e marito, entrambi sui sessant'anni portati benissimo (furono loro a dirmi l'età perché gliene avrei dati minimo dieci di meno). Erano andati in pensione da poco e volevano fare un'esperienza diversa. Era stata Anna a insistere, visto che Alessio il mese precedente l'aveva convinta ad andare in Toscana a fare un tour enogastronomico. Erano una coppia simpaticissima, spigliati, aperti e alla mano. Si vedeva che tra loro c'era ancora sentimento: mentre mi raccontavano delle loro avventure, ogni tanto si scambiavano una carezza o un sorriso e avevano una grande complicità.

Ero immersa nella natura. Respirai a pieni polmoni l'aria pura, sorseggiai il drink che mi era stato servito e mangiai ancora qualcosa di quello che avevo nel piatto; anche il cibo era delizioso, come i miei commensali. Si aggiunse a noi una nuova arrivata e il tavolo fu al completo. A mano a mano che giungevano, gli altri partecipanti prendevano posto ai tavoli intorno, ma si parlava tutti insieme e si faceva amicizia. Il clima che si stava creando era davvero piacevole. Il gruppo iniziava a diventare affiatato. Arrivò anche Enzo, che ci salutò calorosamente. Quando mi presentai esclamò: «Eccoti qui, finalmente ci conosciamo di persona, molto piacere». Gli strinsi la mano e ricambiai il saluto.

Poi passò a salutare le altre persone, la maggior parte già le conosceva perché avevano partecipato ai corsi settimanali che si svolgevano durante l'anno e a cui speravo di partecipare anche io da settembre. Enzo era un signore di mezza età con i capelli brizzolati e mani grandi, sembrava un guru, con quella sua aura saggia e l'espressione che denotava una grande calma interiore; mi colpì molto. Ci disse che l'arrivo dei partecipanti era previsto intorno all'ora di pranzo, ma poiché eravamo già tutti presenti, puntuali alle 14:30 ci saremmo visti nella serra, che per l'occasione era stata adibita a laboratorio. Avremmo iniziato con una prima lezione introduttiva, visto che eravamo per lo più principianti. Il sabato avremmo lavorato in modo intensivo, tutto il giorno, e avremmo imparato a usare il tornio e il forno. Ci saremmo cimentati sia con i manufatti di ceramica già pronti sia creandoli direttamente dall'argilla. Una full immersion nelle attività fino alla sera, quando era prevista una serata in paese, dove era stato prenotato un ristorante per tutti i partecipanti. Domenica avremmo lavorato fino all'ora di pranzo e poi ci saremmo preparati per il rientro.

Ci furono consegnate le chiavi delle nostre camere. Dopo esserci sistemati e cambiati andammo nella serra. Eravamo in dieci. Nel grande spazio che ci ospitava erano stati allestiti cinque tavoli lunghi con due postazioni ciascuno. Ognuno di noi si avviò alla postazione contrassegnata con il proprio nome. Quando tutti presero posto, iniziò ufficialmente il corso.

«Siate creativi» fu il benvenuto che ci diede Enzo. «Studiate, leggete, provate, sperimentate. Questo è un corso per principianti e la prima cosa che apprenderete è che non si diventa ceramisti da un giorno all'altro; richiederà tempo, dedizione, passione. Se siete impazienti e volete tutto e subito, la ceramica vi insegnerà la pazienza. Bisogna dedicare tempo alle cose che amate, non potete accelerare i tempi di creazione di un manufatto. Non potrete prevedere che cosa succederà, dovrete essere parte di quel processo creativo, dare vita alla vostra opera, che ogni volta sarà unica. La ceramica può essere uno strumento, un hobby, un piacere, una passione; può essere una ricerca, può essere una compagna, una consigliera...»

Ascoltavo rapita, fremendo, ero emozionata come mai nella mia vita. Mi sentivo nel posto giusto al momento giusto.

Enzo continuò passando ad argomenti più tecnici e mostrandoci il kit che ciascuno aveva in dotazione. Accanto a me c'era una donna, eravamo più o meno coetanee, si chiamava Margherita, ci eravamo presentate prima sotto il gazebo. Anche per lei era la prima volta e mi raccontò che da alcuni anni la ceramica era il suo hobby, che coltivava da autodidatta e saltuariamente a causa degli orari lavorativi che non le permettevano di frequentare un corso con assiduità e costanza. Di recente però aveva perso il lavoro e le sarebbe piaciuto avviare un'attività artigianale che includesse la ceramica. Pensai immediatamente alla mia situazione lavorativa così precaria e mi resi conto che anche a me sarebbe piaciuto avere un piano B che includesse la ceramica. Chissà, magari un giorno avrei potuto vendere le mie creazioni, ma forse era troppo presto per pensarci.

Tornai con l'attenzione a quello che stava spiegando Enzo, non volevo distrarmi né perdere neppure una parola.

«Davanti a voi troverete vari strumenti che utilizzerete nei prossimi giorni. A ciascuno di voi è stato fornito un panetto di argilla, un pennello duro, tavolette di legno e dei contenitori di plastica. Da adesso in poi, quando tornerete a casa e continuerete a fare ceramica, ricordatevi di recuperare tutte le vaschette che potete, andranno benissimo quelle del gelato o dello yogurt per intenderci, perché fungeranno da stampi. Quindi la ceramica vi insegnerà anche l'arte del riciclo. Prima di gettare via qualcosa valutate se vi potrebbe essere utile per una vostra creazione. Adesso indossate i grembiuli, inizierete facendo amicizia con l'argilla e con gli utensili. Conoscerete il nome e l'utilizzo dei vari strumenti, che cosa sono e a cosa servono. Siete pronti?»

Un gioioso coro affermativo si levò in aria.

«Avete portato con voi il kit degli attrezzi di legno? Bene, estraete la miretta. Per chi non lo sapesse, è quello strumento alle cui estremità ci sono due archi. Se non lo avete con voi, alle mie spalle troverete vari oggetti che potrete usare e che saremo lieti di fornirvi».

Srotolai il mio astuccio e iniziai a esplorare i singoli utensili. Enzo ci stava spiegando il loro utilizzo in modo accurato. Mentre ascoltavo, la mia creatività si stava risvegliando, mi venivano in mente idee e progetti, non vedevo l'ora di mettere le mani sull'argilla.

Il tempo volava. Enzo aveva appena finito di spiegarci la tecnica del colombino, una delle più antiche tecniche di foggiatura, e aveva detto che adesso toccava a noi: dovevamo creare il nostro primo oggetto.

Decisi che avrei creato una scatola, mi sembrava potesse essere alla mia portata, non troppo complessa. Presi l'argilla e, seguendo le indicazioni del maestro, prima creai la base, poi quello che sarebbe stato il coperchio e infine iniziai a modellare l'argilla creando quattro salsicciotti che avevo appreso chiamarsi "bigoli". Li posizionai ai quattro lati della base dando una prima forma al mio oggetto; li allineavo e li sistemavo con cura. Nella mia mente vedevo chiaramente la scatola che desideravo realizzare. Mi veniva così spontaneo, mi sembrava così naturale... modellare l'argilla mi donava una sensazione mistica.

«Vedo che più o meno tutti avete completato la modellatura del vostro manufatto» disse Enzo. «Bravi. Ora prendete il telo che trovate dentro il cassetto del vostro tavolo e coprite la vostra opera, così ne favorirete l'asciugatura. L'oggetto che avete creato si essiccherà in modo graduale, a partire dai punti più esterni. Una volta essiccato lo potrete rifinire. Per oggi è tutto, il resto verrà dopo la cottura, ma per ora ci fermiamo qui. Voglio farvi i miei complimenti, ho visto che avete iniziato a prendere dimestichezza con gli utensili e vi siete approcciati alla tecnica colombino in modo creativo. Alcuni manufatti promettono bene». Pronunciò quest'ultima frase guardando nella mia direzione. «Adesso godetevi il meritato riposo, le lezioni riprenderanno domani mattina alle 9:00, dopo la colazione. Mi raccomando, puntuali: avete molte cose da apprendere».

Tornai nella mia stanza. Era stata una lezione magica, meravigliosa, ero emozionatissima e piena di energia. Presi il cellulare per scrivere un messaggio veloce a Tania, si era raccomandata che l'aggiornassi su come procedeva il corso. Notai che c'era poca connessione, così mi tuffai in doccia. Avrei ritentato dopo.

Sotto l'acqua mi accorsi di stare canticchiando. Mi stupii: ero così allegra e spensierata. Chiusi il rubinetto e uscii rigenerata, mi tamponai il corpo e avvolsi i capelli in un asciugamano arrotolato a mo' di turbante. Osservai la luce del tramonto che entrava dalla finestra: il panorama era mozzafiato, una distesa verde a perdita d'occhio. Tanti alberi in fiore, un tripudio di colori. Ero in un posto incantevole a fare una cosa che mi stava entusiasmando, mi sentivo leggera e felice.

Ripresi il cellulare, mi mossi un po' per la stanza per scovare il punto in cui c'era campo e riprovai a scrivere a Tania. C'era anche la notifica di un messaggio di Pierpaolo: mi augurava un grande in bocca al lupo e sperava che tutto stesse andando alla grande. Digitai veloce una risposta a entrambi avvisandoli che era tutto meraviglioso e che il cellulare non prendeva bene.

Mi preparai per la serata, seguii il consiglio di alcuni partecipanti e indossai il costume che fortunatamente all'ultimo momento avevo messo in valigia. Scesi e mi diressi verso il gazebo dove avrebbero servito la cena. Anna e Alessio erano già lì, mi chiamarono e presi posto al loro tavolo, lo stesso dell'aperitivo di benvenuto. Accanto a me si sedette Margherita.

Indicando il mio ciondolo di orgonite esclamò: «Che bello, dove l'hai comprato? Lo voglio anch'io».

Anna si unì alla sua eccitazione: «È meraviglioso, sembra un oggetto proveniente dallo spazio».

Arrossii leggermente e spiegai: «È un'orgonite, l'ho creata io. In effetti è un oggetto per certi versi magico, perché aumenta le energie personali e trasforma l'energia negativa in positiva. Inoltre aiuta nel rilassamento e nella concentrazione».

Cosa avevo appena detto? Avevo ripetuto esattamente quello che mi aveva spiegato il mio amico di penna misterioso, ma allo stesso tempo sembravo una sorta di guru. Le mie commensali pendevano dalle mie labbra, ma io non avevo altre informazioni da dar loro e odiavo essere al centro dell'attenzione. Iniziavo a sentirmi a disagio, ma nessuno parve accorgersene.

Infatti continuarono imperterrite.

Margherita disse: «Le vendi? Come facciamo ad acquistarle? Ne compro una, anzi, te ne commissiono due, una per me e una per mia sorella. Impazzirà dalla gioia».

«Anche io ne vorrei una per me» esclamò Anna.

A quel punto intervenne Alessio: «Scusa, perché non ne portiamo due alle ragazze?» chiese alla moglie, che annuì.

«Quanto costano?» domandò Margherita.

Presa alla sprovvista tentennai. «Non saprei...»

«Facci sapere il prezzo. Ci teniamo. Guarda, non immagini come faremo contente le nostre figlie. Non si aspettano un regalo e sono appassionate di gioielli artigianali».

Tra il mio tentennare e il loro entusiasmo, mi ritrovai con un ordine di cinque orgoniti. Ci scambiammo il numero di telefono e ciascuna di loro mi inviò un messaggio con scritto il proprio ordine, che avrei letto al mio ritorno in camera perché non avevo portato il cellulare con me.

Ancora stentavo a credere a quello che era appena successo.

Fummo richiamati dagli altri partecipanti che ci inclusero nel loro discorso. C'era chi stava raccontando delle proprie difficoltà ad approcciarsi alla ceramica e chi non aveva ben capito la tecnica colombino. Una signora molto simpatica raccontava come si era lasciata convincere dalla figlia a partecipare al seminario. Quando mi interpellarono risposi che mi ero trovata molto bene con la tecnica dei salsicciotti e mi era venuto tutto molto naturale.

Margherita disse: «Minerva, se è vero che è la prima volta che lavori con la ceramica sei un vero talento. Sei stata creativa ed eri a tuo agio, sembrava che fossi pratica».

«Ti assicuro che non avevo mai frequentato una lezione e tantomeno un corso prima d'ora. Però è una cosa che mi ha sempre attratto» ammisi.

«Potresti aver trovato la tua vocazione, il tuo ikigai».

La parola mi risuonò: l'aveva usata anche Tania la sera in cui ci eravamo conosciute. Come da abitudine avevo fatto qualche ricerca su internet e avevo scoperto che l'ikigai era lo scopo della vita, la vocazione, quella cosa che ti fa svegliare la mattina contenta. Devo dire che sì, la ceramica poteva essere il mio ikigai. Certo, ero ancora all'inizio, non sapevo se fossi davvero portata e se sarebbe potuta essere la mia strada, ma quello di cui ero certa era che mi faceva stare bene e non vedevo l'ora che arrivasse il giorno seguente per apprendere nuove tecniche.

Fu servita la cena e scelsi il menù vegetariano, notando con piacere che erano tante le persone che avevano optato per la mia stessa scelta. Anche Enzo si era unito a noi, era una persona molto amabile e piacevole. Chiacchierava, parlava di ceramica, delle mostre che aveva fatto nel corso degli anni.

«Domani, al termine delle lezioni, andremo a Deruta, vi consiglio di visitare i moltissimi numerosi negozi che vendono ceramiche. Ne potete trovare anche di già pronte, acquistatele per poi dipingerle quando tornerete a casa, così continuerete a esercitarvi. Ci tenevo anche a dirvi che se vi dovesse servire il forno per cuocere le vostre opere d'argilla, potrete usare quello della nostra scuola di ceramica».

Pensai che fosse una grande opportunità, dal momento che avere un forno era la cosa più complicata e dispendiosa.

Ero persa nei miei progetti quando Enzo si rivolse a me: «Minerva, stavo guardando il tuo manufatto, devo dire che per essere la prima volta è davvero pregevole. Hai deciso di creare una scatola, non credere che sia un oggetto così semplice come può sembrare, e ci hai anche messo il coperchio. La tecnica colombino non è tra le più difficili, ma è anche vero che ti sei mossa con una manualità e una abilità che lascia intendere che dentro di te avessi chiara la visione di cosa volevi realizzare e di come farlo. E questo si chiama talento naturale».

Le parole di Enzo mi lusingarono e mi inorgoglirono. Era vero, avevo saputo fin dall'inizio come sarebbe stata la mia scatola, con quali incisioni e colori l'avrei decorata. Ero davvero colpita. Questo corso si stava rivelando sempre più magico. Non ero solita eccellere in qualcosa, e ricevere i complimenti per le mie creazioni mi stava facendo bene all'anima. Iniziavo a sentirmi brava e capace. Forse è facendo quello che amiamo che scopriamo i nostri talenti?

Altri commensali si unirono alla conversazione e proposero: «Perché non andiamo in piscina?»

Ci dirigemmo a bordo piscina, qualcuno si immerse, qualcun altro mise solo i piedi a bagno. Io e Margherita ci spogliammo ed entrammo in acqua, che scoprii avere una piacevolissima temperatura. Mi ero raccolta i capelli (che stavano diventando sempre più lunghi) in uno chignon spettinato, così non si sarebbero bagnati.

Che bella sensazione! Eravamo un gruppo di persone che faceva amicizia e condivideva esperienze, sogni e risate al chiaro di luna in una magica notte estiva.

Capitolo diciassette

La mattina dopo scendemmo a fare colazione e alle 9:00 in punto entrammo tutti nella serra. Il profumo dei fiori si spandeva dandoci il buongiorno. Eravamo in attesa, pronti a iniziare la seconda giornata del corso di ceramica.

Ero sempre più emozionata, per prepararmi al meglio avevo letto tutto quello che ero riuscita a trovare, avevo fatto le mie ricerche su internet sulle varie tecniche e avevo comprato anche un libro che spiegava la storia della ceramica e gli strumenti essenziali, ma nulla sarebbe stato come sperimentarlo di persona.

Oggi avremmo usato il tornio. Non vedevo l'ora.

Avevo indossato il grembiule di jeans sopra dei leggings neri e una maglietta bianca con la scritta dorata "Tutto è possibile" che avevo acquistato al centro di meditazione. Al collo il mio immancabile ciondolo di orgonite, il mio portafortuna. Ripensai con un sorriso che avevo ben cinque ordini, tornata a casa mi sarei messa all'opera e ne avrei creata anche una sesta da regalare a Tania.

Enzo attaccò con una spiegazione teorica basilare: «Iniziamo con la scelta dell'argilla, perché è da qui che parte tutto. Ne esistono diversi tipi: rossa, bianca, gres, porcellana. In base a ciò che vorrete creare, dovrete saper scegliere quella giusta».

Mentre continuava a parlare, lo ascoltavo incantata: presto avremmo creato noi stessi qualcosa di meraviglioso.

«Già ieri abbiamo visto la modellatura, in questa fase ricordatevi sempre di mescolare e compattare l'argilla stando bene attenti a eliminare le bolle d'aria. Anche qui ci sono diverse tecniche, ieri abbiamo visto la colombino e oggi sperimenterete il tornio. Tenete a portata la miretta, una spugna e la spatolina di legno. Non abbiate fretta, bisogna aspettare il tempo necessario perché gli oggetti asciughino completamente e uniformemente, e i tempi variano in base alla temperatura dell'ambiente. Voi siete fortunati, oggi è estate, fa caldo e non c'è umidità, l'argilla seccherà più in fretta. Ricordate cosa vi ho detto ieri: imparate ad aver pazienza perché non bisogna mai, mai e poi mai affrettare l'asciugatura sennò i vostri manufatti si potrebbero rompere. Una volta avvenuta l'essiccazione potrete passare alla decorazione».

Già sapevo che avrei amato la fase della decorazione, richiedeva tempo e pazienza, ma soprattutto fantasia. Avrei potuto rendere uniche le mie opere attraverso i disegni e la scelta dei colori.

«Una volta che avrete terminato di rifinire il vostro oggetto lo metteremo in forno per la prima cottura, che viene chiamata "biscottatura". Anche questa è una fase delicatissima, motivo di ansia e preoccupazione per i ceramisti di tutti i tempi. La prima cottura è imprevedibile, si può formare una crepa inaspettata e se impostate male la temperatura del forno le conseguenze possono essere disastrose. Per fortuna, voi al momento non correte questo rischio perché vi aiuterò io e, come vi dicevo ieri, potrete utilizzare il forno della scuola, così non dovrete comprarlo, anche perché ha costi molto alti».

Era un bel risparmio anche perché avevo intenzione di acquistare un tornio. Avrei potuto allestire un piccolo laboratorio in casa, magari al posto dello studio di Giovanni, oh, come mi piaceva l'idea!

«C'è poi la smaltatura» stava dicendo Enzo, «e infine la seconda cottura, ossia l'ultimo passaggio della lavorazione della ceramica. I pezzi decorati, cotti e infine smaltati andranno messi nuovamente in forno per una seconda volta. Vi è poi la terza cottura che si utilizza per le decorazioni con colori metallizzati o d'oro e argento. Avremo modo di riparlarne nel corso avanzato...»

Nella mia mente iniziarono a materializzarsi idee, ma dovevo tenerle per quando avrei avuto più dimestichezza.

«Il momento è giunto. State per mettere le mani in pasta».

Ridemmo al gioco di parole.

«Creerete un oggetto a vostra scelta utilizzando il tornio».

Un bellissimo vaso si materializzò nella mia mente, lo avrei usato per le rose che mi aveva regalato Pierpaolo. Avrei fuso il suo regalo con una mia creazione. «Tutto dipenderà dai tempi che, come vi ho spiegato, non possiamo affrettare. Creerete la vostra opera, la metterete a essiccare e quando sarà pronta la infornerete per la prima cottura. Terminerete anche il manufatto che avete iniziato ieri. C'è molto da fare, mettetevi al lavoro».

Ero piena di creatività e pronta all'azione.

«A vostra disposizione troverete dei torni professionali. Quando continuerete da soli, ve ne potrete procurare uno manuale che è più economico e vi permetterà di lavorare anche a casa».

Mi accomodai sullo sgabello davanti al tornio e presi l'argilla. Dovevamo centrarla sul tornio. Posai il gomito di lato, misi la mano destra sulla sinistra e iniziai a premere. Il tornio iniziò a girare, la magia prese vita. Misi un po' d'acqua sull'argilla affinché si ammorbidisse e continuai a premere con la mano destra, mentre con la sinistra tenevo delicatamente l'argilla. Continuavo ad aggiungere l'acqua, poca per volta, mi sentivo un'alchimista alle prese con una pozione.

Enzo si aggirava nella serra, aiutando le persone in difficoltà. Quando si avvicinò alla mia postazione sorrise. Sembrava incantato. Gli sorrisi di rimando e tornai a concentrarmi perché quello era il momento clou. Strinsi le mani e iniziai a sollevare la mia creatura. Alzai l'argilla almeno tre volte. Poi misi altra acqua e la sollevai ancora. A mano a mano pulivo con una spugnetta, Enzo aveva detto che era fondamentale "lavorare puliti".

Mentre il tornio girava, con le mani davo forma all'argilla. Ero ipnotizzata, immersa in un'esperienza mistica. Rifinivo il vaso con le mani, gli permettevo di nascere, di crearsi. Seguivo il ruotare del tornio e sagomavo la mia opera. Era magico come si alzasse prendendo una forma sempre più affusolata e snella. Davo tocchi delicatissimi. Lo lisciavo, lo allungavo. Ogni tanto mi bagnavo le mani. Il tornio continuava a girare e io a modellare, fino a che non fu pronto. Quasi mi commossi. Non ci potevo credere, era stato meraviglioso. Rimirai la mia creazione, sarebbe stato un vaso bellissimo, ne ero certa.

La voce di Enzo mi riportò al presente. «Ora che avete terminato, coprite la vostra opera con un telo e un foglio di plastica per favorirne l'asciugatura e lasciatelo seccare. Passeremo a completare il lavoro che avete iniziato ieri con la tecnica colombino».

Continuammo a decorare, cuocere, modellare per tutta la giornata. Le ore volavano, le opere prendevano vita. Tutto sembrava magia.

In men che non si dica la giornata di lavoro terminò. Andammo a prepararci per la cena e il giro a Deruta.

Ero euforica. Quando arrivai in camera presi il cellulare, andai nell'unico angolo in cui prendeva e aggiornai Tania e Pierpaolo. Mandai a entrambi qualche foto, tra le tante che avevo scattato durante la giornata. Mi resi conto di aver fatto un piccolo report fotografico e alcuni video. Forse avevo esagerato, ma ogni singolo istante era stato prezioso.

Indossai il vestito ocra che avevo portato. Acconciai i capelli, passai un leggero velo di trucco e calzai i sandali neri. Mi guardai allo specchio, l'immagine che mi rimandò mi piacque moltissimo: mi vedevo bella, ero esattamente come volevo essere. Lanciai un bacio all'immagine riflessa.

Ci dividemmo in varie automobili, io ero in macchina con Margherita, Alessio, che guidava, e Anna. Il percorso fu piacevole, chiacchierammo del più e del meno e di quello che avevamo fatto durante la giornata. Eravamo tutti soddisfatti, a prescindere dal risultato delle nostre opere, si stava rivelando un weekend molto formativo e rigenerante.

Impiegammo pochissimo ad arrivare a Deruta, parcheggiammo l'auto e ci avviammo a piedi verso il centro. Era un luogo incantevole, avevo letto che era stato inserito tra i borghi più belli d'Italia. Le ceramiche erano ovunque, dando tocchi di arte e colore. Alessio si accomodò su una panchina decorata, mentre Anna, Margherita e io andammo a fare shopping nei vari negozietti. Erano deliziosi, all'esterno esponevano ceramiche bellissime. Entrai in una bottega, volevo acquistare dei semilavorati che poi avrei decorato e dipinto e infine portato a cuocere nel forno di Enzo. Acquistai una tazza per Tania, sapevo che adorava il tè verde e ne beveva in dosi massicce, l'avrei decorata con foglie e fiori in stile orientale; scelsi il modellino di una Vespa Piaggio per Pierpaolo, ai tempi dell'università ne aveva una che trattava come una fidanzata, chissà se gli piacevano ancora. Samuele ne possedeva una che trattava come una preziosissima reliquia anche se non la usava mai, diceva però che certi amori sono intramontabili; sperai avesse ragione. Presi un servizio di tazzine da caffè per mia madre, non avevo idea di che reazione avrebbe avuto, magari le sarebbe piaciuto... Okay, ero una pazza idealista dall'ottimismo immotivato, ma che ci potevo fare? Poi vidi degli angioletti, erano incantevoli e ne acquistai alcuni, uno avrebbe decorato la parete accanto al mio letto. Presi anche dei colori, gli smalti e la lacca.

Alessio, Anna e Margherita mi stavano aspettando, anche loro carichi di buste, lasciammo le nostre compere in macchina e ci dirigemmo verso il ristorante. Iniziavo ad avere fame.

Il locale era un gioiello. Ci fecero accomodare sotto un pergolato di glicine profumato e iniziarono a servire la cena. Per comodità era stato concordato dagli organizzatori un menù fisso. Il mio, vegetariano, era un trionfo di sapori. I prodotti erano genuini e di qualità.

Enzo propose un brindisi: «Agli audaci e agli artisti perché saranno sempre liberi».

Brindammo tra sguardi compiaciuti e calici tintinnanti.

Continuammo a mangiare e a chiacchierare allegramente. Mi sentivo inclusa, accolta. Eravamo poco più che degli sconosciuti gli uni per gli altri, ma in quel momento sembravamo una famiglia.

Anche quella sera Enzo mi fece molti complimenti e gli altri partecipanti si unirono a lui. Sembrava che il mio vaso e la mia scatola stessero riscuotendo un grande successo. Per la prima volta in vita mia non mi vergognai, non abbassai lo sguardo, ma accolsi i complimenti e sentii di meritarli. Fui orgogliosa di me stessa. Fu una sensazione bellissima: avrei portato con me il ricordo di quella serata per sempre.

La domenica ci ritrovammo puntuali per l'ultimo giorno del corso. Ero triste che quella meravigliosa esperienza volgesse al termine, ma l'idea che tra pochi giorni avrei incontrato Pierpaolo mi forniva un ottimo motivo per essere felice di tornare a casa. E comunque ormai ero certa che la ceramica avrebbe fatto parte della mia vita: avrei trasformato lo studio di Giovanni nel mio laboratorio, così avrei continuato a esercitarmi. Già avevo delle idee che mi ero scritta sul quaderno che avevo portato per prendere appunti durante le lezioni. Alcune includevano gli acquisti della sera precedente, altre invece le avrei create direttamente dall'argilla, che, in un momento in cui la connessione era più performante, avevo acquistato online e che mi sarebbe stata consegnata il giorno seguente insieme al tornio. Avrei poi portato le mie creazioni a cuocere nel forno della scuola che da settembre avevo tutte le intenzioni di frequentare. Mi sembrava un ottimo piano.

La mattina volò via veloce, completammo le nostre opere così che ciascuno di noi potesse portarle via. Rimirai quello che ero riuscita a creare: una scatola dai disegni geometrici bianca e blu con dei tocchi di giallo e un vaso con decorazioni floreali sui toni del viola e del lilla, che riprendevano i cuscini del mio divano, perfetto per il salone. Le avvolsi nella carta da pacchi per proteggerle nel trasporto e, con la massima cura, le riposi in uno scatolone, che sistemai ai piedi del sedile del passeggero. Mi sembrava il luogo più sicuro per farle arrivare a casa sane e salve.

Stavo caricando il trolley nel portabagagli quando Enzo si avvicinò.

«Ciao, hai un minuto? Volevo parlarti prima della tua partenza. Dimmi, ti è piaciuto il corso?»

«Tantissimo, sono entusiasta. La ceramica mi aveva sempre attirato, ma in questi giorni sento di essermi innamorata».

Enzo mi guardò con attenzione, sembrava scrutarmi dentro. «Minerva, in tanti anni di esperienza non ho mai visto un talento come il tuo. Forse non lo sapevi, ma la nostra scuola ha dei programmi di borse di studio e tirocini per gli studenti più meritevoli. Dopo aver visto i tuoi lavori vorrei proporti un tirocinio estivo retribuito presso la nostra scuola».

«Enzo, sono una principiante. Non so se sarò all'altezza».

«I tirocini presso i maestri artigiani servono proprio a questo, per farvi apprendere l'arte e tramandare i mestieri da maestro ad allieva».

Ci pensai solo un istante, alla fine cosa avevo da perdere?

«Okay, se pensi che io possa andare bene, allora accetto».

«Perfetto. In settimana, appena avrò tutto pronto, ti chiamo e iniziamo questa avventura, e poi chissà. Che ne dici?»

«Dico che è una cosa stupenda».

«Le tue creazioni sono stupende».

Rimasi senza parole. Avrei iniziato un tirocinio, retribuito, presso la scuola di ceramica in cui desideravo iscrivermi. Salii in macchina e avviai il motore. Alla radio passavano una canzone di cui conoscevo il testo e iniziai a cantare. Presto sarei stata un'apprendista ceramista. Wow!

Arrivai a casa in poco più di due ore. Entrai nel portone, con una mano tiravo il trolley e con l'altra tenevo la preziosissima scatola con le mie due opere. Solo una cosa avrebbe reso tutto ancora più bello ed era lì ad attendermi: il lembo celeste che usciva dalla cassetta delle lettere. Tenevo in bilico sul ginocchio lo scatolone, con la mano libera estrassi la lettera e mi diressi in casa. Ad accogliermi c'erano le rose di Pierpaolo, si erano mantenute fresche ed emanavano ancora un ottimo profumo. Tra poco avrei cambiato acqua e vaso.

Ero felice e quasi avevo paura di questa felicità. Com'è possibile che quando tutto va bene abbiamo paura?

Aprii la lettera.

Cara anima,
in questa lettera voglio parlarti della felicità, non trovi che sia strano che è proprio quando tutto va bene che si inizia ad aver paura?

Strabuzzai gli occhi. Possibile che fosse una coincidenza?

Si teme che l'incanto possa finire o che qualcosa possa andare storto.

Ricordi cosa ti ho spiegato quando ti ho parlato della manifestazione consapevole? La felicità è una frequenza vibrazionale. Proprio come per la gratitudine, quando inizi a vibrare felicità attrarrai nella tua vita altra felicità.

Se però inizi a spaventarti e a temere che qualcosa possa succedere, inquini la tua vibrazione.

Anche questa volta ti darò un esercizio da fare, ti permetterà di affinare la tua frequenza e sintonizzarla sulla felicità.

Dovrai scrivere tre cose che vorresti vedere manifestate da qui a un anno, tre desideri che se si dovessero realizzare ti donerebbero una felicità incredibile.

Le tre cose per te più importanti, non una di più, non una di meno. Questi sono i giorni del Solstizio d'Estate, il velo tra i mondi è sottile. Ciò vuol dire che tutte le dimensioni dell'intero universo sono connesse ed è un momento propizio per piantare i semi dei tuoi desideri.

Diventa padrona del tuo destino. La manifestazione consapevole ti stupirà. Ora goditi il tuo momento, stai tornando ad amare con gli occhi aperti, ed è quindi tempo di iniziare un nuovo capitolo della tua vita.
Con infinito amore.

Capitolo diciotto

Il lunedì mattina non era mai stato il mio momento preferito della settimana, ma quel giorno mi svegliai con il sorriso sulle labbra. Avevo tante cose da fare e prima di tutto avrei trasformato lo studio di Giovanni nel mio nuovo laboratorio.
Quando vidi quell'arredamento così scuro mi salì una gran tristezza e mi ripromisi di acquistare dei mobili bianchi e colorati, ma lo avrei fatto con il tempo, adesso non era il caso di spendere soldi. Avrei potuto vivacizzare quella stanza con un tocco di colore qua e là e le mie creazioni avrebbero fatto il resto. Cambiai la disposizione dei mobili per renderla più funzionale alle mie esigenze. Vidi l'orgonite e sorrisi, su quello stesso mobile posizionai anche gli acquisti fatti a Deruta.
Il corriere non si fece attendere e portai nel laboratorio anche l'argilla, il tornio e tutti i contenitori che sarebbero potuti fungere da stampo che ero ri-

uscita a recuperare in cucina, oltre a bicchieri, pennelli e spugne.

Mi tornò in mente che mio fratello in occasione dell'ultimo Natale mi aveva regalato una cassa bluetooth per il cellulare, l'avevo usata di recente per mettere la musica durante il rito della luna. Corsi a recuperarla (era verde e rosa, un altro tocco di colore) e la posizionai su una mensola. Grazie, Lele.

Guardai soddisfatta un'ultima volta il mio nuovo e meraviglioso laboratorio prima di uscire a fare compere.

Avevo bisogno di altri materiali per creare le orgoniti che mi erano state commissionate. Mi ero fatta una lista di tutto quello di cui avevo bisogno. Seguendo il mio elenco, andai a colpo sicuro negli acquisti. Per ultimo passai al negozio che vendeva pietre e cristalli (che avevo scoperto essere a due traverse dal mio appartamento), per acquistare quarzi, cristalli e altro. Infine comprai delle collanine d'argento, simili a quella che indossavo, a cui avrei appeso i pendenti di orgonite.

Tornai a casa e per l'ennesima volta l'occhio mi cadde sulle rose di Pierpaolo, che avevo riposto nel vaso di ceramica creato da me. Mi sembrava un sogno da cui temevo di svegliarmi da un momento all'altro. Mi tornarono in mente le parole del mio amico di penna: "Non aver paura della felicità!"

Mi diressi nel laboratorio, ancora non credevo di aver un posto tutto per me dove creare! Mi ripetei come un mantra "Non aver paura della felicità!", accesi la musica e mi misi all'opera per creare le orgoniti.

Seguii il procedimento della prima volta, lo ricordavo alla perfezione. Preparai gli stampi, li riempii, posizionai le pietre e lasciai seccare. Quando i ciondoli furono pronti, li presi a uno a uno e li completai con le catenine d'argento. Scattai una foto dei tre ciondoli e la inviai ad Anna, poi ne feci una ai due pendenti per Margherita. Avevo scattato molte altre foto durante il processo di preparazione, ma le tenni per me. Entrambe mi risposero immediatamente dicendomi di dar loro il mio indirizzo perché sarebbero passate a ritirarle in giornata. Infilai ognuno dei cinque gioielli in un sacchetto di organza colorato e preparai una busta per Anna e una per Margherita. Sul tavolo rimase un ultimo ciondolo che avevo preparato per Tania, glielo avrei donato quella sera visto che avremmo cenato insieme.

Nell'attesa, tolsi il grembiule di jeans dal gancio su cui era appeso, me lo infilai e tornai a immergermi nel mondo della ceramica.

Giunse presto sera. Era stato un pomeriggio intenso, avevo provato il nuovo tornio, avevo lavorato a varie creazioni, alcune le avevo anche già portate a cuocere nel forno della scuola di Enzo. Tra queste c'era la Vespa che stavo preparando per Pierpaolo. L'indomani ci saremmo visti, speravo potesse essere una bella sorpresa. Chissà come sarebbe stato l'incontro. In quest'ultimo periodo ci eravamo messaggiati di continuo e ci eravamo avvicinati molto, seppur virtualmente. Come mi sarei dovuta comportare?

Lo avrei chiesto a Tania, che stava per arrivare a casa mia per vedere le mie creazioni. Mi aveva scritto che le ero mancata e voleva che le raccontassi tutto. Avremmo ordinato due pizze e avremmo visto Il diavolo veste Prada. Avevo davvero molto da dirle, non sapeva ancora del tirocinio estivo che avrei iniziato a breve né delle mie prime due clienti. Nel pomeriggio erano passate prima Margherita e poi Anna a ritirare gli ordini, erano rimaste soddisfatte dei ciondoli, Margherita aveva voluto indossarlo immediatamente. Ero imbarazzata all'idea di farmi pagare, avevo fatto una ricerca su internet per conoscere il prezzo di mercato di un gioiello, catenina più ciondolo di orgonite, e avevo applicato un piccolo sconto. Entrambe non avevano battuto ciglio quando mi ero fatta coraggio e avevo detto loro il costo, anzi mi avevano ringraziato per la velocità con cui avevo creato i gioielli. Se ne erano andate contente e soddisfatte. Avevo riposto i soldi nella scatola di ceramica bianca e blu che avevo creato durante il corso. Sarebbe stata la mia cassa. Mi sembrava di ottimo auspicio.

Tania arrivò per le 19:30. Per prima cosa le mostrai il vaso.

«Ma è bellissimo!»

Mi chiesi se lo avesse detto soltanto per gentilezza, ma lei aggiunse: «Non fare quella faccia e non pensare che te lo stia dicendo solo perché siamo amiche, mi piace veramente».

Le sorrisi e mi sentii orgogliosa. Le mostrai la scatola, le raccontai dei ciondoli di orgonite che mi erano stati commissionati e le diedi il sacchetto in cui era contenuto il suo.

Lo aprì subito e cinguettò: «È stupendo, lo adoro, mi rappresenta! Minerva, tu hai un dono, i tuoi oggetti emanano magia».

Che belle parole! Avevo creato il gioiello pensando a lei, volevo che fosse suo, che le desse potere come la mia orgonite ne dava a me.

Le dissi della proposta di tirocinio che mi aveva fatto Enzo e lei mi abbracciò forte riempiendomi di complimenti. Secondo lei stavo trovando il mio ikigai. Ormai sapevo cosa intendesse e in un certo senso le diedi ragione. Tornai a raccontarle del corso, le mostrai le mille foto e i video che avevo scattato. Lei non sembrava annoiata; anzi, sembrava stesse tramando qualcosa. Anche io ormai iniziavo a conoscere la mia amica, tanto quanto lei conosceva me.

E infatti esordì: «Devi aprire un profilo social in cui esporre le tue creazioni. Non ti chiedo neppure se già ce l'hai perché conosco la risposta, che è no, vero?» mi sfidò a contraddirla.

Ovviamente non avevo un profilo social per le mie opere, ne avevo a stento uno personale che era abbandonato a se stesso e su cui non postavo mai nulla. Fino a ora la mia vita non era stata così interessante da meritare di essere messa in vetrina.

Mentre riflettevo su quanto la mia esistenza stesse cambiando notai che Tania armeggiava con il mio cellulare. A un certo punto mi scattò una foto, per fortuna mi ero truccata e sistemata dopo una giornata ad armeggiare in laboratorio tra le ceramiche.

«Si può sapere cosa stai facendo?»

«Non disturbare un genio all'opera».

Alzai gli occhi al cielo.

Quando finalmente sembrò soddisfatta, mi guardò e in modo fiero mi mostrò il cellulare.

«Guarda e ammira».

Rimasi senza fiato e lessi con un filo di voce: «Le Ceramiche di Minerva».

Incredibile, aveva creato il profilo social delle mie creazioni! Aveva condiviso alcune delle foto che avevo scattato durante il corso, le foto dei gioielli di orgonite e la foto che mi aveva scattato, e aveva aggiunto una breve presentazione: *Mi chiamo Minerva, come la dea della giustizia, della saggezza e delle arti. La mia antenata divina inventò il telaio, io preferisco usare il tornio. Entrambe creiamo oggetti incantevoli. Ho il piacere di presentarti le mie creazioni in ceramica e i miei ciondoli di orgonite. Per informazioni e ordini contattami in privato.*

Scoppiai a ridere. «Ma sei pazza? Non ti sembra pomposa? Sono poco più che una principiante».

«Tanto per cominciare sei stata la migliore del tuo corso e sei talmente talentuosa che il tuo maestro ti ha offerto un tirocinio. Quindi non sei più una principiante ma un'apprendista ceramista. Hai avviato un business di gioielli e non te ne sei neppure accorta». Tania sospirò. «Certo che fai proprio fatica a riconoscere il tuo valore, eh?»

Abbassai lo sguardo. Era più forte di me, difficilmente riuscivo a sentirmi all'altezza

«Bene, vedo che ci siamo capite. Ora lasciami lavorare, che sono la manager dell'astro nascente della ceramica. Walk of fame, stiamo arrivando!»

Scoppiammo a ridere. Sapevo che la famosa stella sulla strada hollywoodiana era riservata alle celebrità del cinema e dello spettacolo e non alle artigiane, ma l'entusiasmo di Tania mi contagiò e dovevo ammettere che "Le Ceramiche di Minerva" suonava proprio bene.

«Adesso tocca a te. Posta foto ogni giorno, anche più volte al giorno visto che sei all'inizio. Condividi con i tuoi follower...» Stavo per ribattere che non avevo follower ma la mia amica mi ammonì con lo sguardo: «... il processo di creazione delle tue opere. Poi metti delle foto dei manufatti terminati e alternali con i ciondoli di orgonite. Rendili partecipi. Mostra loro quanto ami il tuo mondo».

Capii quello che mi stava dicendo. Mi piaceva immortalare i momenti, avrei condiviso i miei scatti e la mia passione e poi chissà.

Arrivò come un flash, non avevo ancora fatto l'esercizio sulla manifestazione consapevole che il mio amico di penna mi aveva assegnato nell'ultima lettera. Ora sapevo con certezza che uno dei miei tre desideri lo avrei espresso per la mia attività di ceramista e artigiana.

In quel momento suonarono alla porta, erano arrivate le pizze. Io e Tania ci sedemmo sul divano con i nostri cartoni sulle gambe, prememmo il pulsante play del lettore dvd e ci gustammo la serata.

Dopo che Tania fu andata via, prima di andare a dormire controllai un'ultima volta il cellulare. Pierpaolo era all'aeroporto e gli augurai buon viaggio, tra poco meno di un'ora sarebbe partito con un volo diretto New York-Roma e sarebbe arrivato l'indomani mattina. Tania mi aveva suggerito di attendere perché sicuramente avrei trovato un suo messaggio al risveglio.

Notai che il cellulare mi segnalava delle notifiche: alcune persone avevano iniziato a seguire Le Ceramiche di Minerva. Che emozione!

Capitolo diciannove

Come aveva previsto Tania, la mattina dopo ad attendermi c'era un messaggio di Pierpaolo: "Il mio volo è atterrato in anticipo, sono già qui! Se per te va bene ti passo a prendere alle 19:30 per portarti a cena. Dove andremo è una sorpresa ma credo che ti piacerà". Digitai la risposta. Non vedevo l'ora di vederlo. Decisi di occupare il tempo in modo costruttivo, volevo canalizzare le mie energie nella creatività, così andai nel mio laboratorio e mi dedicai al servizio da caffè che volevo regalare a mia madre. Se tutto fosse filato liscio (ed Enzo ci aveva spiegato più volte che con la ceramica non si sapeva mai), glielo avrei portato l'indomani sera a cena. In occasione dell'appuntamento con Pierpaolo avevo posticipato la cena, dal consueto martedì a un insolito mercoledì; mi aspettavo il putiferio, invece mia madre si era limitata ad acconsentire. Strano, molto strano, che il mondo stesse per essere invaso dagli alieni e mia madre fosse l'unica a esserne a conoscenza?

Prima di mettermi al lavoro controllai "Le Ceramiche di Minerva". Ad attendermi c'era un messaggio privato di Mirti97: "Ciao, sarebbe possibile realizzare uno di quei bei ciondoli entro una settimana? È il compleanno della mia migliore amica, glielo vorrei regalare e sono certa che le piacerà moltissimo. Fammi sapere come possiamo procedere per il pagamento e la consegna".

Rilessi il messaggio più volte, non riuscivo a crederci, avevo un altro ordine. Inspirai ed espirai e quando fui calma e centrata risposi nel modo più professionale e gentile che potei. Le mandai tutti i dati tecnici per il pagamento e lei mi inviò l'indirizzo di consegna, dopodiché andai nel mio laboratorio e mi misi all'opera.

Lavorai tutta la mattina, dapprima al gioiello che mi era stato commissionato, poi al servizio per mia madre. Nel primo pomeriggio andai alla scuola di ceramica. Enzo mi accolse con un sorriso e mi invitò a firmare il contratto di tirocinio; avrei potuto cominciare anche l'indomani se volevo. E io volevo eccome. Passai per il forno a ritirare le creazioni del giorno precedente, tra cui il modellino della Vespa per Pierpaolo. Lo ammirai, era venuto benissimo. Lasciai i nuovi pezzi da cuocere con le istruzioni e tornai a casa.

Postai alcune foto dei pezzi che avevo appena ritirato e altre di quelli che erano ancora in fase di lavorazione. Vidi che il numero dei follower cresceva. Chi lo avrebbe mai detto?

Tornai nel laboratorio e mi immersi nel lavoro, quando mi mettevo a creare il tempo iniziava a volare. Le 18:30 giunsero in un baleno. L'orgonite era pronta, avevo inserito la catenina nel passante del ciondolo e prima di confezionare il pacchetto mandai una foto a Mirti97, che avevo scoperto chiamarsi Martina. Non avevo resistito, anche se avevo una settimana di tempo mi ero messa subito al lavoro, la mia creatività non ne voleva sapere di attendere. Martina mi rispose con una faccina con gli occhi a forma di cuori e dedussi che le era piaciuto. La avvisai che il giorno seguente sarei andata a spedirla, mi inviò un pollice rivolto verso l'alto. Sorrisi e andai a prepararmi per l'appuntamento.

Sparpagliati sul letto di fronte a me c'erano vari vestiti, ma niente mi sembrava appropriato: uno era troppo elegante, uno troppo demodé, uno troppo casual. Non avevo idea di cosa mettermi. Poi mi resi conto che mi stavo giudicando, la dovevo smettere. Chiusi gli occhi, iniziai a respirare come avevo appreso a lezione di mindfulness, mi calmai e pensai a quali indumenti avrei voluto indossare perché mi facevano sentire bella. Optai per una maglia in seta bianca con le maniche a palloncino, una gonna al ginocchio nera con dei disegni astratti bianchi e dei sandali neri con un po' di tacco che si allacciavano con un fiocco laterale. Mi guardai allo specchio, mi piacevo, mi sentivo bella. Lasciai i lunghi capelli sciolti e decisi di concentrare il trucco sugli occhi per rendere lo sguardo più intenso.

Alle 19:30, puntuale, arrivò il messaggio di Pierpaolo: "Sono sotto casa tua, quando sei pronta, scendi. Ti aspetto".

Era un messaggio gentile e non autoritario come quelli che mi mandava di solito Giovanni. Non avrei voluto né dovuto fare paragoni, ma la mia mente non poteva farne a meno. Presi la borsa in cui avevo messo il regalo per Pierpaolo, ben incartato affinché non si rompesse, e scesi.

Pierpaolo mi venne incontro, era bellissimo, elegantissimo nel suo stile "non me ne rendo conto ma sono un gran fico". Indossava dei jeans denim chiaro, una camicia che aderiva benissimo al suo corpo e le sneakers. Mi aprì la portiera e sorridendo mi aiutò a entrare.

«Quindi, dove andiamo a cena?»

«Anche se sei bellissima, non te lo dirò» rispose facendomi l'occhiolino.

Ripensai agli occhi a cuoricino che mi aveva inviato Mirti97: probabilmente era la mia faccia attuale.

Poco dopo parcheggiammo sul Lungotevere e ci incamminammo per i vicoli di Roma. Continuavo a incalzarlo e lui continuava a non svelarmi dove saremmo andati a cena, finché non arrivammo a piazza della Minerva. Guardai Pierpaolo, mi prese per mano, entrammo nell'Hotel Minerva, salimmo con l'ascensore fino all'ultimo piano e quando le porte si aprirono trovammo un cameriere in livrea ad attenderci; formale e cortese, ci accompagnò al nostro tavolo.

Il ristorante dell'Hotel Minerva era rinomato per la sua vista spettacolare. Ammirai ancora una volta il mio bellissimo e affascinante accompagnatore, poi mi guardai intorno estasiata: fiori colorati, statue antiche, la vista sul Pantheon e la luna in cielo. Ero dentro un sogno.

«Mi sono accertato che ci fossero opzioni vegetariane, il ristorante ha uno chef stellato specializzato in entrambe le cucine» mi disse Pierpaolo.

Gli sorrisi grata per la premura. Una delle tante cose che avevo sempre amato di lui era che ascoltava quello che gli dicevo e gli dava importanza. Può sembrare una cosa ovvia in un rapporto, ma purtroppo non sempre lo è.

Mi chiese del corso di ceramica, gli raccontai ogni cosa, anche del tirocinio. Sollevò il calice e propose un brindisi. Minimizzai dicendo che era solo uno stage estivo.

Mi guardò intensamente negli occhi e disse: «Le cose belle vanno sempre celebrate, perché possono essere l'inizio di qualcosa di ancora più bello».

Non sapevo se si stesse riferendo al mio nuovo contratto, a noi due o ad altro, sapevo solo che quella serata era fatata.

Servirono pietanze buonissime e molto ben presentate.

Mentre sorseggiavamo dell'ottimo vino bianco, Pierpaolo mi chiese: «Mi avevi accennato a una questione legale di cui mi volevi parlare...»

Non mi sembrava il momento adatto. Non volevo pensare a Giovanni e alla cartellina nera. La serata era meravigliosa ed ero intenzionata a godermela.

«Avvocato Innocenti, potrei prendere un appuntamento in settimana, se è libero?»

«Okay, se mi giuri che non mi chiamerai mai più per cognome dandomi del lei».

Scoppiammo a ridere, Pierpaolo aveva un gran senso dell'umorismo che mi aveva sempre messo tanta allegria. Mi disse che potevo passare da lui quando volevo, per me avrebbe sempre trovato tempo. Che dolce. Gli dissi che sarei passata giovedì nel pomeriggio e poi, fortunatamente, cambiammo discorso.

Per l'occasione tirai fuori dalla borsa il regalo che avevo creato per lui e glielo diedi. «Promettimi che sarai sincero e mi dirai se ti piace o meno».

Quando lo scartò rimase visibilmente colpito. «Lo hai fatto tu? È bellissimo».

Annuii.

«Come fai a sapere che mi piacciono le Vespe? Non mi dire che te lo ricordavi dall'università».

«In realtà, mi ricordo tutto di te» dissi abbassando lo sguardo imbarazzata.

Pierpaolo allungò il braccio verso di me e mi sollevò delicatamente il mento. Ci scambiammo uno sguardo profondo, ma fummo interrotti dal cameriere che portò i dessert accompagnati da due passiti. Al termine della cena Pierpaolo pagò senza farmi neppure avvicinare al conto.

Protestai ricordandogli che toccava a me pagare.

Mi rispose come la volta precedente: «Bene, questo vuol dire che ci rivedremo ancora».

Lo sperai con tutta me stessa, avevo tanta voglia di passare il tempo con lui.

Uscimmo dal ristorante mano nella mano e prendemmo a passeggiare per le vie di Roma, sembravamo due turisti in gita nella nostra città e forse dopo tanti anni era come se ci stesse riaccogliendo. La serata si stava facendo sempre più romantica.

Arrivati alla Fontana di Trevi, per evitare che il tacco si infilasse in un sampietrino, mi spostai andando a sbattere contro Pierpaolo, che mi prese tra le braccia.

«Se per te va bene, ti sto per baciare» mi disse.

Che domanda retorica. Non volevo altro. Annuii.

Le sue labbra incontrarono le mie.

Quello fu il nostro primo bacio, la Città Eterna ci fu testimone e io capii all'istante che il secondo desiderio che avrei inserito nell'esercizio di manifestazione consapevole sarebbe stato avere Pierpaolo nella mia vita. Per sempre.

Capitolo venti

Dopo quel primo bacio ce ne scambiammo altri, molti altri. Eravamo felici, sentivamo che qualcosa di profondo si era risvegliato.

Pierpaolo mi accompagnò sotto casa e attese che entrassi nel portone, lo salutai ancora una volta con la mano e gli ricordai di mandarmi un messaggio quando fosse arrivato a casa. Vivevamo vicini, ma era un modo carino per darci la buonanotte.

Entrai e mi diressi verso l'ascensore, persa nei pensieri e ubriaca di baci ed emozioni. Con la coda dell'occhio vidi il lembo azzurro che usciva dalla cassetta delle lettere. La vera ciliegina sulla torta di una serata già fantastica. Presi la lettera, entrai in casa e mentre attendevo il messaggio di Pierpaolo mi misi a leggere.

Cara anima,
voglio farti una domanda: cosa c'è di più potente dell'amore?
Per rispondermi, ascolta il tuo cuore che non ti inganna mai; anzi, è il miglior modo di sentire. Prenditi qualche secondo...

Lo feci e mi venne spontaneo rispondere "nulla". Ripensai alle labbra di Pierpaolo sulle mie, quel bacio mi aveva scatenato un universo di emozioni meravigliose. Ero così piena di energia che avrei saltato, gridato e ballato se non ci fosse stato il serio rischio che i vicini chiamassero la polizia o un medico pensando che fossi impazzita.

Esatto, non c'è niente di più potente e travolgente.
Certi amori sono destinati a vivere solo nel tuo cuore, ma altri possono manifestarsi nella tua vita ed essere destinati a sbocciare e durare.
Giorno dopo giorno stai conquistando la tua libertà, stai tornando ad amare con gli occhi aperti e per questo riesci a riconoscere ciò che è veramente prezioso.
Non dimenticare di fare l'esercizio di cui ti ho parlato nella lettera precedente: la manifestazione consapevole sarà un tassello fondamentale, sarà la chiave per attrarre ciò che desideri.
Troppo spesso, inconsapevolmente, si cede il timone, si perde quell'istante che arriva come un lampo e dona la consapevolezza di dove direzionare le energie cosmiche affinché vadano a creare la realtà che vuoi.

In quell'istante giunse un altro flash, o come lo stava chiamando il mio misterioso amico di penna: il lampo del terzo e ultimo desiderio.

Volevo che il mio angelo custode mi aiutasse in questo nuovo capitolo della mia vita. Mai come in quel momento avevo bisogno di essere guidata. Tutto si stava trasformando e i cambiamenti spaventano anche quando sono belli. Non sapevo dove stavo andando e sarebbe stato più semplice se avessi avuto una protezione divina.

Ora che conosci i tuoi tre desideri puoi avere quello che desideri e la tua anima potrà sbocciare.
Buona manifestazione consapevole!
Sono sempre al tuo fianco, non dimenticarlo mai.

Ero piena di energia; anzi, come mi aveva spiegato il mio amico di penna, ero piena dell'energia giusta: quella dell'amore. Una forza primordiale, potente e misteriosa, pervadeva ogni cellula del mio corpo.

Presi carta e penna pronta a scrivere i tre desideri che avrei voluto veder manifestarsi di lì a un anno.

Intitolai il foglio bianco "Manifestazione Consapevole", poi scrissi i numeri uno, due e tre e li cerchiai. Feci un profondo respiro.

Il primo dei desideri che scrissi fu dedicato a Pierpaolo: desideravo che il nostro amore avesse una reale opportunità di nascere, sbocciare e crescere. Avrei voluto passare con lui tutta la mia vita, o meglio, tutte le mie vite. Da adesso e per sempre. Il secondo desiderio era dedicato alla mia arte, alla ceramica e ai gioielli: desideravo con tutta me stessa che questo sogno si realizzasse, che le mie opere venissero apprezzate e amate tanto quanto le amavo io. E infine, come terzo desiderio, chiesi che il mio angelo custode mi fosse accanto e trovasse il modo di guidarmi, proteggermi e manifestarsi. Avrei voluto tanto sentire il caldo abbraccio delle sue ali intorno a me, come quando ero bambina.

Ancora una volta il mio amico misterioso aveva avuto ragione: era stato difficile capire cosa volessi veramente e concentrare i miei sogni in tre richieste principali, ma ora che lo avevo fatto ne comprendevo la potenza. Avevo canalizzato la mia energia in ciò che volevo davvero.

Piegai il foglio in quattro e lo misi via. Poi controllai il cellulare. Pierpaolo mi aveva mandato un messaggio: era arrivato a casa e mi dava la buonanotte, ringraziandomi per la bellissima serata e dicendomi che non vedeva l'ora di rivedermi. Gli mandai una faccina che inviava un bacio. Anch'io non vedevo l'ora di rivederlo. Non ce l'eravamo detto, forse non era neppure necessario, ma in cuor nostro sapevamo entrambi che era l'inizio di qualcosa.

Avevo concluso il mio primo giorno di tirocinio, era stato divertente. Lavoravo in una scuola di ceramica e mi occupavo di aiutare Enzo, che era davvero un ceramista esperto. Non riuscivo ancora a crederci, la mia voglia di mettermi in gioco era infinita. Avevo seguito Enzo come un'ombra per assorbire tutti i suoi insegnamenti. Era un maestro eccezionale, non si risparmiava in suggerimenti, consigli e, se necessario, correzioni.

Quando tornai a casa feci una doccia veloce e, una volta pronta, mi incamminai per andare a cena da mia madre. Avevo impacchettato con cura il servizio da caffè che avevo creato per lei. Era venuto bene, avevo apposto delle composizioni floreali rosa antico e celeste. Avrei voluto aggiungere dell'oro ma era troppo presto, avrei dovuto pazientare, non ero ancora pratica con la terza cottura e dovevo esercitarmi. Mi ripromisi di apprenderla non appena ce ne fosse stata l'occasione.

Giunsi puntuale e suonai il campanello. Mi stupii di trovarmi davanti Samuele.

«Ciao, Lele, che ci fai qui?»

«Ceno con le mie donne preferite. Non è mica proibito».

Strana risposta, c'era sotto qualcosa.

«Vieni». Mi prese sottobraccio e mi condusse in salotto, dove c'era mia madre ad attenderci. Sembrava strana anche lei, anche se manteneva il solito contegno.

Come da consuetudine, prendemmo prima un cocktail in balcone e poi, puntuali alle 20:00, ci sedemmo a tavola per cenare. Mangiammo conversando del più e del meno. Attendevo il momento perfetto per dare il regalo a mia madre, anche se conoscendola quel momento non sarebbe mai arrivato. Prima o poi avrei dovuto fare io il primo passo.

Il cellulare di mio fratello squillò, mia madre lo fulminò con lo sguardo.

«Samuele, sai benissimo che non apprezzo interruzioni durante i pasti».

«Hai ragione, mamma, scusami, ma è urgente, una chiamata di lavoro». Si allontanò.

Mia madre mi guardò a lungo, uno sguardo penetrante e intenso, c'era un mondo in quegli occhi così simili ai miei.

«So benissimo che tuo fratello non è perfetto come vuole far credere, e so anche che è un traditore come vostro padre. Tradisce Sonia, così come vostro padre tradiva me».

Per poco non caddi dalla sedia, ma ero rimasta così pietrificata da non riuscire a muovermi. Mia madre non nominava mai mio padre e tantomeno aveva mai rivelato il motivo della loro separazione. Non sapevo cosa dire, tutto mi sembrava superfluo.

«Mi dispiace, mamma, non lo sapevo».

«Cosa non sapevi, che tuo fratello tradisce la moglie? Lo so benissimo che vi dite tutto».

Non era proprio vero, il rapporto tra me e Samuele si era un po' allentato, ma evidentemente mia mamma mi leggeva nella mente.

«Per quanto il vostro rapporto possa non sembrarti più quello di un tempo, tuo fratello ti vuole un gran bene, si fida di te e farebbe qualunque cosa se gliela chiedessi».

Adoravo mio fratello. Non avendo ricordi di mio padre, Lele era stato il mio primo eroe, il mio fido amico e compagno di marachelle. Eravamo molto uniti e forse aveva ragione mia madre: anche se negli anni il nostro rapporto si era trasformato, ciò non voleva dire che ci eravamo persi, forse eravamo solo cresciuti.

«Mamma, te l'ha rivelato lui...»

Non mi fece finire: «Non serve che me lo dica. So riconoscere certe futili scuse, come un impegno di lavoro» disse mimando le virgolette. «Non si risponde a una chiamata di lavoro con quel sorrisetto, perché una telefonata a quest'ora sarebbe sicuramente un'urgenza, soprattutto se sei un medico. Ci sarebbe ben poco da ridere».

Cavolo, mia madre non ci andava per il sottile! Non è che anziché insegnare all'università apparteneva ai servizi segreti? Aveva sgamato mio fratello solo dal modo in cui aveva risposto al telefono. Chissà se Sonia era stata altrettanto intuitiva. Io ci avevo messo parecchio tempo a smascherare Giovanni, ma forse solo perché preferivo ignorare una verità che faceva troppo male.

«Senti, mamma». Colsi l'occasione per cambiare discorso. «Come ti avevo detto, ho partecipato al corso di ceramica e ti ho portato un dono. Fatto da me».

Presi il regalo dalla borsa e glielo consegnai. Lo avevo impacchettato con della carta colorata e un bel fiocco. Mia madre lo scartò e tirò fuori le tazzine a una a una. Le osservava attentamente, mi sentivo sotto esame. Non sapevo cosa pensare.

«Davvero le hai fatte tu?»

Annuii.

«Devo ammettere che sono pregevoli, soprattutto per una principiante».
Mi potevo accontentare, avrebbe potuto andare peggio. Mi rianimai e la magia della ceramica mi sciolse la lingua. Iniziai a spiegarle la tecnica che avevo utilizzato e tutto quello che avevo appreso in quei pochi giorni con così tanto trasporto ed enfasi che, quando Samuele tornò a sedersi a tavola con noi, mi guardò con un sorriso.
«Sorellina, di cosa stai parlando in modo così appassionato?»
Fu mia madre a rispondere: «Tua sorella è andata a un corso di ceramica e ha creato queste deliziose tazzine per me».
Se non fosse stato per la voce completamente atona, poteva essere considerato un complimento, ma per gli standard di mia madre potevo reputarmi più che promossa.
Riprendemmo la cena che si concluse con un'ottima macedonia. Samuele fu il primo a congedarsi con la scusa dell'urgenza di lavoro. Mia madre mi invitò a restare per un liquore. Versò del liquido ambrato in due bicchieri panciuti.
Lo assaggiai e feci una faccia disgustata; non bevevo questo tipo di alcolici, ma non avrei rinunciato al suo invito per niente al mondo.
Mia madre sorrise della mia buffa reazione. Vederla sorridere era una rarità. Assaporava il suo liquore seduta sulla poltrona con le gambe accavallate mentre io avevo preso posto sul divano ancora con il bicchiere pieno tra le mani.

«Io non sono stata coraggiosa come te. Non lottai per me stessa, lo cacciai semplicemente di casa».

Capii che stava parlando di mio padre.

«Forse ho sbagliato, avrei dovuto continuare a dargli altre opportunità per voi, ma un giorno tornai prima dal lavoro e lo trovai con la cameriera nel nostro letto. Lo cacciai di casa e lui sparì. Per orgoglio non lo cercai più. Per questo apprezzo ciò che stai facendo, stai cercando la felicità. È un cammino che solo i coraggiosi intraprendono».

Stavo per mettermi a piangere. Sentire tali parole uscire dalla bocca di mia madre era qualcosa di inaspettato e non me lo sarei mai immaginato, neppure nei sogni più rosei. Tutto il lavoro sulle emozioni della gratitudine, della fiducia, della speranza, dell'amore che stavo facendo grazie alle lettere del mio amico di penna stavano iniziando a portare dei frutti. Un raccolto di frutti incredibili.

Mia madre cambiò discorso e capii che le confidenze erano terminate. Avevamo comunque vissuto un bellissimo momento madre-figlia, forse il primo della nostra vita. Le chiesi delle ricerche che stava conducendo all'università e lei me ne parlò. Mi resi conto che dopo tanti anni era ancora molto appassionata del suo lavoro. La sua era sempre stata una vocazione.

Continuammo a parlare sforando il nostro classico orario e quando andai via mia madre mi stupì ancora una volta.

«Stai attenta, ora che torni a casa a piedi. E non pensare che abbia mai creduto alla storia che avevi la macchina parcheggiata qua sotto. Buonanotte, Minerva». E chiuse la porta.

Mi venne da ridere. Come faceva a sapere sempre tutto? Forse lavorava davvero per i servizi segreti.

Presi il cellulare dalla borsa e telefonai a Pierpaolo, che rispose al primo squillo.

«Ciao, mi fai compagnia mentre torno a casa?»

«Perché stai camminando da sola di notte?»

«Non fare come mia madre. Sono una donna adulta e indipendente».

«Okay, va bene, ma questo non vuol dire che non ci si possa preoccupare per le persone a cui si tiene. Comunque ti terrò compagnia, oppure la prossima volta mi avvisi e faccio la strada con te».

«Questa sì che mi sembra un'ottima idea, ma, sia ben chiaro, è più per la voglia di vederti che per avere una scorta, perché ti assicuro che non ne ho bisogno, me la so cavare benissimo da sola».

«Su questo non ho dubbi. Se vuoi, domani puoi passare in studio per quella faccenda legale di cui mi accennavi, che ne dici?»

«Sì, penso che il tempo sia giunto. Anche perché questa sera ho avuto una piacevole conversazione con mia madre, quindi penso che da un momento all'altro potrebbe esserci un'invasione aliena. Meglio che venga a sbrogliare quella questione il prima possibile».

«Sei sicura di non voler accennarmi nulla?»

«No, meglio parlarne domani».

«Come preferisci».

«Sono arrivata a casa».

«Ti scorto fino a che non sarai dentro».

«Avvocato, vuole le prove? Posso farti una videochiamata che dimostri che sono al sicuro a letto e in pigiama».

«Inviami solo la parte in cui ti spogli per indossarlo».

Mi misi a ridere, sapeva scherzare su tutto, anche su quegli argomenti che altrimenti potevano essere imbarazzanti. Non ero mai stata una che flirtava o che si riteneva sexy, ma con Pierpaolo ogni cosa diventava naturale come respirare.

Dopo che ci fummo salutati e che mi fui messa a letto, prima di addormentarmi mi chiesi come sarebbe stato fare l'amore con lui. Speravo con tutta me stessa di scoprirlo presto.

Capitolo ventuno

Era tardo pomeriggio quando entrai nell'atrio dell'elegante palazzo che ospitava lo studio di Pierpaolo; al contrario di quello di Giovanni e di quello dell'avvocato De Arcangelis, che erano molto classici, qui lo stile era minimalista e moderno. Vi era un'ampia hall, al centro un tavolo circolare con segretarie e segretari. Mi avvicinai e dissi che ero attesa dall'avvocato Innocenti, mi indicarono gli ascensori e mi dissero di salire all'ultimo piano.

Quando le porte si aprirono trovai Pierpaolo ad aspettarmi. Mi diede un bacio veloce sulle labbra e mi prese per mano conducendomi verso una stanza in fondo al corridoio. Mentre passavamo diede disposizione a un ragazzo (che immaginavo essere il suo assistente o un tirocinante) di non essere disturbato.

Lo studio di Pierpaolo era luminoso, c'erano installazioni di verde verticale e quadri in muschio stabilizzato, molto all'avanguardia. Mi guardavo intorno colpita da tanto buon gusto. Mi fece accomodare su una poltroncina di velluto blu e prese posto di fronte a me, la scrivania che ci divideva era di legno chiaro. Chiuse un fascicolo e lo impilò sopra le altre cartelline dei casi di cui si stava occupando.

«Hai tutta la mia attenzione» esordì.

Mi si era seccata la gola, non sapevo cosa dire. Mi feci coraggio e gli passai il portadocumenti nero, già aperto, con dentro le fotocopie. Gli originali erano al sicuro nella cassaforte. Non che non mi fidassi di Pierpaolo, anzi, ma come aveva detto l'avvocato De Arcangelis era meglio essere prudenti.

Gli spiegai che l'avevo trovata nello studio di Giovanni, non scesi nei particolari. Aggiunsi solo che lui non sapeva che ne ero in possesso.

Pierpaolo iniziò ad analizzare i documenti. Il tempo passava e io mi stropicciavo le mani.

«Merda, qui la situazione è complessa» esclamò alla fine. «Mi serve tempo per studiare la pratica nel dettaglio e vorrei confrontarmi anche con il commercialista, è un fidato collaboratore dello studio. Dammi qualche giorno».

Si alzò dalla poltrona e venne verso di me. Mi alzai a mia volta.

«Non preoccuparti, okay? La risolviamo, vedrai». Mi prese tra le braccia. «Ti va di andare a bere qualcosa? Penso che tu ne abbia bisogno».

Sorrisi, ne avevo bisogno eccome. Oltre ai documenti che riguardavano la questione di Giovanni, volevo assolutamente parlargli della lettera, che avevo portato con me e avevo messo in borsa per ogni evenienza.

«Ci sarebbe anche qualcos'altro di cui ti vorrei parlare e penso che un pochino di alcol potrebbe aiutare entrambi» gli dissi.

Mi guardò interessato, poi mi prese per mano e tenne la porta aperta per farmi passare. Uscimmo dal suo studio e Pierpaolo suggerì un locale in cui era stato qualche volta con i colleghi dopo il lavoro, famoso per i suoi cocktail. Ci avviammo mano nella mano, entrammo e trovammo l'ultimo tavolo disponibile, un po' appartato, perfetto per quello che gli dovevo rivelare.

Un cameriere ci fece accomodare. Ci spiegò che i due proprietari erano bartender rinomati e che tutti i drink erano rivisitati in chiave innovativa. Non avevo idea di cosa significasse e incrociando le dita optai per una Piña Colada, Pierpaolo ordinò un Moscow Mule. Mi guardava incuriosito, dovevo sganciare la bomba, ma non sapevo proprio da che parte incominciare. Ero in attesa dei cocktail, che non arrivavano.

Pierpaolo cercò di farmi uscire dal mutismo in cui ero caduta: «Minerva, di cosa mi volevi parlare? Capisco che sei scossa, neppure io avrei mai immaginato che Giovanni nascondesse una cosa del genere, è sempre stato una persona ambiziosa e non sempre trasparente nelle sue pratiche, ma che fosse arrivato a tanto non me lo aspettavo».

«Neppure io». Sospirai. «Ma si tratta di qualcos'altro e riguarda noi due».

Con un tempismo perfetto, il ragazzo arrivò con le nostre ordinazioni, presentate in modo grazioso. La mia Piña Colada fu servita in un calice a coppa su cui era adagiata una fetta di ananas caramellato, che dopo avrei addentato con gusto, mentre in un bricco di rame a forma di teschio c'era il Moscow Mule. Bevvi un sorso di Piña Colada, era deliziosa, buttai giù ancora un po' di alcol, mi feci coraggio e tirai fuori dalla borsa la busta da lettera ormai ingiallita.

«Ti ricordi di questa lettera?».

Lo vidi serrare la mascella, farsi serio e annuire.

«L'ho letta soltanto un mese fa».

Aveva lo sguardo confuso.

«Nel portadocumenti nero che ti ho portato oggi pomeriggio ho trovato anche questa. Giovanni me l'aveva nascosta, non l'ho mai ricevuta».

Pierpaolo rimase senza parole, si mise le mani nei capelli. «Che stronzo».

Mi venne da sorridere pensando che anche io e Tania lo chiamavamo così, ma non era il caso di essere ironici.

«Avevo dato la lettera a Giovanni perché mi aveva detto che quel pomeriggio vi sareste visti» raccontò Pierpaolo. «Siccome temevo che non ti avrei incontrata prima del vostro appuntamento, volevo farti sapere quello che provavo per te. La diedi a lui convinto che fosse un amico, invece sono stato uno sciocco, sarei dovuto venirti a parlare di persona».

«Non colpevolizzarti. Ho pensato la stessa cosa di me, anch'io sono stata una codarda. Speravo di piacerti, ma quando ho visto che ti stavi allontanando non ho avuto il coraggio di chiederti spiegazioni, perché temevo di aver frainteso i tuoi sentimenti e di ricevere un rifiuto».

«Non avresti mai ricevuto un mio rifiuto. Sei la creatura più bella che io abbia mai visto, lo penso dal primo giorno che ti ho incontrata all'università. Mi piace tutto di te, ogni curva del tuo corpo, i tuoi occhi, il tuo sorriso, la tua bocca, la tua voce... E oltre a essere bellissima, sei dolce, simpatica, ironica, intelligente e talentuosa. Mi piacevi allora e mi piaci adesso».

Non sapevo cosa dire. Era la dichiarazione d'amore più bella che mi avessero mai fatto, e che a pronunciarla fosse stato l'uomo che mi stavo rendendo conto di amare da sempre la rendeva ancora più perfetta.

«A questo punto, però, anch'io devo farti una confessione».

Lo guardai ed ebbi paura, temevo che stesse per dirmi che era sposato, o che non potevamo stare insieme o ancora di non illudermi. Fermai il vociare delle mie paranoie, non avrei commesso lo stesso errore, questa volta volevo sapere, sarei andata fino in fondo.

«In realtà, sono tornato a Roma perché so che ti stai separando. Desideravo rivederti e volevo avere la mia seconda chance. In questi anni, Giovanni e io siamo rimasti in contatto, anzi fino a oggi lo consideravo un amico, e quando venivo a Roma è capitato che gli proponessi di vederci tutti e tre o di andare a cena insieme. Non mi sarei mai permesso di fare nulla, eri sposata con lui e io lo rispettavo, ma volevo vederti, non c'è stato un giorno in cui non ti ho pensato. Giovanni però declinava sempre dicendomi che eri impegnata con le amiche o con tua madre. E quindi ci incontravamo solo io e lui, per una pizza o una birra. Una delle ultime volte, quando gli avevo chiesto di te, mi disse che le cose non andavano tanto bene e che vi stavate separando».

«Che stronzo. Anche io volevo incontrarti, ma a me diceva sempre che le vostre erano serate tra uomini e che non sarei stata la benvenuta».

«Vorrei che questa cosa da adesso e per sempre ti fosse chiara: non ci sarà mai un momento nella mia vita in cui non sarai la benvenuta».

Mi allungai verso di lui e lo baciai. Pierpaolo rispose al bacio e mi fece sedere sulle sue gambe. Ci eravamo ritrovati, nonostante tutto. Forse a causa mia la loro amicizia sarebbe finita, ma era giusto che Pierpaolo sapesse chi era veramente Giovanni Giovine, anche detto Lo Stronzo.

Capitolo ventidue

Era passata circa una settimana quando tornai nello studio di Pierpaolo, nel mentre lui aveva cercato di tranquillizzarmi dicendomi di non preoccuparmi. Era di nuovo tardo pomeriggio quando mi sedetti di fronte a lui.

Pierpaolo aprì una cartellina in cui aveva messo i documenti e iniziò a spiegarmi: «Minerva, la questione è complessa. Cercherò di spiegartela in modo semplice, affinché tu possa comprendere ogni cosa, ma se qualcosa non ti è chiaro, chiedi pure. Questi sono estratti conto di conti offshore che Giovanni ha aperto in banche estere, per la precisione a Panama».

«Non avevo idea che Giovanni fosse andato a Panama» commentai.

«Non serve recarsi in loco per aprire un conto di questo tipo. Può essere fatto tutto online, bastano dei bonifici». Mi guardò per accertarsi che mi fosse tutto chiaro. «Solo che tutte le banche, in accordo con gli obiettivi della Politica Estera e di Sicurezza Comune, sono tenute a effettuare una procedura che si chiama *blanqueo de capitales*, ossia una verifica della provenienza dei fondi, per evitare il riciclaggio di denaro sporco».

Fece un'altra pausa per assicurarsi che lo stessi seguendo e stessi comprendendo bene ciò che mi spiegava. Gli rivolsi un cenno affermativo.

«Anche se si tratta di paradisi fiscali, le banche sono comunque tenute a fermare le attività illegali e per questo possono richiedere ulteriori documenti che testimonino l'origine dei guadagni. Nel caso di Giovanni, se avesse trasferito dei redditi derivanti dal lavoro ci sarebbe stata una verifica delle provenienze, e mi viene da presupporre che fosse ciò che voleva evitare. Per questo ha preferito far risultare il capitale come proveniente dal vostro fondo familiare, in tal caso le banche richiedono solo un documento di autorizzazione firmato dall'altro titolare, nel caso di specie, tu. Ed ecco che arriviamo al documento che riporta la tua firma falsificata. Al fine di dimostrare alla rete interbancaria che i soldi versati non venissero da fonti illecite o da guadagni non dichiarati, utilizzando la tua firma ha potuto trasferire i suoi incassi lavorativi facendoli passare sotto mentite spoglie. Grazie a questa manovra ha avuto il lasciapassare. Come ti dicevo, queste banche sono particolarmente accondiscendenti e hanno accettato un documento che altri istituti bancari non avrebbero mai considerato valido».

Annuii. Era un po' complicato ma stavo iniziando a capire.

«I conti offshore sono anche una protezione dei propri capitali da azioni legali, come ad esempio il divorzio. Quindi se firmerai la separazione e poi il divorzio, dopo la sentenza non avrai più nessun diritto su quei conti. Ora invece siete in regime di comunione dei beni e i capitali su quei conti appartengono per metà anche a te».

«È per questo che ha voluto il divorzio?»

«Non lo escluderei».

Cercavo di assimilare ciò che mi stava dicendo. Quindi il mio quasi ex marito mi aveva chiesto la separazione per proteggere i suoi loschi interessi finanziari, preferendo i soldi al nostro matrimonio? Per sua enorme sfortuna, però, avevo trovato la cartellina nera e adesso ero titolare di un conto in un paradiso fiscale. A quel punto mi sorse un dubbio, o meglio una paura: «È pericoloso per me? Rischio la prigione?»

Pierpaolo mi sorrise con sguardo furbo. «Tutt'altro, la firma falsa che Giovanni ha posto sull'autorizzazione è stata un'arma a doppio taglio per lui, perché, per far risultare che i fondi inseriti nei fondi offshore venissero dai vostri capitali comuni, ti ha inclusa come co-intestataria».

«Ma io non ho idea di come accedere a quel conto!»

«Se vuoi, posso fare una telefonata alla banca di Panama, il direttore è una brava persona con cui già in passato abbiamo avuto modo di interfacciarci. Potrei chiedergli la procedura di recupero degli accessi bancari per una mia cliente che, distrattamente, li ha smarriti. Che ne pensi?»

Mi sentivo raggirata. Un misto di tristezza e desiderio di vendetta si agitava in me.

Pierpaolo mi rassicurò: «Di fatto non ha toccato i vostri soldi in comune, che restano cointestati e con sede in Italia. A tal proposito, in sede di separazione, ti consiglio di farti cedere le sue quote e diventarne l'unica titolare. Quando saprà che sei a conoscenza dei suoi segretucci non batterà ciglio a cedertele. Inoltre fagli capire che non sei impreparata e che, se decidessi di fare una denuncia alle autorità competenti, sarebbe un vero disastro. Lo accuserebbero di reati molto gravi, ma lui lo sa bene».

«Cosa pensi che farà?»

«Cercherà di comprare il tuo silenzio. Faglielo pagare caro. Sarà disposto a darti parecchi soldi pur di non far uscire questa storia».

«Non voglio i suoi soldi. Soprattutto ora che so».

«Lo capisco e non devi decidere adesso, prenditi tutto il tempo di cui hai bisogno per metabolizzare questa storia. Ma pensa anche che potrebbe essere una buona idea quella di fare delle grosse donazioni a enti benefici che ne hanno bisogno» disse con un tono che lasciava sottintendere molte cose.

Lo guardai curiosa.

Lui, con un sorriso sghembo, disse: «Non appena il direttore della banca di Panama ti darà la procedura per il recupero delle credenziali, avrai pieno accesso ai conti e potrai muovere i capitali come meglio credi».

«Avvocato, sbaglio o la tua idea ha il sapore della vendetta?»
«Forse» disse, lasciando intendere che la risposta era affermativa. «Quando mi hai rivelato che non ti aveva mai dato la lettera, oltre ad aver messo una pietra sopra la nostra amicizia sarei voluto andare a spaccargli la faccia, ma non sono un tipo violento e prenderlo a pugni mi è sembrata una scelta banale. Giovanni è avido e arrivista, sottrargli i suoi amati soldi potrebbe essere il modo migliore per dargli una lezione. Anche se nulla sarà mai abbastanza per quello che ci ha fatto. Ci ha tolto la possibilità di stare insieme, ma noi adesso ce la riprendiamo».

Si alzò dalla sedia e venne a baciarmi. Le sue braccia stavano diventando il mio luogo preferito.

Mentre le nostre labbra si esploravano con dolcezza, bussarono alla porta.

Senza attendere che Pierpaolo rispondesse, la porta si aprì ed entrò Giovanni.

Capitolo ventitré

«E questo che significa? Che ci fa qui mia moglie?»
Tipico, non si era rivolto a me, non mi aveva neppure chiamato per nome, io ero solo una sua proprietà. Volevo dirgliene quattro, ma fu Pierpaolo a prendere la parola: «Cosa ci fai qui, Giovanni?»
«Sono giorni che provo a chiamarti, volevo sapere che fine avevi fatto, ma vedo che sei occupato con mia moglie. C'è forse qualcosa che volete dirmi?» sbottò Giovanni. Poi, rivolgendosi a me con un tono di puro disprezzo: «Ci vai a letto, eh? Da quanto va avanti?»
C'erano parecchie cose che volevo dirgli e molte erano vietate ai minori. Ma come si permetteva, dopo quello che aveva fatto? Pierpaolo stava per rispondere ma lo precedetti: «Giovanni, non ti permettere di parlarmi così. Non ti devo alcuna spiegazione di quello che faccio e di chi frequento».
«Fino a prova contraria sei mia moglie, quindi sono affari miei».

«Non sono una tua proprietà».
«Esigo delle spiegazioni».
I toni si stavano inasprendo, la tensione cresceva e la situazione iniziava a farsi insostenibile. Volevo gridargli che sapevo tutto del suo stupido portadocumenti nero e soprattutto della lettera che aveva nascosto. Con quel suo sguardo accusatore mi faceva sentire colpevole, ma non dovevo perdere la pazienza e soprattutto non dovevo dargli tutto questo potere su di me. Avrei atteso il mio turno di giocare le mie carte. Avevo un asso nella manica, non dovevo sprecarlo.

Sospirai e in tono più calmo dissi: «Pierpaolo e io ci stiamo frequentando, te lo avremmo detto al momento opportuno».

«Che vuol dire che vi state frequentando?»

«Quello che ho detto. Sono una donna libera grazie a te che hai posto fine al nostro matrimonio. Come io ti auguro di rifarti una vita incontrando la persona giusta, sono certa che tu augurerai lo stesso a me. Adesso ti prego di andartene».

Giovanni vacillò, probabilmente lo avevo colto impreparato. Guardò Pierpaolo in cagnesco e prima di sbattersi la porta dell'ufficio alle spalle gridò: «Non finisce qui».

Rimasi muta. Volevo andare a casa, ero esausta. Mi alzai.

«Aspettami, Minerva. Ti riaccompagno, non voglio che tu vada a casa da sola» mi disse Pierpaolo.

«Non credo di trovarlo sotto casa ad aspettarmi per parlare, conoscendolo».

«Non mi importa di lui. Ho voglia di passare del tempo con te. Inoltre è giusto che sappia di noi».

Come suonava bene la parola "noi". In fondo, Pierpaolo aveva ragione, Giovanni doveva sapere. Il fatto che non si fosse comportato bene non ci autorizzava a fare lo stesso. Mentendogli saremmo diventati come lui. Certo, non lo era venuto a sapere nel modo migliore, ma spesso le cose seguono il proprio corso e non vanno come vorremmo.

Ci avviammo verso casa mia. Contro ogni mia aspettativa, vidi la macchina di Giovanni parcheggiata vicino al portone d'ingresso. Quando ci vide arrivare, mise in moto e partì. Pierpaolo mi guardava, forse era stato più lungimirante di me. Ero davvero una frana a interpretare le persone. Sapevo solo che tutta questa situazione mi agitava, probabilmente perché mi rendevo conto che avrei dovuto affrontare Giovanni, e ciò non mi piaceva affatto. Era un bugiardo manipolatore, ma era pur sempre il mio quasi ex marito.

Quando entrammo nel palazzo, con la coda dell'occhio vidi che un lembo azzurro sbucava dalla cassetta delle lettere. Tuttavia, non mi avvicinai, non avrei saputo come giustificarla con Pierpaolo e non ero pronta a parlargli delle lettere del mio amico di penna misterioso. Più tardi sarei tornata a prenderla.

Entrammo in casa. Pierpaolo si guardò intorno, chissà, forse cercava di conoscermi attraverso le mura fra cui vivevo. Gli mostrai il laboratorio. Mentre guardava ammirato le mie opere, la mia mente ricominciò a viaggiare per universi lontani. Quello che era successo era tanto da digerire, ma ero stata brava a non fare passi falsi. Non ero mai stata una stratega; anzi, a volte la mia impulsività mi aveva fatto commettere errori. Questa volta sarei stata paziente. Dovevo attendere che il direttore della banca mi inviasse gli accessi e poi capire come muovermi. Il suggerimento di Pierpaolo di donare a enti benefici i soldi che Giovanni aveva sui conti offshore sembrava un bello scacco. Ma in questo momento non riuscivo a pensare lucidamente. Mi sentivo in colpa. Tecnicamente Giovanni e io non eravamo ancora separati, comportandomi così lo stavo tradendo? Fino a che non l'avevo visto entrare nello studio di Pierpaolo non mi ero posta il problema, in cuor mio il nostro matrimonio era già finito. Ero confusa.

«Ehi, si può sapere cosa ti frulla in quella bella testolina?»

Accennai un sorriso, fu come se la voce di Pierpaolo mi avesse fatto tornare nel presente.

«Ho bisogno di chiederti una cosa e vorrei che tu fossi sincera al cento per cento».

Annuii.

«Ami ancora Giovanni?»

Strabuzzai gli occhi. Avevo sempre apprezzato la sincerità e la schiettezza di Pierpaolo, ma adesso ero spalle al muro. Lui però meritava una risposta sincera, per questo mi presi un attimo per riflettere. In tutti questi mesi ero stata così arrabbiata e delusa che non mi ero mai fermata a chiedermi cosa provassi per mio marito. Lo amavo ancora?

Mentre riflettevo, gli occhi di Pierpaolo erano incatenati ai miei, in attesa.

Feci un respiro profondo e risposi: «No, non penso di amare ancora Giovanni. Mi sento meschina ad ammetterlo ma a volte mi chiedo se lo abbia mai amato o se lo avessi accettato quando pensavo di non poter avere te. Forse questo fa di me una brutta persona, ma stare con lui in qualche modo mi faceva sentire vicina a te». Abbassai lo sguardo, non riuscivo a guardarlo in faccia, temevo il suo giudizio. Sospirai e ripresi: «Amavo te, ti ho sempre amato. Quando stiamo insieme mi sento libera di essere me stessa, non indosso maschere, mi sento di andare bene così come sono. Vedo come mi guardi e attraverso i tuoi occhi imparo ad amarmi. Mi incoraggi, mi sostieni. Sei l'altra parte di me. Quando sei nella mia vita mi sento completa pur restando indipendente. So che su di te posso sempre contare ...»

Con il suo solito gesto delicato mi sollevò il mento e mi disse, interrompendomi: «Ti amo, Minerva. So che può sembrare prematuro dirti una frase del genere, ma nel mio caso non lo è, sono anni che ti amo. Ho tentato in tutti i modi di dimenticarti, di sostituirti. Mi ripetevo che eri la moglie del mio migliore amico, che avevi scelto lui».

Deglutii, facevano male queste parole.

«Una parte di me continuava ad amarti come il primo giorno e a sperare. Quando ho saputo del vostro divorzio, contro ogni logica sono tornato. Volevo vederti, volevo sapere come stavi. Mai mi sarei aspettato

di scoprire quello che mi hai rivelato. Non mi importa del passato, se lo vuoi, ti propongo il futuro. Insieme».
Le lacrime presero a scendere dai miei occhi. Cercavo di fermarle, non volevo sembrare troppo emotiva, ma erano tante le emozioni che stavo provando. Amavo Pierpaolo e lui amava me. Il destino non era stato giusto con noi, ma forse stava tentando di farsi perdonare. Chi eravamo noi per voltare le spalle alla sorte?

«Ti amo anch'io».

Pierpaolo cercò le mie labbra, quel bacio suggellò tante promesse. Le sue mani si mossero veloci, mi guardò in attesa del mio consenso. Lo presi per mano e lo condussi in camera. Iniziammo a spogliarci, ci cercavamo, avevamo bisogno l'uno dell'altra in modo intimo e profondo. Volevo appartenergli e volevo sentirlo mio. Era un istinto primordiale. Le mie mani sul suo corpo si muovevano come se lo conoscessero da sempre. Ogni tanto Pierpaolo si fermava a osservarmi, mi mangiava con gli occhi e non solo. La sua bocca era ovunque, era avido di me. I nostri corpi si unirono in un crescendo, eravamo due scintille della stessa fiamma che ardevano insieme. Ci amammo finché le nostre anime si fusero diventando un'unica cosa. Ci eravamo cercati per tanto tempo e alla fine ci eravamo ritrovati.

Dopo aver raggiunto l'apice del piacere, restammo abbracciati, Pierpaolo mi baciava e mi mordicchiava una spalla.

«Vuoi che venga con te quando deciderai di affrontare Giovanni?» mi domandò.

«No, è una cosa che devo fare da sola, ma grazie di averlo chiesto».

«Non è un problema, sarei felice di stare al tuo fianco mentre gliene dici quattro a quello stronzo».

Ridacchiai. «Mi sembra di sentir parlare Tania, sai che lo ha ribattezzato Lo Stronzo?»

«Già mi è simpatica la tua amica».

Sapevo di non dover fare paragoni ma fu inevitabile. Poco prima la passione ci aveva travolti ed eravamo finiti in camera da letto, tutto era venuto naturale. Non avevo mai provato nulla del genere con Giovanni, invece con Pierpaolo il piacere era esploso dentro di me e ancora mi faceva sentire instabile. Per fortuna ero sdraiata, non ero certa che le gambe mi sostenessero, le sentivo di gelatina. Con mio marito non era mai successo, Giovanni a letto era egoista, pensava solo a se stesso ed era solito dirmi che ero io ad avere difficoltà a provare piacere. Avrei voluto mandargli un messaggio dicendogli che avevo appena avuto le prove che non avevo nessun problema da quel punto di vista. Saranno state le endorfine, ma continuavo a ridere.

«Hai fame? Ti va di ordinare d'asporto?» mi chiese Pierpaolo.

«Ottima idea».

Pierpaolo prese il cellulare e ordinammo la cena: ravioli di verdure al vapore, spaghetti saltati con tofu e verdure e sushi di avocado.

«Mentre aspettiamo potrei mangiare te». Iniziò a mordicchiarmi delicatamente facendomi il solletico.

Continuammo a esplorarci e a conoscerci nel profondo finché non suonarono per consegnare la cena. Ridendo, ci rivestimmo.

Sapevo che nei giorni successivi avrei dovuto affrontare Giovanni e che non avrebbe mollato la presa tanto facilmente, ma andava bene. Era la mia prova e l'avrei affrontata e superata.

Ero pronta a vincere. Era giusto così.

Capitolo ventiquattro

Il giorno dopo ero su di giri perché Enzo aveva delle commissioni per oggetti con intarsi in oro, ciò significava che avrei appreso la terza cottura. Da quando li avevo visti in quell'incantevole bottega a Deruta, avevo iniziato a immaginare degli angeli d'argento. Sapevo esattamente come sarebbero dovuti essere. La visione era chiara, come mi accadeva sempre quando creavo con la ceramica.

La sera precedente Pierpaolo si era fermato a dormire da me e tra la cena, le chiacchiere e il fare l'amore più volte, ci eravamo addormentati tardi. Gli avevo proposto, seppur a disagio, di restare, aveva accettato ed era stato bello dormire insieme, accoccolati l'uno accanto all'altra. Al risveglio era uscito presto per passare a casa a cambiarsi e poi andare in tribunale per un'udienza importante. Mi aveva portato una tazza di ginseng a letto, poi mi aveva dato un bacio e a malincuore ci eravamo dovuti salutare, avremmo voluto avere più tempo e un risveglio più dolce, ma ci saremmo rivisti la sera.

Io me l'ero presa comoda, tanto iniziavo alle 10:30 e la scuola era vicino a casa.

Mi rigirai nel letto pensando al giorno precedente. Che turbinio di emozioni! Giovanni che ci aveva scoperti a baciarci, la prima volta con Pierpaolo, a cui era seguita una seconda, e poi una terza... Era pur vero che avevamo tanto da recuperare!

Misi fine ai miei pensieri che si stavano surriscaldando e mi buttai in doccia, non volevo arrivare tardi. Passando per l'androne del palazzo presi al volo la lettera che ancora giaceva nella cassetta e la misi in borsa, non vedevo l'ora di avere un attimo di tempo per leggerla. Pendevo dalle labbra, anzi dalla penna del mio amico anonimo.

Arrivai puntuale, più o meno. Tre minuti dopo l'orario stabilito non potevano considerarsi ritardo, giusto?

Enzo era molto occupato, aveva ricevuto un grosso ordine e dovevamo darci da fare. Impastammo, modellammo, incidemmo, infornammo per tutto il giorno. Non avevo avuto un attimo di respiro, mi ero dimenticata completamente della lettera.

Quando al termine della giornata guardai il cellulare, trovai quattro telefonate perse di Giovanni. Per fortuna avevo silenziato il telefono. Mi avviai verso casa, sapevo perfettamente che presto o tardi avrei dovuto affrontarlo, ma dovevo prima attendere di recuperare gli accessi ai conti e decidere cosa fare. L'idea di Pierpaolo di donare tutti i soldi era allettante e a volte mi sembrava la soluzione giusta, altre volte mi venivano i dubbi. Era inutile pensarci adesso, bisognava prima attendere novità da parte del direttore della banca di Panama.

Scrissi a Pierpaolo. Era ancora in studio a finire delle pratiche in call con i colleghi di New York e ne avrebbe avuto ancora per un paio d'ore, poi sarebbe passato da me, portando la cena.

Bene, avrei avuto il tempo per darmi una ripulita e aggiornare il mio profilo social. Volevo postare un video che mostrava alcuni manufatti mentre cuocevano, era venuta una ripresa molto suggestiva che, a mio parere, rendeva bene il potere determinante dell'elemento fuoco. Avevo scattato anche varie foto di prima, dopo e durante la pittura con l'oro. Ne avrei selezionate alcune, ne avevo tantissime. Non ci potevo fare nulla, ogni attimo mi sembrava degno di essere immortalato.

Dopo una doccia veloce mi stesi sul divano con il cellulare in mano, pronta a dedicarmi ai social. Notai che il numero dei follower cresceva, c'erano molti like alle foto e tante visualizzazioni dei video. Postai il video della cottura accompagnato dalla didascalia: "Attendendo che il fuoco compia la magia". Poi pubblicai un carosello, avevo scelto quattro foto che ritraevano il processo di creazione, dalla nascita fino all'oggetto finito, di un bellissimo oro lucente. I like iniziarono ad arrivare subito. Che gioia scoprire che altre persone condividevano la mia stessa passione!

Avevo anche ricevuto dei messaggi, andai a controllare. Alcuni si complimentavano per le mie creazioni. Risposi ringraziando. Avrei voluto abbracciare quelle persone che non conoscevo ma che si erano premurate di scrivermi parole gentili; forse loro non sapevano quanto fosse importante per me quel supporto, era una motivazione pazzesca, una spinta fortissima a continuare e a fare sempre meglio. Poi trovai un altro ordine per tre orgoniti, a cui risposi subito. Nonostante la felicità, rimanevo ancora incredula di fronte a tali richieste, mi sembrava troppo bello per essere vero.

Trovai anche un'altra grande gioia ad attendermi: la foto condivisa da Mirti97. Ritraeva una bella ragazza, probabilmente la sua amica, con il gioiello che aveva acquistato da me. Aveva taggato Le Ceramiche di Minerva ringraziandomi, sotto il suo post c'erano molti like e commenti di apprezzamento per la mia opera. In molti stavano chiedendo dove potevano trovare quei gioielli. Mi feci coraggio e risposi personalmente a ogni commento presentandomi e invitandoli a visitare il mio profilo per vedere le mie creazioni.

Il cuore mi batteva forte. Se due mesi fa una veggente mi avesse predetto il futuro avrei pensato che avesse le allucinazioni anziché le visioni.

Terminato il lavoro con i social, sorrisi e andai a recuperare la lettera del mio amico di penna.

Cara anima,
è arrivato il momento di affrontare i tuoi demoni.
Un demone può essere un'ombra che fa paura fino a

quando non accendi la luce: sarà quello l'istante in cui ti accorgerai di avere la forza di affrontare e superare anche le sfide più difficili.

Per aiutarti nelle tue battaglie ti dono lo scudo di protezione.

Prima di insegnarti la tecnica, apprendi la strategia: come prima cosa affronta le prove della vita come se fossero un gioco, e abbi la voglia di vincere.

Contemporaneamente, apriti alle memorie del passato con uno sguardo sul presente, sii conscia dei tuoi talenti, dei tuoi punti di forza e dei tuoi alleati. Tra questi c'è la tua fiamma gemella, l'amore della tua vita, con cui ti sei riunita e che stai imparando ad amare con gli occhi aperti. Questo è un dono immenso che solo poche anime ricevono.

Assumiti la responsabilità delle tue azioni, ogni tua parola, gesto o decisione è determinante per ciò che sarà, non pensare mai il contrario. Qualunque cosa sceglierai di fare o non fare produrrà degli effetti, accertati che sia ciò che desideri. Agisci consapevolmente.

Comprendi e accogli la tua essenza, non snaturarti; anzi, cogli ogni occasione, per quanto difficile, per sondare la tua natura più profonda e scoprire quella scintilla divina che alberga in te. Ricordati chi sei, nel tuo nome c'è il tuo destino e tu porti un nome importante, che ti proteggerà e ti darà la forza di non lasciarti ingannare delle illusioni e dai nodi karmici che ti hanno tenuta legata finora. Resta concentrata, controlla le tue emozioni e, quando ti sentirai pronta, apriti alla speranza del successo!

Questa è la giusta attitudine.

Come promesso passiamo alla parte pratica: ti insegnerò a creare lo scudo di protezione, affinché tu lo possa usare per proteggerti, gestire, dominare e vincere la tua sfida più grande.

Apprendi questa tecnica, falla tua e utilizzala ogni volta che ti sentirai vulnerabile. Pronta?

Come prima cosa, chiudi gli occhi e fai tre bei respiri profondi. Inspira ed espira lentamente, entrando nel momento presente. Prendi consapevolezza della tua presenza interiore. Senti la calma diffondersi in te. Porta la tua attenzione nel triangolo tra il centro della fronte e il punto in mezzo agli occhi e inizia a visualizzare una sfera blu. A poco a poco espandila, falla diventare sempre più grande, fino a che non ti avvolge, circondandoti. Sei dentro una bolla che ti separa dal tuo interlocutore e ti protegge dagli attacchi energetici. Ora fai una verifica, con l'aiuto della visualizzazione, controlla quant'è saldo e resistente questo scudo. Rafforzalo fino a che non lo percepirai quasi tangibile. Poi prendi consapevolezza delle tue emozioni, osservale e accoglile. Ti senti al sicuro? Se così non fosse, vuol dire che lo scudo non è stato creato bene e dovrai rifarlo. Se invece ti senti protetta e invulnerabile, allora il tuo scudo è potente.

Ora sei pronta, il tempo è giunto. Vai, risolvi l'enigma e vinci la tua battaglia.

È tempo di guarigione.

Faccio il tifo per te e sono sempre al tuo fianco.

Con infinito amore.

Ero ancora in piedi con la lettera tra le mani quando il campanello suonò. La misi subito via. Il tempo era volato ed era arrivato Pierpaolo, con la cena come promesso. Aveva preso da asporto al messicano, tacos di vari tipi, tra cui quelli vegetariani per me. Avevano un ottimo profumo. Notai che si era portato anche una sacca, immaginavo e speravo che si sarebbe fermato a dormire da me anche questa notte, e se si era portato il cambio non sarebbe dovuto correre via l'indomani.

Apparecchiammo velocemente prima che la cena si freddasse e ci mettemmo a tavola, iniziando a chiacchierare delle rispettive giornate.

Gli raccontai della scuola di ceramica e della terza cottura, gli mostrai alcune foto e gli dissi che avevo ricevuto un nuovo ordine. Pierpaolo si congratulò con me e poi fu il suo turno: tentò di spiegarmi la fusione tra multinazionali che stava gestendo, ogni tanto mi perdevo nei tecnicismi ma capivo che era un caso che lo coinvolgeva e lo stimolava. Pierpaolo non era una persona che si vantava, ma sembrava un affare importante con anche una certa rilevanza mediatica.

Terminammo i tacos e ci andammo a stendere sul divano. Provammo a cercare una serie tv che piacesse a entrambi, ma avevamo gusti molto differenti. Dopo una lunga ricerca decidemmo per *Stranger Things*, avevamo visto entrambi le prime stagioni e attendevamo la nuova, che era appena uscita.

Ero indecisa se dirgli delle chiamate perse di Giovanni. Non volevo rovinare l'atmosfera e non sapevo se avessero avuto modo di parlare o meno. La presi larga.

«Hai più parlato con Giovanni? Ieri mi è sembrato di capire che non gli hai detto niente della lettera».

«Non abbiamo più parlato. La nostra amicizia è terminata nell'istante in cui mi hai mostrato quella lettera, ma ho preferito prendere tempo per vari motivi. Il primo era evitare di spaccargli la faccia, il secondo non svelargli il tuo segreto. Penso che sia giusto che decida tu quando e come dirglielo. Oppure, se preferisci, gli spacco la faccia, basta che tu me lo dica».

Sorrisi. Pierpaolo era sempre stato così, leale e giusto. Se non fosse stato per me avrebbe già affrontato Giovanni, ma mi stava rispettando e stava rispettando i miei tempi. Ero fortunata ad avere a fianco una persona come lui.

«Oggi prima di andare via dallo studio ho parlato con il direttore della banca di Panama, tra domani e dopodomani dovresti ricevere una mail con la procedura guidata da seguire per ripristinare l'accesso al conto».

Lo ringraziai e premommo play: era il momento di rilassarmi tra le braccia dell'uomo che amavo. Mi ripromisi di prendermi al più presto un momento per meditare e capire qual era la cosa giusta da fare. Poi avrei creato il mio scudo di protezione e sarei andata a dirgliene quattro al mio quasi ex marito, detto anche Lo Stronzo.

La mattina dopo mi svegliai tra le braccia di Pierpaolo. Quando aprii gli occhi e vidi il suo bellissimo profilo, mi venne spontaneo sorridere.

Poiché stava ancora dormendo ed era presto, sgattaiolai fuori dal letto senza far rumore e andai nel laboratorio. Mi sentivo ispirata e creativa, volevo sia mettermi a lavorare sul nuovo ordine dei ciondoli di orgonite, sia esercitarmi sulla terza cottura creando gli angeli d'argento. Contai quelli che avevo comprato a Deruta: erano sei. Li disposi sul tavolo da lavoro, mi misi il grembiule di jeans e andai a prendere il cellulare, volevo riprendere le varie fasi di lavorazione per poi postarle sul mio profilo social.

Vidi che c'era un messaggio di Giovanni: "Sei sparita. Mi devi una spiegazione. O rispondi a questo messaggio o vengo a casa. Dobbiamo parlare".

L'ultima cosa che volevo era che si presentasse a casa in quel momento e trovasse Pierpaolo in quello che un tempo era stato il nostro letto. Sicuramente era meglio evitare.

"Ciao, Giovanni, ho avuto da fare, ti chiamo in tarda mattinata".

Dovevo riuscire a temporeggiare fino a che non avessi avuto gli accessi ai conti, perché rischiavo di esplodere e fare un disastro. Non doveva sapere che ero a conoscenza di quei conti, questo vantaggio era fondamentale. Inoltre dovevo tenere la situazione tra lui e Pierpaolo sotto controllo, e tenerli lontani.

Ero immersa nelle mie creazioni quando due braccia forti mi strinsero da dietro, e in modo sensuale

sentii sussurrarmi all'orecchio: «Perché non mi hai svegliato?»
«Non avrei mai potuto, dormivi beato. Vuoi fare colazione?»
«Ci puoi giurare». Pierpaolo mi fece ruotare, mi sollevò mettendomi a sedere sul tavolo da lavoro e iniziando a baciarmi mi slacciò il grembiule. Mi sa che avevamo due concetti differenti della colazione, e probabilmente il suo era migliore. Fortunatamente avevo già sistemato gli angeli d'argento al sicuro in una scatola per poi portarli a cuocere nel forno della scuola di ceramica, mentre i ciondoli erano negli stampi poggiati sul mobile sotto la finestra.

Dopo aver fatto la "colazione" di Pierpaolo, andammo in cucina per fare una colazione nell'accezione più comune del termine. Ridevo, era proprio un buon modo di svegliarsi.

Ci salutammo con un bacio per andare ai rispettivi luoghi di lavoro, ci saremmo rivisti la sera. Mi incamminai con la mia scatola sottobraccio, la trattavo delicatamente per non rischiare di rompere gli angeli. Arrivata alla scuola mostrai i miei lavori a Enzo, che mi riempì di complimenti, e insieme andammo a posizionarli nel forno. Avevamo molte cose da fare e la mattinata corse veloce. Mi dimenticai di telefonare a Giovanni, che al contrario non si era dimenticato di me.

Appena lo presi in mano, il cellulare squillò. Come un flash mi tornò in mente l'ultima lettera del mio amico di penna misterioso. Feci dei respiri profondi, visualizzai la sfera blu al centro della fronte, la espansi tutta intorno a me fino a creare lo scudo. Lo testai, mi sentivo al sicuro.

«Ciao, Giovanni».

«Dobbiamo parlare».

Salutare sarebbe stato troppo?

«Non ho niente da dirti».

«Sei mia moglie, possiamo appianare le nostre divergenze. Ti porto a cena fuori in quel ristorante che ti piace tanto».

Cosa stava dicendo? Quale ristorante? Eravamo sempre andati in locali che piacevano solo a lui.

«Giovanni, ma ti sei fuso il cervello? Noi due ci stiamo separando perché sono anni che mi tradisci e io ora sto con un'altra persona».

«Pierpaolo non è un'altra persona, è il mio migliore amico, e tu sei mia moglie».

Sbuffai e alzai lo sguardo al cielo. Quest'uomo era irritante come la polvere negli occhi.

«Fammi capire: sei geloso, ma di cosa precisamente?»

«Non sono discorsi che si possono fare al telefono, dobbiamo vederci. Questa sera dopo il lavoro vengo lì».

«Scordatelo». Ci sarebbe stato Pierpaolo.

«È anche casa mia».

«Non per molto».

«Ho le chiavi, se voglio posso entrare».

«Ho fatto cambiare la serratura mesi fa».

«Strega».

«Stronzo».

«Cosa hai detto?»

Mi venne da ridere, non avevo mai tenuto testa a Giovanni in una discussione. Lo scudo di protezione funzionava, la vecchia me timorosa e accondiscendente aveva ceduto il posto a una guerriera, fiera e combattiva. Mi piaceva la nuova Minerva, stavo davvero rendendo onore al nome che portavo.

«Verrò io in studio da te nei prossimi giorni. Ti avviserò prima, non temere».

«Come vuoi». E buttò giù seccato.

Uno a zero per me!

Non avevo vinto la guerra ma almeno un primo trionfo lo portavo a casa.

«Tutto bene?» Enzo fece capolino nella stanza in cui avrei dovuto mangiare. Il mio pranzo era ancora intatto davanti a me, mi era passata la fame.

«Tutto benissimo» minimizzai. «Torniamo al lavoro?»

«Prima vieni con me».

Passammo a controllare i miei angeli, stavano venendo benissimo. Non vedevo l'ora che fossero terminati, avrei potuto testare la colorazione argentea. Uno sarebbe stato mio, desideravo appenderlo vicino al letto, ma gli altri cinque li avrei messi in vendita. Cinque angeli custodi per cinque persone.

Che bella idea!

Quando ricontrollai il cellulare al termine della giornata di tirocinio, vidi che oltre a un messaggio di

Tania, con la quale ci scambiammo alcuni vocali e la promessa di vederci presto, c'era anche una mail da parte del direttore della banca di Panama. Avvisai subito Pierpaolo, mi tremavano le mani. Lui come sempre mi rassicurò, invitandomi ad andare in studio da lui, così avremmo fatto la procedura di recupero delle credenziali.

Trassi un respiro di sollievo, uscii dalla scuola di ceramica e mi incamminai verso l'ufficio di Pierpaolo. L'edificio svettava imponente, con il suo tocco moderno si differenziava dagli altri palazzi pur non stonando con le antichità di Roma. Entrai, salutai educatamente il segretario, che mi riconobbe e alzò subito il telefono per avvisare del mio arrivo. Ormai conoscevo la strada. Quando bussai alla porta dell'ufficio di Pierpaolo per annunciarmi, lui era al telefono. Mi invitò con un gesto ad accomodarmi, lo feci e restai in attesa che concludesse la chiamata.

Mi torcevo le mani come facevo sempre quando ero nervosa. Ma di cosa avevo paura? Non stavo facendo nulla di male, o almeno speravo. Mi sentivo come un hacker prima di sovvertire qualche sistema informatico, solo che loro non hanno la procedura di recupero della password come me. Forse dovevo solo calmarmi, non stavo infrangendo la legge, stavo solo accedendo a un conto di cui ero titolare, pur se a mia insaputa.

«Eccomi, scusa l'attesa, sembra che la fusione sia avvenuta» mi disse Pierpaolo. «Domani arriveranno da Hong Kong e da New York per le firme dei contratti».

Gli sorrisi e me lo mangiai con gli occhi. Era davvero un bello spettacolo, quel look da avvocato, casual ma elegante, gli donava parecchio, anche se senza vestiti era decisamente meglio. E adoravo il suo concetto di colazione. Mi sgridai mentalmente. Concentrata, Minerva, concentrata.

Meno male che Pierpaolo mi richiamò all'ordine: «Allora, sei pronta? Fammi vedere la mail, così procediamo».

La procedura sembrava piuttosto semplice, o meglio sembrava esserlo per lui che muoveva sicuro le dita sulla tastiera, io non sapevo neppure cosa fosse la 2FA che richiedevano. Lo scoprii in quell'istante.

«A breve ti arriverà un codice di verifica sul cellulare, sarà una password monouso alfanumerica. Dobbiamo inserirla e siamo dentro».

Non avevo capito nulla, mi sa che non ero portata come hacker, mi limitai a leggere ad alta voce il codice che avevo ricevuto via sms.

Pierpaolo lo digitò nell'apposito spazio e accedemmo al conto. C'era una bella somma, con tanti zeri.

«Se vuoi questi soldi, sono anche tuoi. Puoi chiedere l'assegnazione della tua parte durante la sentenza di separazione».

«Ci ho pensato e non voglio quei soldi. Ho fatto delle ricerche su internet e ho trovato due organizzazioni serie a cui desidero donarli. Una protegge le donne vittime di violenza».

Feci una pausa, Giovanni non mi aveva mai colpita fisicamente ma anche la violenza verbale fa male. Purtroppo molte donne non hanno la forza, i mezzi o il sostegno per potersi ribellare. Volevo dare un contributo contro la violenza domestica, fisica o psicologica che fosse.

«L'altra donazione, dello stesso importo, andrà a un santuario per contribuire a creare un'oasi di pace in cui le più varie specie animali possano convivere pacificamente e in libertà senza più subire alcuna forma di sfruttamento».

Pierpaolo mi guardò negli occhi con dolcezza. «Benissimo, per procedere ci servono i codici iban di questi enti».

«Eccoli, li ho scritti qui». Gli passai un foglietto su cui li avevo appuntati, non avevo neppure pensato di salvarli su un file, mi era venuto molto più spontaneo trascriverli su di un pezzo di carta. Sì, la carriera di hacker non faceva per me.

«Vorrei che le donazioni fossero anonime» dissi.

Pierpaolo annuì mentre digitava, dovetti dargli ancora per due volte la password alfanumerica della strong authentication e poi i trasferimenti partirono.

Il conto era a zero. Prosciugato. Giovanni si sarebbe infuriato parecchio, ma donne e animali avrebbero avuto la loro occasione di giustizia e libertà. Ne sarebbe valsa la pena.

Toccai il mio ciondolo di orgonite, mi trasmise una sensazione di pace.

Avevo fatto la cosa giusta.

Capitolo venticinque

Mi sentivo prosciugata energeticamente come il conto di Giovanni lo era economicamente. Per tornare felice mi bastava però pensare alla faccia degli addetti delle due organizzazioni quando avessero ricevuto la somma. Ero certa che ne avrebbero fatto buon uso, il mondo sarebbe stato un posto migliore anche grazie a quei soldi. Tania avrebbe detto che avevo ribilanciato il karma.

Stavo camminando con Pierpaolo verso casa mia, temevo che Giovanni potesse apparire da un momento all'altro. Pierpaolo mi aveva assicurato che non poteva sapere dei movimenti bancari perché, non so con quale manovra, aveva sostituito la mail e il numero di cellulare di Giovanni con i miei, avrei ricevuto io la notifica.

Eravamo arrivati al portone. Stavo frugando nella borsa alla ricerca delle chiavi, quando mi sentii chiamare: «Ciao, sorellina».

Mi voltai stupita.
«Ciao, Lele, che ci fai qui?»
Tutto mi sarei aspettata tranne di vedere mio fratello sotto casa mia.
«È venerdì sera, volevo cenare con te, ma vedo che sei impegnata» disse indicando Pierpaolo.
«Eh... sì, ti presento Pierpaolo. Non so se ti ricordi di lui ai tempi dell'università».
«Certo, come no». Samuele allungò una mano verso Pierpaolo. «Giurisprudenza, giusto?»
«Sì». Lui gliela strinse. «E tu medicina, se non ricordo male».
Iniziarono a parlare come se fossero vecchi amici che si incontrano dopo tanto tempo.
Poi Samuele si rivolse a me: «Va bene, sorellina, allora non ti voglio rubare tempo».
«Figurati, Lele, mi fa piacere. Se ti va, puoi restare a cena con noi».
«No, colgo l'occasione per andare a incontrare qualche amico. Se dovessi sentire Sonia potresti dirle che abbiamo cenato insieme?»
«Lele, non voglio coprire le tue...» Avrei voluto dire scappatelle, ma Lele tagliò corto allontanandosi.
«Ti voglio bene anche io, sorellina. Ciao, Pierpaolo, piacere di averti rivisto».
Che tipo!
Pierpaolo sorrideva, chissà se anche lui aveva sgamato mio fratello con la stessa facilità di mia madre. Certo, Samuele non era particolarmente accorto, ma mi faceva sempre piacere vederlo. Era pur sempre il mio fratellone.

Mi voltai verso Pierpaolo e proposi: «È venerdì sera, perché non facciamo qualcosa di bello?»
«Dimmi cosa vuoi fare e la facciamo».

Non avevo idee, volevo godermi il weekend, staccare dai pensieri e riposarmi, mentalmente e fisicamente, pronta ad affrontare nei giorni successivi l'ira di Giovanni. Dovevo essere carica e preparata e il mio scudo di protezione solido come la roccia.

Anziché entrare nel portone, Pierpaolo mi prese per mano e ci dirigemmo a piedi verso il centro. All'avventura.

Il weekend era volato via veloce. Lo avevo passato con Pierpaolo, avevamo riso, scherzato, c'eravamo amati e riposati. Era bello trascorrere il tempo con lui, mi veniva naturale. Stavamo recuperando gli anni in cui eravamo stati lontani, ci stavamo riscoprendo, pur conoscendoci da sempre. Molte cose di noi erano cambiate, eppure rimanevamo sempre gli stessi. A me piaceva ancora addormentarmi leggendo un romanzo e a lui andare a correre la mattina presto.

Il lunedì mattina ci alzammo insieme e facemmo colazione, poi lui andò in tribunale per un'udienza e io ripresi il mio tirocinio. Enzo mi aveva detto che stava pensando di chiudere per alcune settimane nel mese di agosto, dato che faceva troppo caldo per lavorare, inoltre stavamo procedendo benissimo per la consegna dell'importante commessa che avevamo ricevuto. Ci tenne a dirmi che il mio aiuto si stava rivelando prezioso, ma volle anche specificare che fin dal primo momento che mi aveva vista all'opera sapeva che avevo "il tocco". Quando gli chiesi cosa fosse mi disse: «La ceramica è magia. È materia plasmabile, chi ha il tocco ha il potere innato di creare capolavori».

Continuavo a non essere certa di avere chissà quale dono, ma sicuramente le sue parole facevano un gran bene alla mia autostima.

Enzo continuò: «Hai una grande passione, che unita alla costanza e alla dedizione ti farà fare una lunga strada. Mi piacerebbe prolungare il tuo tirocinio anche dopo l'estate. I fondi li abbiamo e posso proporti sia uno stage sia un bonus che prevede la partecipazione gratuita al corso annuale».

«Di-dici sul serio?» Non avevo mai balbettato in vita mia, ma mi sembrava una buona occasione per cominciare.

«Sono serissimo. Minerva, senza il tuo aiuto non avrei mai portato a termine quel grosso ordine che mi hanno commissionato. Inizio ad avere una certa età. Certo, non sono affatto vecchio» disse con orgoglio «ma inizio a essere stanco di fare tutto il lavoro da solo. Sono sempre meno gli artigiani che si occupano di ceramica, e abbiamo il dovere di salvare questa tradizione millenaria. Fortunatamente la richiesta c'è e continua a essere alta, per questo ho bisogno di un'assistente, e tu ti stai rivelando la migliore che abbia mai avuto. La nostra scuola è rinomata e prestigiosa e vorrei avere un erede a cui lasciarla un giorno, una persona a cui poter insegnare tutto». Fece una pausa e un lungo sospiro. «Voglio raccontarti una storia. È la storia di un ragazzino che aveva dei problemi e rischiò di finire in brutti giri e di rovinarsi il futuro per sempre. Fu proprio in quel periodo che incontrai quello che diventò il mio maestro, mi tolse dalla strada, mi aiutò ad avere uno scopo nella vita, mi insegnò un mestiere. Dapprima mi occupavo soltanto di fare le consegne e lavoretti vari, lui in cambio mi insegnava quest'arte meravigliosa. Con il tempo mi appassionai e lui mi insegnò tutto quello che sapeva. Gli sono grato. Gli sarò grato per sempre. Adesso è in pensione, ma ogni tanto passa a trovarci. Mi piacerebbe fartelo conoscere».

«Ne sarei onorata» sussurrai.

«Bene. Permettimi di ricambiare il dono che mi è stato fatto, insegnando quello che so a te. Sentiti parte di questa scuola. Vorrei che continuassi a tempo pieno».

«Oh, Enzo, non so cosa dire... ti ringrazio moltissimo... ma ho un lavoro». Tentennai un momento. «O meglio, non so se a settembre avrò un lavoro, ma nel caso dovrei capire cosa fare».

«Minerva, io ti ho detto quello che è il mio sogno, tu prenditi tutto il tempo che vuoi per rifletterci. Non devi rispondermi adesso, tienilo solo in conto e fai le tue valutazioni. Ognuno di noi è artefice del proprio destino. Come plasmi meravigliose opere con la ceramica, scolpisci, modella e dipingi la tua vita, può essere il tuo più grande capolavoro».

Con quelle parole si concluse la nostra illuminante conversazione. Ero onorata, emozionata e al settimo cielo. Come avrei fatto con il mio impiego come insegnante, laddove mi avessero riconfermato il contratto, rimaneva un mistero, ma ci avrei pensato a tempo debito. Era ora di mettersi al lavoro perché avevamo ancora tanto da fare e il caldo torrido rendeva tutto più faticoso. In effetti l'idea di prendermi una piccola vacanza non era affatto male, anche perché dalla fine dell'anno scolastico a oggi non mi ero mai fermata. Avrei potuto fare una vacanza con Pierpaolo? Chissà. Inoltre dovevo ricordarmi di scrivere a Tania, avevo così tanta voglia di vederla. E poi avrei dovuto prepararmi per affrontare Giovanni, ma quella era un'altra storia.

Lavorammo tutto il giorno senza sosta, ma il risultato fu grandioso.

Mi stavo avviando soddisfatta verso casa, era sera e l'aria era più respirabile.

Il mio telefono squillò.

«Ciao, mamma».

«Mi sto per trasferire alla casa al mare, questo caldo è insostenibile» mi disse. «Volevo invitarti a pranzo, mi farebbe piacere se domenica venissi con il tuo partner».

Non capii subito, e per quanto mia madre parlasse un inglese più che fluente, gli anglicismi in bocca a lei stonavano sempre, sapevano di losco, tipo gang del Bronx.

Okay, mi ero persa e mia madre non era molto paziente, infatti specificò: «Mi riferisco all'avvocato Innocenti».

«E tu come lo sai?»

Mi venne subito in mente quel chiacchierone di mio fratello. Ma guarda te, tutti noi dovevamo mantenere il suo segreto e lui spifferava in giro i fatti miei! Questa me l'avrebbe pagata.

«Grazie per l'invito, ne parlo con Pierpaolo e ti do conferma».

«Vi aspetto per le 12:30, così alle 13 saremo a tavola».

Quale parte di "ti darò conferma" non era chiara?

«Certo, mamma, come vuoi tu». Alzai gli occhi al cielo. Adesso dovevo dire a Pierpaolo che mia madre, una spia dei servizi segreti che aveva come complice quello spione di mio fratello, ci aveva invitato a pranzo al Circeo la domenica seguente.

Chissà se si poteva già prenotare un viaggio per un altro pianeta. Ma probabilmente mia madre mi avrebbe trovata anche su Marte.

Quella sera, contro ogni aspettativa, Pierpaolo accettò volentieri. Era un pazzo o un santo?

«Ho voglia di rivedere la Prof, scommetto che è sempre uguale, vero?»

Eh, già. Ai tempi dell'università capitava che Giovanni e Pierpaolo venissero a casa mia a studiare, o meglio a chiacchierare, ridere e scherzare, fino a quando non arrivava mia madre, soprannominata la Prof, che ci sgridava, richiamandoci all'ordine. Pierpaolo rideva beato, forse ignorava che quella domenica sarebbe stato sottoposto al terzo grado.

La serata continuò in modo piacevole, come sempre quando stavo con lui, però più passava il tempo più mi incupivo. Solo tra le sue braccia trovavo un po' di conforto, ma il pensiero di dover affrontare Giovanni iniziava a farsi insostenibile. Cominciavo a pensare a tutti gli escamotage per evitarlo, ma mi rendevo conto che glissare sulle situazioni scomode e nascondermi era quello che avevo fatto in passato. Questa volta avrei dovuto affrontare la questione di petto, anche se non ne avevo la minima voglia.

La vita mi stava dando tanto, in pochi mesi tutto si stava rivoluzionando, avevo ritrovato l'amore della mia vita, mi era stata proposta un'occasione lavorativa nel mondo della ceramica, il mio profilo social cresceva, gli ordini continuavano ad arrivare, anche gli angioletti d'argento stavano andando a ruba, (neanche il tempo di postarli e li avevo quasi venduti tutti). Dovevo ricambiare la vita per quello che stavo ricevendo con un atto di coraggio: il giorno seguente avrei affrontato il mio ex marito.

Capitolo ventisei

Ero a letto ma non riuscivo a prendere sonno. Il discorso motivazionale che mi ero fatta poco prima non era stato sufficiente a calmarmi e a farmi sentire pronta. Avevo paura, erano anni che Giovanni mi manipolava, mi soggiogava. Era abile con le parole mentre io no. Avevo prosciugato il conto offshore e non ne sarebbe stato felice. Sì, non dovevo temere per la mia incolumità fisica, ma si sarebbe infuriato. Avevo bisogno di un piano se volevo avere una chance di vincere questa battaglia.

Mi feci coraggio, avevo persone che mi sostenevano e che mi amavano, inoltre c'era la mia arte in cui potevo rifugiarmi e il mio amico di penna misterioso mi aveva insegnato lo scudo di protezione. Ecco, mi sarei protetta, ma mi serviva anche un piano.

Continuavo a girarmi e rigirarmi nel letto, Pierpaolo dormiva e non volevo svegliarlo. Dicevano che la notte portava consiglio, giusto? Sperando che fosse vero e mi portasse un'idea geniale e un piano solido come la roccia, mi addormentai.

Dormii poco e male, ma quando mi svegliai avevo un piano. Speravo fosse geniale come sembrava nella mia mente, ma lo avrei scoperto presto.

Quella mattina, mentre mi preparavo per andare alla scuola di ceramica, avvisai Pierpaolo che il pomeriggio, dopo il tirocinio, sarei passata a parlare con Giovanni. Il momento era giunto. Mi abbracciò e mi baciò, facendomi sentire il suo sostegno e la sua presenza, mi chiese di nuovo se poteva accompagnarmi, declinai ancora una volta ma gli spiegai il mio piano. Mi sostenne senza battere ciglio. Ero fortunata ad avere un uomo come lui al mio fianco. Me lo confermò ancora una volta dicendo: «Se non sbaglio mi volevi far conoscere la tua amica Tania, ricordo bene?»

Annuii.

«Questa sera potrebbe essere l'occasione perfetta, non credi? Ti farà bene distrarti».

Aveva ragione. Avrei chiamato Tania andando al lavoro.

Pierpaolo proseguì: «Cosa posso fare per farti stare tranquilla?»

«Nulla. È una cosa che so che devo fare, ma mi agita».

«Andrai benissimo».

«Non lo so. Giovanni è sempre stato più forte di me».

«Non sottovalutarti. Sei molto più coraggiosa di quello che credi, sei la persona più forte e determinata che abbia mai conosciuto. Ricordati sempre chi sei, perché sei una forza della natura».

«E tu un bravissimo motivatore».
«Bene, lo terrò a mente se decidessi di cambiare lavoro». Mi guardò con un sorriso sghembo. «Ti amo».
«Ti amo» risposi, e lo baciai.
Staccò le labbra dalle mie per dire: «Voglio aggiungere una cosa. Capisco che vuoi agire da sola, ma io ti aspetterò sotto lo studio di Giovanni. Terrò il cellulare vicino e per qualunque cosa ti basterà chiamarmi».
«Grazie, ma non ce n'è bisogno».
«Tanto lo farò ugualmente. Mi troverai lì quando uscirai».
«Ti ho già detto che ti amo?»
«No». E mi sorrise furbescamente.
«Ti amo».
«Ti amo anche io».
Ce la potevo fare. Ce la dovevo fare.

La giornata di tirocinio passò veloce. Enzo mi chiese più volte se qualcosa mi turbasse, perché rispetto agli altri giorni ero nervosa e distratta. Negai dicendogli che ero solo un po' stanca e di non preoccuparsi. Quando giunse il termine dell'orario di lavoro mi cambiai velocemente e mi avviai da Giovanni, mi attendeva per le 19:00.
Ero in perfetto orario, pronta allo scontro.
Mentre camminavo toccai più volte il mio ciondolo di orgonite che come sempre mi dava la carica. Mi tornò in mente un vecchio detto e me lo ripetei mentalmente: "Quando una donna vuole, la fortuna deve", e io volevo porre fine a questa storia. Speravo davvero di avere la fortuna dalla mia, ne avrei avuto bisogno.

Mi fermai all'ombra di un albero, mi presi un momento per concentrarmi e creai il mio scudo di protezione, lo testai finché non lo sentii solido e indistruttibile. Adesso ero davvero pronta.

Varcai la soglia dello studio di Giovanni, istintivamente toccai ancora una volta il ciondolo e testai il mio scudo. La segretaria mi riconobbe e mi accolse con un sorriso, conducendomi all'ufficio di mio marito. Speravo con tutta me stessa che fosse l'ultima volta che andavo lì.

Giovanni era seduto dietro la sua scrivania, sapeva benissimo che ero arrivata ma non mi degnò di uno sguardo. Ero immobile, in attesa, sapevo cosa stava facendo, voleva impormi una superiorità psicologica, farmi sentire in svantaggio. Un tempo ci sarebbe riuscito, ma questa volta ero arrivata con l'artiglieria pesante e non avevo tempo da perdere.

«Dobbiamo parlare» dissi.

«Sto terminando una cosa importante, dovrai attendere».

Con quella frase voleva sottintendere che quello che avevo da dirgli non fosse importante. Si sbagliava e presto lo avrebbe scoperto a sue spese. Mi ripetei di respirare e pazientare, presto sarebbe stato il mio turno di scoprire le carte. Dovevo giocare d'astuzia, avevo una scaletta da seguire e mi sarei attenuta a quella.

Mi accomodai fingendo una spavalderia che non ero certa di avere, ma avevo letto da qualche parte che fingersi sicuri di sé aiuta a esserlo. Speravo fosse vero. Toccai ancora una volta il ciondolo e chiusi gli occhi per visualizzare lo scudo: era tutto sotto controllo.

Quando finalmente Giovanni chiuse il fascicolo che stava leggendo, sollevò lo sguardo su di me e sembrò vedermi per la prima volta. E disse la cosa più assurda che mai e poi mai avrei pensato di sentire uscire dalla sua bocca: «Torniamo insieme».

Ovviamente non era una domanda ma una sorta di ordine, come se io non aspettassi altro dalla vita. Mi faceva imbestialire quando si comportava così.

«Cosa? Sei impazzito?»

«Sei bellissima, i capelli lunghi ti donano. Tua madre ne sarebbe felice».

«Tu sei pazzo. Tieni fuori mia madre da questa storia. Non riuscirai a manipolarmi. Non ti basteranno delle paroline dolci, non mi lascerò incantare. Mi devi delle spiegazioni».

Mi guardò interrogativo, probabilmente si aspettava che svenissi ai suoi piedi in preda a una gioia mistica. Illuso.

«Come hai potuto nascondermi la lettera che mi aveva inviato Pierpaolo?»

«Non so di cosa tu stia parlando, si sarà inventato qualche storiella per portarti a letto. Non dirmi che ci sei cascata!» Rise malvagio. «Davvero ti sei illusa che possa provare qualcosa per te? Presto ripartirà per New York e tu rimarrai qui, a quel punto non venire a piangere da me. Che sciocca sei, credi ancora alle favole».

Gli sventolai davanti la busta ingiallita. Sgranò gli occhi.

«Come hai fatto a trovare quella dannata lettera?»

«Quindi mi confermi che esiste davvero la lettera che Pierpaolo mi aveva scritto e che tu hai pensato bene di nascondermi».

«Dimmi dove l'hai trovata».

«Rispondi prima tu, perché te ne sei appropriato?»

«Dimmi dove l'hai trovata!» ripeté alzando la voce.

«Modera i toni, non sei nella posizione di dettare legge».

Respirò a fondo. Chiuse per un istante gli occhi e quando li riaprì attaccò: «Che vuoi sentirti dire? Che ero geloso? Che lui è sempre stato meglio di me? Aveva voti più alti, era brillante, tutti pendevano dalle sue labbra e anche tu lo amavi. Anzi, lo hai sempre amato. Se ti avessi dato quella maledettissima lettera non avresti mai scelto me».

Ero senza parole. Ma le recuperai presto insieme alla collera che si impossessò di me trasformandomi in una furia.

«Mi stai dicendo che mi hai tolto la possibilità di decidere il mio destino e mi hai condannato ad anni d'inferno solo perché ti sentivi inferiore? Ti rendi conto di che persona spregevole sei stata in questi anni? Mi hai trattata come se non valessi nulla, mi hai tenuta lontana dalla persona che amavo per puro egoismo. Tu non mi hai mai amata, volevi solo vendicarti di lui. Su una cosa hai ragione: lui sarà sempre meglio di te. Tu sei meschino e lui è leale, e lo è sempre stato anche verso di te, ma tu lo hai ingannato per anni, così come hai mentito a me». Parlavo come un fiume in piena. «Mi hai sempre massacrata psicologicamente

per farmi diventare ubbidiente, per farmi tenere la testa bassa... Tu non mi hai dato una lettera indirizzata a me perché sapevi che non avrei mai scelto te se potevo avere lui. Dimmi una cosa: perché mi volevi così tanto, perché mi amavi o per togliermi a lui?»
Giovanni tentennò, fu un colpo al cuore.
«Tu non mi hai mai amato» sentenziai.
«L'amore è una sciocchezza» disse. «Ma comunque ti ho amato perché sei mia moglie».
«Ma che razza di risposta è?» Scossi la testa. «Tu non sai che vuol dire amare, tu scambi l'amore con il possesso, il fatto che io sia tua moglie non significa automaticamente che tu mi abbia amato. Ma tanto fare questo discorso non ha più senso, perché anche io ho smesso di amarti tempo fa, quindi sai che ti dico? Grazie, grazie di aver posto fine al nostro matrimonio».
Ripresi fiato, mi calmai e con il tono più neutro che mi riuscì dissi: «Cambiamo discorso. Pierpaolo è un avvocato esperto nel diritto bancario internazionale, come ben sai, e mi stava spiegando alcune cose dei conti offshore. Credo tu li conosca, sono quei conti che si aprono nei paradisi fiscali, hai presente?»
Mi complimentai con me stessa: tutto stava procedendo secondo il piano.
«Non so cosa ti abbia detto il tuo amichetto, ma c'è ancora l'idea che un conto corrente offshore sia connesso ad attività illegali. Non è così».
«Hai ragione, purché si rispettino la legge e le normative previste dalla Politica Estera e di Sicurezza».
Avevo ripetuto questa frase centinaia di volte nella

mia mente, volevo far capire a Giovanni che ero preparata e non poteva rifilarmi qualche menzogna delle sue. «E non è il tuo caso, visto che hai dovuto falsificare la mia firma per aprirne uno a Panama».

Sbiancò.

«Eh sì, la lettera che mi hai sottratto era nel tuo preziosissimo portadocumenti nero, quello con la combinazione della data in cui sei diventato avvocato».

Giovanni era sempre più pallido. «Impossibile, è al sicuro nella mia cassaforte». Poi esplose: «Che farabutto, è stato lui a farti la lezioncina di diritto? Prima o dopo averti scopata?»

Sentirlo parlare in questo modo di Pierpaolo mi mandava il sangue al cervello, ma non era il momento di distrarsi, dovevo restare concentrata.

«Tieni Pierpaolo fuori da questa storia».

«È lui che ancora una volta non ha voluto farsi da parte. Se non ti avesse spiegato tutte queste cose, tu non avresti capito niente e tutto sarebbe proseguito liscio. Proprio come doveva andare».

«Ah, quindi volevi far leva sulla mia ignoranza giuridica? Ti rendi conto del viscido verme che sei?» Dovevo dirgliene quattro, ero ormai al limite della sopportazione. Il momento era giunto. «Mi hai chiesto il divorzio in tutta fretta per mettere al sicuro i tuoi soldi estromettendomi dal conto offshore cointestato e al contempo ti facevi vedere agli occhi di tutti come una persona premurosa che mi lasciava la casa coniugale, ma che gentile! In realtà lo hai fatto affinché io non accampassi diritti e l'avvocato De Ar-

cangelis non facesse delle ricerche scoprendo i tuoi altarini. Peccato che tu sia stato sfortunato, ma volevi essere un benefattore e ti ho accontentato».
Mi guardava e non capiva. Bene, molto bene: finalmente potevo spiegarglielo.
«Ho chiuso i conti...»
Come prevedibile scattò: «Che vuol dire? Dove sono finiti i soldi?»
«Li ho, anzi, li abbiamo donati a due organizzazioni no profit, una è un'associazione che difende le donne vittime di violenza che rischiava di non poter portare avanti le sue attività perché non aveva sovvenzioni statali, l'altra è un santuario che salva gli animali innocenti dalle barbarie degli uomini».
Giovanni era rosso in viso e senza parole. Si girò verso il pc, iniziò a digitare. Immaginai che stesse accedendo al conto per verificare se mentivo. Attesi il tempo necessario. Giovanni imprecò, evidentemente si stava rendendo conto che le mie parole corrispondevano alla realtà. Poi si voltò verso di me lentamente, e scandendo bene le parole mi domandò incredulo: «Mi stai dicendo che hai buttato via i miei soldi per queste stronzate? Minerva, ma che cazzo!»
Era il momento. Con il tono più innocente che riuscii ad avere dissi: «Io non le chiamerei stronzate, sono opere sociali e di beneficenza che meritano sovvenzioni. È giusto aiutare chi ne ha bisogno».
Si alzò in piedi stringendo i pugni. Per un attimo mi spaventai, ma toccai il ciondolo e ricordai lo scudo.
«Giovanni, ti voglio fuori dalla mia vita e vedi di re-

starci, sennò diventerai il protagonista di uno scandalo. Non vorrai far scattare un controllo o insospettire le autorità, vero?»

«Mi stai minacciando?» Tratteneva a stento la rabbia.

«No, e tu?» chiesi beffarda.

«Stai attenta a quello che fai...»

«Non mi fai più paura e stai attento tu, perché sei tu quello che ha tutto da perdere. Non ho intenzione di denunciarti, non voglio rovinarti la vita per quanto te lo meriteresti, ma sappi che se ti comporterai ancora in modo meschino nei miei confronti ho lasciato i documenti in più studi legali: qualunque cosa succederà sono autorizzati a mandarli alle autorità competenti».

«Stai bluffando, non so come tu sia venuta a conoscenza di queste informazioni, ma non hai le prove».

«Ho gli originali e sono al sicuro». Gli sventolai sotto il naso il portadocumenti nero, ovviamente dentro c'erano solo delle fotocopie.

«Impossibile, quella cartellina è nella mia cassaforte». Si voltò, spostò un quadro che nascondeva una cassaforte, digitò la combinazione e la aprì.

«Ma-ma come è possibile! Erano qui, ne sono certo. Dove l'hai trovata?»

«Era a casa nostra nel mobile nero, incastrata nell'ultimo cassetto».

«Impossibile» continuava a ripetere abbassando sempre di più la voce e rimettendosi a sedere. Vacillava.

A quel punto capii che per me era il momento di dare la stoccata finale. «Giovanni, non ti denuncerò perché non è mia intenzione rovinarti la vita, ho chiuso i nostri conti, quelli cointestati, perché tu hai falsificato la mia firma per evadere le tasse e io non voglio essere tua complice. Hai la possibilità di riaprirlo solo a tuo nome e sarà una tua responsabilità. Fai quello che vuoi della tua vita, ma io non ne faccio più parte. Le nostre strade si dividono qui. Addio».

Giovanni era seduto incredulo alla scrivania, le mani tra i capelli, era stato colto da un mutismo che non gli era solito. La storia della cartellina lo aveva sconvolto.

Volevo odiarlo, ma in realtà ero pronta a dimenticare tutto. Volevo chiudere questo capitolo della mia vita per aprirne un altro di cui Giovanni non avrebbe fatto parte. Lui rappresentava tutto quello che ero stata, Pierpaolo quello che sarei diventata Il futuro era lì ad attendermi.

Guardai Giovanni un'ultima volta, piegato su se stesso, mi fece quasi pena. Il mio ex marito era solo una persona avida che non sapeva amare con gli occhi aperti.

Capitolo ventisette

Per l'ultima volta uscii dal palazzo che ospitava lo studio legale di Giovanni e, come mi aveva promesso, trovai Pierpaolo. Mi ero dimenticata che sarebbe stato sotto ad attendermi, ma ne fui felice. Aveva uno sguardo funereo, gli sorrisi rassicurante e sollevai il pollice. I suoi lineamenti si distesero.

Ogni passo verso di lui mi aiutava a gettarmi alle spalle tutto quello che era appena successo. Ce l'avevo fatta. Mi ero liberata per sempre dal giogo con cui il mio ex marito mi teneva prigioniera da troppi anni. Non mi ero mai sentita così potente nella mia vita.

Raccontai a Pierpaolo del confronto che avevo appena avuto con Giovanni, evitando di riferire alcune uscite infelici che il mio ex marito aveva avuto nei suoi confronti e alcune volgarità nei miei. Non c'era bisogno di sottolinearle. Gli dissi che Tania quella sera era impegnata e che ci saremmo viste il giorno seguente.

«Se domani vuoi passare la serata da sola con la tua amica, posso organizzarmi e lasciarti i tuoi spazi» disse premuroso.
«Scherzi? Vuole conoscerti» risposi. Ed era vero, Tania mi stava assillando da tempo a quel proposito.
«Bene, allora sarò dei vostri» concluse.
Una serata con l'uomo che amavo e la mia migliore amica, non vedevo l'ora.
Pierpaolo mi mise la mano sulla spalla e mi abbracciò, ci incamminammo insieme verso casa.
«Cosa vuoi per cena? Questa sera cucinerò per te».
«Sai cucinare?»
«Tu, donna di poca fede, verrai stupita dalle mie prelibatezze».
Giovanni non aveva mai cucinato per me; non che io fossi una gran cuoca, ma era sottinteso che preparare i pasti era una delle mie mansioni. Maschilista. Ma ormai quel capitolo era chiuso e accanto a me avevo un uomo bellissimo che per giunta sapeva cucinare. Dovevo smettere di pensare al passato e prepararmi al futuro e soprattutto godermi il presente, che era un dono meraviglioso.

La settimana stava volando via veloce, non riuscivo ancora a credere di avere affrontato Giovanni e di aver chiuso quel capitolo della mia vita. Mi sembrava una cosa così lontana e allo stesso tempo così vicina. Ero riuscita a farmi valere. Ero fierissima di me stessa.
Avevo anche parlato con l'avvocato De Arcangelis, il quale si era dichiarato d'accordo con l'idea di Pier-

paolo di farmi cedere le quote dei fondi cointestati che avevamo presso la nostra banca in Italia. A settembre in sede di udienza di separazione l'avremmo richiesto al giudice.

Non riuscivo ancora a capacitarmi del perché la cartellina fosse in casa mia quando Giovanni era più che certo di averla conservata al sicuro nella cassaforte. Solitamente era molto preciso quando si trattava di documenti e atti ufficiali. Sentivo che c'era un tocco dell'Universo, qualcosa che non tornava e allo stesso era perfetto.

La risposta non si fece attendere.

La sera, quando tornai dalla mia giornata di tirocinio, trovai il lembo azzurro che usciva dalla cassetta delle lettere. Era stata una giornata meravigliosa, Enzo mi aveva fatto molti complimenti per i miei lavori con la terza cottura. Amavo decorare le ceramiche con oro, argento e colori metallici, davano loro un tocco brillante che le rendeva oggetti sacri.

Avevo giusto il tempo di farmi una doccia veloce e leggere la lettera perché presto sarebbe arrivata Tania. Pierpaolo aveva una riunione importante con lo studio di New York per definire gli ultimi dettagli della fusione che aveva portato a termine e che lo rendeva soddisfatto e orgoglioso. Ci avrebbe raggiunto dopo e avremmo cenato tutti e tre insieme.

Ma prima c'era una cosa che volevo fare: leggere la lettera. Il mio sesto senso mi diceva che sarebbe stata importante.

Mi accomodai sul divano con i capelli ancora umidi.

Cara anima,
i miracoli sono eventi che non sai spiegare perché contemplano l'intervento del divino. Sono quelle situazioni in cui appare qualcosa di cui hai bisogno o una situazione magicamente si risolve. Non farti troppe domande, forse qualcuno dall'alto ha agito così per il tuo sommo bene.
È tempo di guarire. La guarigione è l'effetto di quando sposi la causa della gioia. A volte imparare a dire "no", o importi di fare delle scelte coraggiose, è la chiave per andare verso il futuro. Quando rimani in una zona di comfort pensi di essere protetta, ti senti al sicuro, ma in realtà stai appassendo; è quando scegli coscientemente di dire addio a qualcosa e di dare il benvenuto a qualcos'altro che ti stai aprendo e permetti alla vita di stupirti e, perché no, di far accadere qualcosa di inspiegabile. Sei un canale di luce potente, attraverso le tue azioni scegli la tua vita e la crei. Il potere di creazione della propria esistenza è da molti considerato qualcosa di fantascientifico, ma in realtà è una cosa naturale, insita nell'essere umano tanto quanto respirare.
Dentro di te c'è una conoscenza profonda che ti permette di sapere anche quelle cose che sai inconsciamente. Porta alla luce il dubbio che ti assale e dentro di te apparirà la risposta.

Fu quello il momento in cui compresi: possibile che avessi trovato il portadocumenti per poter avere un'arma contro Giovanni, per avere il coraggio di affrontarlo e liberarmi di lui? Forse non aveva senso, ma dentro di me un seme di speranza iniziò a germogliare. Avevo letto che la felicità appare quando meno te lo aspetti, ma se la sai riconoscere e la accogli tutto diventa meraviglioso.

In effetti, negli ultimi mesi non seguivo più la logica, anzi mi ero affidata alla guida di misteriose lettere. Sapevo che poteva non avere senso, ma da quando avevo mollato la presa stavano accadendo cose fantastiche. Per anni avevo provato a tenere tutto sotto controllo, ma la mia vita andava a rotoli. Quando mi ero affidata a un qualcosa di più grande, che avevo deciso di chiamare angelo custode, ma che avrei potuto chiamare in mille altri modi, la mia vita aveva iniziato a decollare. Certo, cambiare, conoscersi, scoprirsi, affrontare quelle difficoltà che Tania chiamava blocchi karmici, e che qualcun altro potrebbe chiamare prove della vita, non era facile. Ma quando ci si tuffa nel mare dell'esistenza si scopre di saper nuotare. Forse avevo sempre saputo nuotare ma non ero mai entrata in acqua, o forse avevo imparato a nuotare senza neppure accorgermene. Non lo sapevo, sapevo solo che il mio cuore aveva iniziato a sbocciare.

Questa nuova realtà che stava nascendo era preziosa e io volevo che continuasse a prendere forma. Ero una persona nuova, ero vitale, ero viva, ero creativa, ridevo, avevo intorno a me persone che mi amavano e che amavo. Volevo vivere questo nuovo capitolo della mia vita. Mi sentivo ricca sotto tanti punti di vista, stavo attraendo tutto ciò che il mio cuore aveva sempre desiderato e che la mia mente non si era mai concessa.

Ripresi a leggere le parole del mio amico di penna misterioso.

La tua vita sarà sempre il riflesso di ciò in cui credi: se credi nell'amore la tua vita sarà amore, se credi nella paura la tua vita sarà un susseguirsi di eventi spaventosi. Liberati dalle paure e tuffati nella gioia.
È tempo di festeggiare, gioire e celebrare.
Con infinito amore!

Non appena finii di leggere le ultime parole sentii suonare alla porta, era Tania. Misi via la lettera e andai ad aprirle. Sentivo ancora le vibrazioni scorrere nel mio corpo, le parole che avevo appena letto erano state importanti, avevano toccato il mio cuore. Possibile che nella mia vita stessero avvenendo miracoli? Non sapevo dare una risposta e non sapevo che cosa volesse dire veramente "miracolo", ma quello che stava succedendo per me lo era.

Quando aprii la porta e mi trovai davanti la mia amica che mi sorrideva con in mano un vassoio dalla carta colorata pieno di pastarelle, capii che i miracoli non sono solo eventi eclatanti, ma anche, e soprattutto, cose ordinarie. È prodigioso anche sentirsi in sintonia con una persona conosciuta da poco ma che ti sembra di conoscere da sempre, che ti è stata a fianco senza chiedere nulla in cambio in un periodo difficile, che è diventata la sorella che non hai mai avuto, con cui hai una grande compatibilità, ed entrambe vi accettate così come siete. Tania e io eravamo differenti sotto tanti punti di vista ma ci compensavamo, ridevamo insieme, ci spalleggiavamo e ci facevamo forza a vicenda.

Istintivamente la abbracciai, cercando di stare attenta e non schiacciare il vassoio di dolci.

Lei mi guardò. «Che succede?» chiese con sguardo indagatore. «Non è da te lasciarti andare a questi slanci di affetto».

«Volevo solo dirti che ti voglio bene».

«Anch'io ti voglio bene, amica ritrovata».

Mi misi a ridere pensando al nostro primo incontro, quando mi aveva raccontato che le era stato profetizzato che presto avrebbe ritrovato un'amica. Le vie del destino si erano aperte per noi, ci avevano fatto incontrare guidandoci per strade impreviste. Grazie a Tania mi ero resa conto di quanto avere un'amica fosse un tesoro prezioso da custodire gelosamente.

«Vieni» la invitai. «Posiamo i dolci in cucina e poi prendiamo un aperitivo mentre aspettiamo Pierpaolo, che ne dici?»

«Mi piace l'idea. Cosa celebriamo?»

«La vita» risposi. E aggiunsi: «Ho parlato con Giovanni e mi sono fatta valere».

«Wow! Riempi i calici e raccontami tutto» disse prendendomi sottobraccio.

Stappai una bottiglia di vino bianco ghiacciato, versai il liquido di un bel colore dorato in due bicchieri e gliene porsi uno. Ci accomodammo in balcone e le raccontai tutto, soprattutto della sua faccia che cambiava colore a mano a mano che calavo le mie carte. Mentre ascoltava, Tania batteva le mani entusiasta. Faceva il tifo per me, l'aveva sempre fatto e ora iniziavo a capire che lo avrebbe fatto per sempre, così come io sarei sempre stata dalla sua parte. Era bello avere un'alleata al proprio fianco.

«Okay, adesso è il mio turno di dirti una cosa. Ho un'idea». Fece una pausa a effetto, la incoraggiai a continuare. «Organizzeremo una mostra delle tue opere».

«Cosa?» urlai. «Sei pazza?»

Ma Tania continuò ignorando le mie proteste. «I tuoi follower stanno crescendo, grazie al tirocinio diventi ogni giorno più brava, il tuo laboratorio inizia a essere pieno di ceramiche».

La guardai scettica, ma lei sembrò non farci caso.

«Ho fatto vedere il ciondolo che mi hai regalato alle mie amiche del corso di cucina vegana crudista e vogliono assolutamente acquistare dei tuoi pezzi...»

«Ma sei seria?» la interruppi.

«Sono serissima, allestiremo una mostra» confermò. «Forse non lo sai, ma sono stata una gallerista».

«Non me l'avevi mai detto».

«Lascia stare» minimizzò. «Ho fatto tanti lavori nella mia vita, ma devo dire che la gallerista mi veniva particolarmente bene. Poi mia figlia, che era ancora piccola, gli imprevisti, il divorzio...» Sollevò una mano come a scacciare un pensiero e riprese: «Ma lasciamo stare, era una vita fa o forse due. Comunque, restiamo concentrate, voglio organizzare questa mostra per te e questo tuo appartamento spettacolare è la location perfetta. Ora veniamo alle cose serie, quanti pezzi pensi di avere entro metà settembre?»

«Mmm... be', non lo so, dovrei andare a comprare degli altri pezzi a Deruta».

«Perfetto, vengo con te. Così mi farai vedere questa perla dell'Umbria di cui tanto mi hai parlato. È davvero così carina come mi hai raccontato?»

«È un posto incantevole, ma...»

«Niente ma, prepara il bolide che partiamo. Fammi sapere tu quando e io ci sarò».

Il bolide era la mia macchina, anche Tania aveva iniziato a chiamarla così e la cosa mi fece sorridere. «Va bene, andiamo a fare scorte e poi parlerò con Enzo per organizzarmi con il forno, non penso ci siano problemi. Ma ancora non sono convinta che sia una buona idea».

«Bene, tu pensa a creare delle cose deliziose che al resto ci penso io. Ti fidi di me?»

Annuii.

«Brava, mettiti sotto perché avremo grande affluenza. Dovresti dirlo anche ai tuoi follower, magari qualcuno si trova qui a Roma e avrebbe piacere di venire e acquistare qualcosa».

«Potrebbe non essere una brutta idea» pensai ad alta voce.

«È un'idea grandiosa» ribatté Tania convinta.
«Dici che ce la posso fare?»
«Sarà un successo, vedrai».
Mi tuffai tra le sue braccia e lei mi accolse. La sua stretta mi diede un grande sostegno in questa ennesima avventura folle in cui mi stavo andando a cacciare. Ma non ero sola, lo avremmo fatto insieme.

Il campanello suonò, guardai l'orologio: erano le 21:00. Doveva essere Pierpaolo, il tempo era volato.
Andai ad aprire. Tania scalpitava alle mie spalle, si sporgeva curiosa. Era mai possibile avere un'amica così?
Quando Pierpaolo entrò lei allungò subito la mano per presentarsi e lui gliela strinse.
Tania mi sussurrò all'orecchio: «È proprio un bel bocconcino!»
«Guarda che ti sente, è proprio qui davanti a noi».
Alzai gli occhi al cielo.
Pierpaolo sorrideva. Ci dirigemmo verso la cucina per appoggiare le buste che aveva portato.
«Pierpaolo, cosa hai portato?»
«La cena». Sorrise furbo. «Hai visto che ore sono?»
«Come facevi a sapere che non avevamo preparato nulla?»
«Be', immaginavo che sareste state impegnate a chiacchierare».
«È anche un veggente» s'intromise Tania.
«Non è un veggente, mi conosce, e comunque ti sente, è sempre davanti a noi». Mi rivolsi a Pierpaolo. «Vuoi un calice di vino?»

Tania allungò il suo ormai vuoto. «Anch'io ne voglio un altro».

«Tu è meglio che bevi poco, che poi ti viene un'altra delle tue strane idee» le dissi versandole da bere.

«Le mie idee sono geniali» ribatté a tono.

«Di cosa state parlando?» s'intromise Pierpaolo.

«Niente, lasciamo perdere» dissi io.

Allo stesso tempo Tania disse: «Organizzeremo una mostra delle opere di Minerva».

«Sembra una bellissima idea. Ditemi tutto».

Alzai di nuovo gli occhi al cielo mentre Tania mi guardava con lo sguardo soddisfatto che sembrava dire: "Hai visto!"

«Lui è molto più lungimirante di te» disse poi dando voce ai suoi pensieri.

Mi portai le mani alla testa, ma mi veniva da ridere.

Tania spiegò per filo e per segno a Pierpaolo la sua idea e lui la considerò geniale. Ero in minoranza, quei due insieme erano tremendi.

Siccome sembravo poco convinta (e in effetti lo ero), per cercare di cambiare discorso dissi: «Va bene, va bene. Possiamo lasciare perdere questo argomento?»

Ma Tania non era dello stesso avviso: «No, non lasciamo perdere. Vieni con me».

Si alzò, mi prese per mano e mi condusse nel mio laboratorio. Pierpaolo ci seguì.

«Guarda qui» disse la mia amica. «In poco tempo hai realizzato tantissimi pezzi, sai quanti altri ne creerai da qui a settembre? Prima o poi dovrai iniziare a venderli, sennò ti sommergeranno».

Scherzava, ma in effetti c'era un fondo di verità: quando creavo una ceramica o un ciondolo sapevo che non erano per me e che prima o poi sarebbero appartenuti a qualcuno a cui erano destinati. Era strano ma sentivo che per me creare oggetti era una sorta di missione.

Tania continuava imperterrita a parlare, spalleggiata da Pierpaolo: «Inoltre il tuo profilo social è in crescita, continui a ricevere ordini, è giusto che tu ti metta in gioco».

Se avevo capito una cosa della mia amica era che se si metteva in testa una cosa non mollava. Ero spacciata. Guardai Pierpaolo, lui annuì e mi rassicurò: «Minerva, sarà un successo, vedrai».

«Sinceramente non so neppure se questa casa è il luogo più adatto» commentai scettica.

«Ti ho detto che ci penserò io. Ho allestito mostre in luoghi ben peggiori» si vantò Tania.

«Scusa, ma non eri una gallerista famosa?» la provocai.

«Sì, infatti ne ho allestite anche in bei luoghi» si difese.

Mi scappò da ridere. Tania era uno spasso, aveva una solarità unica, e quando se ne uscì dicendo: «E poi sarà un modo per esorcizzare una volta per tutte questa casa dalla presenza dello Stronzo», non mi trattenni più e scoppiai in una forte risata. Tania e Pierpaolo si unirono a me.

Tutti sapevamo che si stava riferendo a Giovanni, e aveva ragione: dovevo voltare pagina. Non ero ancora convinta che allestire in casa una mostra delle mie opere fosse la soluzione, ma lo avrei scoperto presto. Tania era inamovibile ed era già passata alla fase dei preparativi. Mi fidavo di lei e non volli approfondire ulteriormente, almeno per ora.

«Pierpaolo, cosa hai portato di buono per cena? Inizio ad avere fame» dissi dirigendomi in cucina.

«Ho preso un po' di tutto, non sapevo cosa voleste».

Iniziammo a scartare i vari pacchetti con dentro ogni ben di Dio.

«È da sposare» mi disse Tania all'orecchio.

«Ti sente, è sempre qui con noi».

Risi, lei rise a sua volta e Pierpaolo si unì a noi.

Mentre Tania portava i piatti in balcone, Pierpaolo si avvicinò a me, mi prese tra le braccia e mi disse con tono suadente: «Sono da sposare, dai ascolto alla tua amica saggia e dalle idee geniali».

Sorrisi sulle sue labbra e lo baciai.

Tania tornò proprio in quel momento e non si fece sfuggire l'occasione di prenderci in giro: «Voi due piccioncini, trattenetevi che avete un'ospite, ossia la sottoscritta, che non vuole assistere a sbaciucchiamenti e amoreggiamenti. Sono allergica all'amore romantico, Minerva lo sa».

Arrossii mentre Pierpaolo rideva di gusto.

Poco dopo ci sedemmo a tavola. Pierpaolo ci chiese come ci fossimo conosciute e, ovviamente, fu Tania a rispondere.

«Ci siamo conosciute a lezione di mindfulness, sai cos'è?» Al suo cenno di diniego spiegò: «La mindfulness è una forma di meditazione che insegna a focalizzarsi sul momento presente senza giudicarlo, solo accogliendo la realtà così com'è. Quando vidi Minerva per la prima volta e provai a parlarle era tutta sulle sue, non dava molta confidenza, ma tanto, come avrai capito, io sono espansiva per entrambe».

Ridemmo di nuovo. Sembravamo amiche da una vita, invece ci conoscevamo da qualche mese, eppure la nostra intesa era bellissima. Forse aveva ragione Tania, eravamo già state amiche in altre vite e ci eravamo finalmente ritrovate.

Fu Pierpaolo a riportarmi al presente, ogni tanto partivo con la mente per la terra dei pensieri. «Non sapevo che fossi appassionata di queste cose. Come mai hai deciso di iscriverti a un corso di meditazione?»

«In effetti è stata una cosa nuova anche per me. Sono state una serie di coincidenze a portarmi a partecipare» dissi, anche se iniziavo a dubitare che fosse stato solo un puro caso perché sembrava piuttosto un piano ben congeniato dell'Universo. «Però ho ritrovato Tania» aggiunsi.

«Perché, già vi conoscevate?»

«No» dissi io.

«Sì» disse Tania.

Ci guardammo e scoppiammo a ridere per l'ennesima volta.

La serata fu piacevole, vedere Tania e Pierpaolo che chiacchieravano mi scaldò il cuore e mi convinse sempre più che il mio futuro sarebbe stato meraviglioso e che sicuramente entrambi ne avrebbero fatto parte.

Verso mezzanotte Tania disse che sarebbe andata a casa. Pierpaolo e io ci offrimmo di accompagnarla, abitavamo vicine e fare una passeggiata serale era sempre una buona idea per prendere un po' di fresco. Inoltre, per quanto la nostra zona fosse tranquilla, preferivo evitare che la mia amica tornasse a casa da sola. Mi bloccai: mi stavo comportando come mia madre quando non approvava il fatto che tornassi a casa a piedi? Forse aveva ragione Pierpaolo, preoccuparsi delle persone a cui si tiene è normale.

Uscimmo dal palazzo e con la coda dell'occhio vidi il lembo azzurro fuoriuscire dalla cassetta delle lettere. Promemoria mentale: prenderla al più presto.

Era un venerdì notte estivo, le persone erano per le strade come se fosse pomeriggio, il giorno seguente la maggior parte della gente non avrebbe lavorato e quindi poteva stare fuori fino a tardi.

Per tutto il tratto di strada fino a casa di Tania, io e la mia amica prendemmo in giro Pierpaolo che sembrava non essere per nulla preoccupato del fatto che quella domenica sarebbe stato sottoposto al terzo grado da parte della Prof: mia madre. Una volta arrivati salutammo Tania e attendemmo che entrasse, poi ci riavviammo verso casa.

Era stata una serata meravigliosa, avevo il cuore colmo di gioia. Non riuscivo ancora a credere che a settembre ci sarebbe stata la mia prima mostra, ma avevo tempo per abituarmi all'idea, e comunque prima sarei dovuta sopravvivere al pranzo di quella domenica. Povera me. Guardai Pierpaolo, sembrava sereno, quando entrammo nel palazzo lo attirai a me e lo baciai, ricambiò.

«Avviati pure all'ascensore, prendo la posta e arrivo».

Con il sorriso misi la busta celeste in borsa e lo raggiunsi.

Capitolo ventotto

Quella domenica mattina mi svegliai agitata: l'idea di andare a pranzo da mia madre e presentarle ufficialmente Pierpaolo mi innervosiva. Mi stavo rigirando nel letto, cercavo senza successo di riprendere sonno visto che era ancora presto, quando due braccia forti e familiari mi acciuffarono e mi tirarono a sé.

«Qualcuna è nervosa?» mi sussurrò Pierpaolo mordendomi delicatamente un lobo.

Mi girai per guardarlo in faccia. «Pranzare con mia madre sarà come venir interrogata».

«Secondo me esageri. Io ricordo una signora molto elegante e gentile».

«Probabilmente hai avuto un'amnesia» decretai, non c'erano altre spiegazioni.

Ridacchiò e decise di utilizzare un modo tutto suo per farmi rilassare. L'intimità con lui diventava ogni giorno più profonda, eravamo complici, amanti, innamorati, i nostri corpi insieme stavano apprendendo un linguaggio che non aveva bisogno di parole. Pierpaolo era un amante generoso e insaziabile e io mi stavo riscoprendo sensuale e appassionata. Troppo a lungo avevo pensato che le mie pulsioni fossero spente e che il sesso non fosse importante in un rapporto, ma mi sbagliavo. In una relazione ci può essere tutto: amore, risate e buon sesso.

Il tempo trascorse veloce e riuscii a rilassarmi così tanto che tentai di corrompere Pierpaolo: «Se vuoi rimandiamo. Posso inventarmi una scusa e disdire, non sentirti costretto».

«Direi che se c'è qualcuna che vuole rimandare, quella sei tu» mi canzonò.

«Uffa, è che ho paura di mia madre e dei suoi giudizi severi» dissi mettendo il broncio.

«Dalle un'occasione. Tante cose stanno cambiando nella tua vita. Alla fine, chissà, magari anche lei potrebbe stupirti».

«Ne dubito» borbottai, poi mi giocai il tutto per tutto e lo guardai languida. «Potremmo rimanere a letto tutto il giorno. Ho avuto alcune idee. Potrei stupirti».

«Mmm, sono curioso. Potresti mostrarmi qualcuna di queste idee che ti frullano in quella bella testolina prima di andare a pranzo da tua madre» disse attirandomi a sé e iniziando a baciarmi.

Mannaggia, era difficile raggirare un avvocato. Mi arresi e mi lasciai andare ai suoi baci.

Era quasi mezzogiorno ed eravamo arrivati al Circeo in perfetto orario visto che volevamo fermarci a comprare un dolce in una rinomata pasticceria locale che mia madre apprezzava molto. Se avessimo preso il dessert a Roma si sarebbe squagliato a causa del caldo. Su idea di Pierpaolo passammo anche ad acquistare una pianta da portarle in dono. Furbetto, voleva tentare di corromperla con i fiori. Era però un'ottima idea: mia madre li adorava.

Suonammo alla porta della villa, il cancello automatico si aprì ed entrammo; io tenevo il vassoio con una torta gelato vaniglia e amarene e Pierpaolo un'ortensia con tanto di fiocco. Mia madre ci accolse con il sorriso, soprattutto quando vide la pianta che le avevamo portato. Si ricordava di Pierpaolo e lo invitò a darle del tu.

Rimasi sbalordita, dopo anni di matrimonio Giovanni le doveva ancora dare del lei, non gli aveva mai permesso di darle del tu, invece lo aveva permesso a Pierpaolo fin dal primo incontro "ufficiale". Sarà stato il potere dell'ortensia? Ne dubitavo. Avrei tenuto gli occhi aperti, c'era sotto qualcosa. Ripensai a mia madre in veste di spia dei servizi segreti e mi venne da ridere. Forse lo esternai, perché lei mi fulminò con lo sguardo. Tornai seria all'istante. Pierpaolo mi diede un colpetto complice e mi fece l'occhiolino.

Ci accomodammo sulla terrazza che affacciava sul mare, dove mia madre ci offrì un cocktail. Le chiesi se avesse qualcosa di analcolico e lei ignorandomi ci porse due calici di Bellini, vino bianco frizzante e succo di pesca. Ora sì che iniziavo a riconoscerla.

Mia madre e Pierpaolo conversavano tranquilli mentre bevevano i loro drink, io li guardavo felice. Come mi capitava sempre quando mi trovavo nella nostra casa al mare, mi persi nel panorama davanti a me. La villa si trovava nel cuore del Parco Nazionale del Circeo, apparteneva alla mia famiglia da generazioni e dalla terrazza in cui ci trovavamo si potevano vedere le isole di Ponza, Palmarola e Ventotene. Era un luogo incantevole. Proprio come quando ero piccola ripensai alla maga Circe, la immaginai mentre raccoglieva le sue piante per trasformare in porci gli uomini che se lo meritavano, con tutto il rispetto per i maiali che erano delle creature dolcissime. Circe era sempre stata una delle mie eroine femministe preferite.

Fu la voce di mia madre a riportarmi alla realtà: ci invitava a sederci a tavola per il pranzo. Sembrava tutto delizioso, c'erano tante verdure e prodotti locali vegetariani; che mia madre si fosse ricordata della mia nuova alimentazione? Forse Pierpaolo aveva ragione, ma mia mamma mi stava stupendo sempre di più.

La Prof lo stava sottoponendo al terzo grado, ma lui sembrava preparato e rispondeva in modo perspicace e acuto, due doti che ero certa mia madre apprezzasse. Addirittura lo elogiò per vari casi importanti che aveva seguito e che stavo scoprendo solo in quel momento essere stati trattati anche dai telegiornali. Okay, mi sa che ero fuori dal mondo.

In effetti sapevo ancora così poco di Pierpaolo e della sua brillante carriera... più lo guardavo più mi rendevo conto che era il mio uomo perfetto, sotto tutti i punti di vista: era bello, intelligente, realizzato. Averlo accanto mi permetteva di sentirmi forte e fragile allo stesso tempo; era il mio primo fan, visto che mi aveva sostenuta da subito nella mia passione per la ceramica, ma era anche la mia ancora, come nel caso di Giovanni e dei conti offshore. Se ero riuscita a mettere al tappeto quello spocchioso del mio ex marito era stato soprattutto merito di Pierpaolo e del suo aiuto.

Probabilmente lo stavo guardando con gli occhi a cuore, quando notai che mia madre mi osservava. Abbassai lo sguardo imbarazzata e lei si allontanò rientrando in casa. Tornò con un vassoio su cui, oltre alla moka fumante, c'era anche il servizio che avevo creato per lei. Evidentemente le era piaciuto, ma mi stupì comunque quando disse a Pierpaolo: «Questo servizio da caffè lo ha creato e dipinto Minerva per me, è incantevole, non trovi?»

Arrossii, un apprezzamento così chi se lo aspettava?

Pierpaolo si dichiarò d'accordo e rincarò la dose di complimenti. Continuarono a elogiarmi mentre io volevo sotterrarmi per l'imbarazzo.

Poi Pierpaolo a un certo punto disse: «A settembre ci sarà anche la prima mostra di Minerva».

Strabuzzai gli occhi. Lo amavo, ma in quel momento lo avrei fatto fuori e ne avrei fatto sparire il corpo.

«Davvero?» Mia madre mi osservò. «Non ne sapevo nulla».

Cosa avrei dovuto dire adesso? Forse avrei dovuto farle un incantesimo per toglierle la memoria, ma non ero capace. Avrei potuto espatriare? Ottima idea.

«È una cosa che Minerva e la sua collaboratrice hanno deciso solo ieri sera, devono ancora definire i dettagli» spiegò Pierpaolo. «Siamo i primi a saperlo». Ruffiano. Se non fosse stato così bello e quello che aveva appena detto non avesse suonato così bene lo avrei già strangolato.

Mia madre si voltò verso di me e mi guardò con orgoglio. «È una notizia bellissima. Complimenti, non vedo l'ora di partecipare. Mi raccomando, fammi sapere luogo, data e ora in anticipo così posso organizzarmi per tempo».

Riuscii a dire solo: «Certo, mamma». Stavo per mettermi a piangere dalla gioia.

Pierpaolo mi guardò con un guizzo di soddisfazione negli occhi. Una parte di me stava ancora escogitando il modo per ucciderlo per aver spifferato a mia madre della mostra, ma un'altra parte era sempre più innamorata di lui.

Mentre io come al solito mi perdevo nei miei pensieri, la conversazione continuava. Tornando al presente, ne catturai alcune battute.

«Quindi adesso ti fermerai a Roma?» domandò mia madre.

«È una opportunità che sto valutando». Pierpaolo fece una pausa, poi guardandomi continuò: «Dipende da come evolvono alcune cose».

«Be', mi auguro che evolvano per il meglio» rispose mia madre guardandomi a sua volta.

Iniziava a essere troppo per me, stare al centro dell'attenzione mi rendeva emotivamente fragile. Rimasi in silenzio e abbassai lo sguardo.

Fortunatamente la conversazione riprese con argomenti più leggeri. Quando fu il momento di congedarci quasi mi dispiacque. Contro ogni aspettativa era stato un bel pranzo in famiglia. Abbracciai mia madre che mi diede un buffetto sulla schiena, continuava a rimanere rigida, ma si notava che provava a interagire. Era già qualcosa, pensai con un sorriso mentre io e Pierpaolo ci avviavamo mano nella mano verso l'automobile sotto lo sguardo di mia madre.

In macchina c'era uno strano silenzio, provai a chiacchierare del più e del meno ma Pierpaolo mi rispondeva a monosillabi. Che cosa era successo? Eppure mi era sembrato che il pranzo fosse andato bene.
«C'è qualcosa che ti turba? Sei silenzioso».
Pierpaolo continuava a guidare. Mi sentivo a disagio, temevo di aver sbagliato qualcosa senza accorgermene. Con Giovanni mi capitava spesso, mi accusava di cose che neppure mi ero accorta di aver fatto. Mi torcevo le mani, insicurezze e ferite del passato stavano per bussare alla porta della mia memoria. Utilizzai la mindfulness per bloccare i pensieri. Pierpaolo non era Giovanni e soprattutto io non ero più la vecchia me.
Respirai a fondo, mi calmai e dissi: «Ti va di dirmi cosa succede? Non tagliarmi fuori. Tu per me ci sei stato quando ne avevo bisogno e lo stesso vale per me. Io ci sono per te. Parlami».
Per fortuna le mie parole sembrarono destarlo dal mutismo in cui era caduto. Strinse forte le mani sul volante e, guardando la strada davanti a sé, attaccò:

«So che può essere presto, non voglio metterti fretta, capisco che devi ancora uscire da un matrimonio e affrontare un'udienza di divorzio, ma...» Prese tempo. Pierpaolo era sempre così sicuro di sé. Vederlo tentennare mi suscitava un istinto di protezione che verso Giovanni non avevo mai provato.

«Il mio studio legale mi ha offerto la possibilità di diventare socio anche della sede di Roma, vorremmo espanderla e renderla rinomata e famosa come quella americana. Ho costruito la mia carriera a New York, ma i miei capi senior credono che sarei la persona più adatta per ampliare la sede italiana. Ho avuto grandi soddisfazioni lavorative e sono diventato il socio più giovane nella storia del nostro studio legale, e ti garantisco che per uno straniero raggiungere un tale risultato nella Grande Mela non è cosa da poco».

«Perché mi stai dicendo queste cose?» chiesi.

«Perché se deciderò di accettare o meno dipenderà da te».

«Pierpaolo, non posso essere io il motivo di tale scelta. Hai lavorato sodo per la tua carriera, sei un avvocato affermato, devi fare ciò che è più giusto per te».

«Al momento la cosa più importante per me non è la carriera, sei tu». Mi rivolse uno sguardo fugace prima di tornare a guardare la strada. «Quando mi trasferii a New York mi gettai anima e corpo nel lavoro, volevo solo dimenticarti e dimenticare il mio dolore, ma oggi che ti ho ritrovata voglio sapere se abbiamo quell'occasione che già una volta ci è stata sottratta. So che è presto per parlare di futuro ma mi pressano, a breve dovrò dare una risposta. Se rifiuterò dovranno trovare qualcun altro per la sede di Roma e io tornerò a New York».

All'idea che se ne andasse di nuovo mi mancò il fiato. Non potevo neppure ipotizzarlo.

«Io non riesco neppure a immaginare il futuro senza di te. Averti ritrovato è la cosa più bella che mi sia successa, ma vorrei che scegliessi in base a quelli che sono i tuoi desideri, non voglio essere un limite o...»

Non mi lasciò terminare: «Vuoi che mi trasferisca a Roma?»

«Sì, con tutto il cuore» ammisi.

Mise la freccia e accostò nel primo tratto di strada che permetteva la sosta. Si sporse verso di me e mi baciò. Mi sciolsi tra le sue braccia. Solo quando la sua fame di baci si fu saziata rimise in moto e ci rimettemmo in strada.

Era più sereno e riprese a parlare. «Soprattutto nel primo periodo dovrò fare spesso avanti e indietro, inoltre vorrei andare a New York a comunicare la mia decisione a voce ai miei capi, non mi va di farlo telefonicamente. Ti va di venire con me?»

All'inizio saltai sul sedile, ma poi mi incupii. «Mi piacerebbe moltissimo ma non saprei. Quella pazza di Tania, o come l'hai chiamata tu, la mia collaboratrice, si è messa in testa questa storia della mostra, e poi ho il tirocinio...»

«Andiamo durante la settimana di Ferragosto. La scuola di ceramica è chiusa e non puoi cuocere le tue opere, giusto?»

Lo guardai sorpresa, mi aveva ascoltato attentamente quando gli avevo parlato del processo di cottura della ceramica. Inoltre aveva ragione: Enzo mi aveva avvisato che ad agosto avremmo chiuso per alcune settimane. Avrei avuto tempo di creare le mie opere prima della partenza e dopo, inoltre non ero mai stata nella Grande Mela e una vacanza mi avrebbe fatto bene.

New York, stiamo arrivando.

Capitolo ventinove

Telefonai allarmata alla mia amica. «Tania, sono nel panico».
«Si può sapere perché?» chiese dopo uno sbadiglio. In effetti era mattina presto, ma io non ero riuscita a dormire.
«Pierpaolo mi ha chiesto di andare con lui a New York».
Ero in attesa, ma Tania rimase in silenzio.
«Non dici nulla?»
«Mi sembra una cosa meravigliosa. Cosa dovrei dire?»
«Ma come faccio ad andare? Dobbiamo allestire la mostra, preparare tutto...»
«Ma se la tua scuola di ceramica chiude non puoi arrostire le tue creazioni, giusto?»
«Cuocere, non arrostire, comunque sì, è corretto».
«Quindi ricapitoliamo: l'uomo della tua vita ti propone un romantico viaggio a New York e tu mi svegli di prima mattina in preda a inutili paranoie?»

Cavoli, aveva ragione. Non sarebbe stato propriamente un viaggio romantico, Pierpaolo doveva anche sistemare delle cose di lavoro, ma sicuramente avremmo passato del tempo insieme in una delle città più belle del mondo.

«È corretto» ammisi sconfitta.

«Bene. Dopo questa telefonata sono ancora più convinta che una vacanza ti può fare solo che bene. Sei stressata. Vai, divertiti e portami una calamita. Al tuo ritorno prepareremo tutto».

«Ha ragione Pierpaolo, sei una collaboratrice preziosa».

«Mi piace il tuo ragazzo» scherzò, e poi dolcemente mi disse: «Non ti preoccupare, sarà un successo, sia il vostro viaggio che la mostra».

La ringraziai, avevo proprio bisogno del suo sostegno. Le avrei comprato la calamita più bella di New York.

Il giorno tanto atteso era arrivato, stavamo andando all'aeroporto.

Ero emozionata. Avevo portato solo le cose essenziali, più o meno, anche se alla fine la valigia era venuta bella grossa. Come scusante mi dissi che non sapevo di preciso che abiti avrei dovuto indossare a New York. Per questo avevo portato un po' di tutto: faceva caldo, quindi vestiti, calzoncini, gonne, canotte, magliette, inoltre mi ero portata dei sandali ma anche delle scarpe da ginnastica comode perché volevo andare alla scoperta della città mentre Pierpaolo era al lavoro. Per essere pronta a ogni evenienza avevo messo in valigia anche delle scarpe eleganti con il tacco per la sera. Pierpaolo non aveva voluto svelarmi nulla ma mi aveva promesso delle sorprese.

Prima di partire avevo stilato le mie liste delle cose da vedere e fatto le mie ricerche online, avrei impegnato i momenti liberi per visitare la città come una perfetta turista. Pierpaolo mi aveva già promesso che mi avrebbe fatto da Cicerone nei momenti in cui sarebbe stato libero dal lavoro, anche se non avevamo ancora capito se si poteva dire "fare da Cicerone" in una città in cui Cicerone non era stato, ma per noi era uguale.

Ero al settimo cielo mentre varcavamo l'entrata dell'aeroporto. Più guardavo il mio accompagnatore, più mi rendevo conto che il mio amore per lui cresceva: oltre a essere bellissimo, mi faceva ridere e aveva la capacità di stupirmi. Proprio come sarebbe successo a breve. Proseguimmo verso i gate, poi lui tenendomi per mano mi guidò verso il fast track. Lo guardai mentre le porte si aprivano e lui mi strizzò l'occhio. Entrammo e ci dirigemmo verso la lounge.

Chiesi con sospetto: «Non bisogna avere un biglietto di prima classe per accedere?»

«Può bastare anche un biglietto business» rispose eludendo la domanda.

«E noi perché viaggiamo in business class?» chiesi poco convinta.

«Noi non viaggiamo in business class» rispose con un sorriso. Si stava divertendo.

Lo guardai senza capire. Rise ancora mentre mostrava le nostre carte di imbarco alla gentile hostess che ci stava accogliendo nella lounge e che con professionalità ci informò: «Signori, per prima classe di là. Accomodatevi pure, avrete a vostra disposizione il bar, il punto ristoro, le postazioni computer, internet, e se volete abbiamo anche la spa».

Guardai storto Pierpaolo e lui mi fece di nuovo l'occhiolino. Si stava prendendo gioco di me.

Entrammo in quell'oasi di pace e ci sedemmo su due comodissime poltrone, avevamo un'attesa di più di due ore prima della partenza.

«Vuoi bere qualcosa?» mi domandò Pierpaolo mentre io continuavo a guardarlo male. Avrei voluto contribuire ai costi del viaggio, magari pagare almeno il mio biglietto, ma così iniziava a diventare un pochino fuori budget.

«Okay» si arrese. «Dimmi, cosa ti passa per quella bella testolina?»

«Stiamo viaggiando in prima classe ed è tutto molto bello, ma avremmo anche potuto viaggiare in economy...»

«Vedila così» mi interruppe. «I biglietti li ha pagati il mio studio legale. Consideralo un regalo». E mi diede un bacio mentre si dirigeva verso il bar.

Non ero molto convinta. Pierpaolo tornò con dell'acqua e due cocktail, il mio era alla frutta, buonissimo. In effetti in questa lounge si stava davvero bene. Provai a tornare sull'argomento e a ribadire che avrei voluto dare il mio contributo economico al viaggio, ma in cambio ricevetti un mix di baci e vaghezza. Certo che vincere a parole con un avvocato non era un'impresa facile!

Pierpaolo si allontanò per fare alcune chiamate di lavoro e io feci le ultime ricerche per i miei appunti di viaggio, segnavo tutto sulla mia lista delle cose da vedere. Il tempo volò e giunse il momento di salire sull'aereo. I passeggeri della prima classe erano i primi a salire a bordo passando per un'entrata riservata. Ad accoglierci trovammo due hostess gentilissime che ci fecero accomodare su delle poltrone incredibilmente confortevoli. Iniziai a toccare ogni cosa e scoprii che il sedile si allungava fino a diventare un letto e la capote si alza per non far arrivare la luce. All'interno aveva delle stelline che simulano il firmamento.

Pierpaolo mi osservava divertito, ma a me sembrava tutto così nuovo. Ci furono serviti altri drink, in questo caso accettai un prosecco; non avevo mai bevuto alcolici sull'aereo ma mi sembrava una buona occasione per provare. Parlammo dell'organizzazione dei giorni seguenti, Pierpaolo mi indicò le date in cui sarebbe dovuto andare in studio e provò a spiegarmi cosa avrebbe dovuto fare per trasferire i mandati al collega che lo avrebbe sostituito, che si chiamava Karl.

«Alcuni clienti passeranno a Karl mentre altri, più importanti ed esigenti, vogliono che continui a seguirli io. Questo potrebbe comportare dover tornare di tanto in tanto a New York».

Lo ascoltavo interessata, si vedeva che amava il suo lavoro.

Quando servirono il pasto, le hostess apparecchiarono i tavolini delle nostre poltrone con tovaglie in tessuto e posate di acciaio inox. Solitamente il cibo dell'aereo non mi piaceva e mi faceva venire mal di pancia, ma non avevo mai viaggiato in prima classe. Ordinai alla carta ciò che volevo e quando lo assaggiai rimasi colpita: era buono. Furono serviti vini, caffè, tè, liquori, cioccolatini, sembrava un banchetto.

Dopo, sazia, allungai la mia poltrona e mi addormentai.

Pierpaolo mi svegliò dolcemente per dirmi che eravamo quasi arrivati. Notai che aveva il computer aperto sul suo tavolino, probabilmente aveva lavorato, da quello che avevo capito aveva molte cose da fare.

«Quanto ho dormito?»

«Un bel po'». Rise. «Eri comoda?»

Annuii.

«Possiamo convenire che anche per i prossimi viaggi mi occuperò io dei biglietti?» scherzò.

Annuii di nuovo. Ero ancora un po' annebbiata dal sonno, ma era stato davvero il viaggio più confortevole della mia vita. Per la prima volta ero arrivata a destinazione riposata, dopo più di nove ore di volo.

Gli sorrisi e lui ricambiò.

Eravamo sul taxi che ci avrebbe condotto a casa di Pierpaolo nell'Upper Est Side, nel cuore di Manhattan. Avevo la faccia schiacciata contro il finestrino. Faceva molto caldo e il conducente teneva tutto chiuso per rinfrescare con l'aria condizionata, ma io non volevo perdermi niente di quella città incredibile. A mano a mano che entravamo nel nostro quartiere vedevo susseguirsi ristoranti lussuosi, negozi di design, grattacieli altissimi e due dei musei che erano sulla mia lista delle cose da vedere assolutamente: il Guggenheim e il Metropolitan.

Il tassista si fermò davanti a un incantevole palazzo d'epoca, scendemmo e un uomo in uniforme ci venne incontro salutandoci cordialmente, Pierpaolo ricambiò chiamandolo per nome e io feci lo stesso. Il portiere ci scortò fino all'ascensore, avvisando che sarebbe salito più tardi a consegnare la posta, poi si congedò.

Entrammo in ascensore e mi ricordai all'improvviso che non avevo ancora letto l'ultima lettera del mio amico di penna misterioso. Tra gli ultimi giorni alla scuola di ceramica prima della chiusura per le ferie e i preparativi per la partenza me ne ero completamente dimenticata. Frugai in borsa e la vidi, era un po' stropicciata ma ancora intatta. L'avrei letta al più presto.

L'ascensore conduceva direttamente in casa. Quando si aprì ci ritrovammo in un loft. Pierpaolo diede un comando vocale a un apparecchio che pensai essere Alexa 2.0. Per me, che ancora prendevo appunti con carta e penna, vedere che le serrande iniziavano ad alzarsi e gli elettrodomestici si accendevano da soli mi fece pensare di essere finita nel futuro.

La luce iniziò a filtrare rivelando un appartamento luminosissimo e di design. Era bello ed elegante, come il proprietario. Corsi alla finestra, una enorme vetrata che affacciava su Central Park. Un sogno. Non riuscivo a staccarmi da quel panorama.

Pierpaolo mi cinse da dietro e mi diede un bacio sul collo. «Ti piace?»

«È una vista incantevole e il tuo appartamento è bellissimo, ti rappresenta».

«Quindi sono bellissimo?» Si divertiva a mettermi in difficoltà.

Arrossii.

Mi diede un bacio veloce ma dolce. «Vieni, ti mostro il resto della casa».

Mi condusse per l'ampio spazio aperto, gli ambienti erano divisi in modo da sfruttare al meglio e con armonia ogni centimetro. Si vedeva il tocco di un interior designer che sapeva il fatto suo: tutto era in stile moderno, quasi futuristico, eppure la casa risultava accogliente.

Sistemai le mie cose e andai a darmi una rinfrescata. C'erano due bagni ma Pierpaolo volle fare la doccia con me.

Fu una doccia lunga e... interessante.

Il giorno seguente Pierpaolo uscì di buon'ora per andare in studio. Nel dormiveglia l'avevo sentito alzarsi e darmi un bacio fugace, ma mi riaddormentai e mi svegliai che erano le 9:00 passate. Andai in cucina e trovai un foglietto con scritto "Vai alla macchinetta del caffè". Ubbidii. Davanti alla macchina trovai un altro post-it: "Chiedimi di farti un caffè (in inglese ;))".

Mi venne da ridere ma feci come mi era stato detto. Dissi ad alta voce: «Make a coffee». La macchina si accese automaticamente facendomi sobbalzare. Un delizioso profumo di ginseng si spanse ben presto nell'aria.

Feci colazione guardando New York dalla finestra dell'appartamento di Pierpaolo, quella vista su Central Park non mi avrebbe mai stancata, sarei potuta stare lì per ore, ma avevo la Grande Mela da scoprire ed ero intenzionata a darmi una mossa.

Consultai la mia lista delle cose da vedere e lessi tutto l'ambizioso programma che mi ero fatta per il giorno numero uno. Sapevo che per visitare New York avrei dovuto trottare, ma ero molto motivata, quindi allacciai le mie running e partii. C'erano tantissime cose da visitare, fare e vedere e non sarebbe bastato un mese, ma io avevo solo pochi giorni e li avrei utilizzati al massimo.

Camminai lungo la Fifth Avenue, passeggiavo sul marciapiede mentre accanto a me sfrecciavano i famosissimi taxi gialli. Mi sentivo dentro uno dei tantissimi film ambientati nella Grande Mela. Svoltai per la Quarantacinquesima Strada in direzione di Time Square, che si aprì davanti a me con le sue luci e i suoi enormi cartelli pubblicitari. Ero nel cuore della città e rimasi letteralmente incantata con il naso all'insù e lo sguardo verso i grattacieli infiniti.

Scattai varie foto più un selfie di me con alle spalle l'iconica piazza. Inviai il selfie a Tania e a Pierpaolo. La mia amica mi aveva fatto promettere che le avrei mandato foto e messaggi perché voleva essere aggiornata su tutto e io avevo già una infinità di cose da raccontarle. Pierpaolo mi rispose subito, mi chiese quali fossero i miei programmi e io lo aggiornai. Mi promise di raggiungermi appena terminato di lavorare.

Prima di lasciare Time Square per ritornare sulla Fifth Avenue in direzione dei musei mi fermai a un botteghino e presi nota dei vari musical in cartellone a Broadway nei giorni successivi: volevo acquistare due biglietti per fare una sorpresa a Pierpaolo. Mi misi in fila e quando arrivò il mio turno comprai due biglietti per *The Phantom of the Opera*. Già fremevo dalla gioia, era uno dei miei musical preferiti e speravo con tutta me stessa che sarebbe piaciuto anche a lui. La città era così ricca di attrazioni e stimoli che mi dimenticai completamente di pranzare. Comprai una fetta di pizza al volo quando era già metà pomeriggio per mangiarla in strada mentre ritornavo verso la Fifth Avenue. Contro ogni aspettativa la pizza era squisita, in effetti l'avevo acquistata in un negozio italiano che vendeva pizza al taglio.

Entrai al Guggenheim con le gambe tremanti dall'emozione. Come consigliato, salii in ascensore fino all'ultimo piano e poi iniziai la discesa percorrendo la straordinaria spirale dove erano esposti i capolavori di Magritte, Dalí, Chagall, Kandinsky, Klee e moltissimi altri. Seguendo la forma circolare dell'edificio mi persi tra quelle opere meravigliose e non sentii la chiamata di Pierpaolo. Quando me ne accorsi lo richiamai.

Rispose al primo squillo: «Ciao, turista, dove sei?»
«Sono dentro al Guggenheim e penso che non uscirò più. Voglio vivere qui».
Rise. «Dammi dieci minuti e ti raggiungo».
«Ti aspetto alla *Composizione VIII* di Kandinsky».
Era una delle mie opere preferite in assoluto.
Ero lì, ancora incantata a guardare quel prezioso capolavoro, quando sentii un bacio sul collo e mi girai. Pierpaolo era di fianco a me, bellissimo nei suoi vestiti eleganti da avvocato newyorchese. Pensai a me, con le runner e gli short, mi mancava solo la maglietta I love New York, con il cuore al posto della scritta "love", ed ero la tipica turista in gita. Cavoli. Tuttavia, il mio uomo perfetto sembrò non notare il mio outfit discutibile; anzi, mi guardava con il desiderio negli occhi.
«Com'è andato il tuo primo giorno a New York?».
«A dir poco fantastico. E tu?»
«Ho iniziato a sistemare le cose. I soci senior sono entusiasti che abbia accettato la proposta di guidare ed espandere la sede a Roma. Ma...» Fece una pausa e io lo invitai a continuare. «Mi hanno proposto di continuare anche a far parte della sede di New York. Gli ho detto che ci avrei pensato».
Lo baciai. «Devi fare quello che è più giusto per te. Qualsiasi cosa sceglierai, io sarò al tuo fianco».
«Vedo che New York ti ha già conquistata» scherzò.
«Non è stata la città a conquistarmi, ma tu. Sicuramente però la Grande Mela sta facendo la sua parte» risposi scherzando a mia volta.

Amavo Pierpaolo e volevo che mettesse se stesso e la sua carriera al primo posto, non volevo essere un limite o un ostacolo. Stando con lui a New York mi stavo rendendo conto di quanti traguardi aveva raggiunto. Se ami qualcuno vuoi vederlo trionfare e fare ciò che ama. Lui amava il suo lavoro e io amavo lui. Sicuramente avremmo trovato una soluzione perfetta per entrambi. Mi sentii molto saggia e pensai che il mio amico di penna misterioso sarebbe stato fiero di me.

Gli misi le braccia al collo e ci baciammo con il capolavoro di Kandinsky a farci da cornice.

Mordicchiandomi il labbro, Pierpaolo disse: «Ce ne andiamo a casa? Inizio ad avere fame».

Ci incamminammo verso il suo appartamento, anche io iniziavo ad avere appetito, questa città mi faceva dimenticare di mangiare. Lungo la strada incontrammo un chiosco che vendeva hot dog, anche in versione vegana.

«Ne prendiamo uno?» domandai. Pierpaolo mi guardò e specificai: «Hai detto che hai fame».

Mi mostrò il solito sorriso sghembo e sussurrò: «Io volevo mangiare te, ma nell'attesa di arrivare a casa, mi accontenterò di un hot-dog». Allungò dieci dollari al venditore, che si mise subito all'opera.

Quando assaggiai il mio hot-dog emisi un mugolio di apprezzamento: la versione vegan non aveva nulla da invidiare alla classica. Pierpaolo rise e addentò il suo. Buttammo le carte sporche di senape e ketchup in un cestino e mano nella mano ci avviammo a casa.

*

Ero stesa sulla chaise longue del divano e scambiavo messaggi con Tania mentre postavo sul profilo social una foto di una delle ultime opere in ceramica che avevo creato. Notai con gioia che la pagina continuava a crescere. C'erano dei nuovi ordini, StellaSirio mi chiedeva due ciondoli di orgonite, mentre Unicornorosa un angioletto d'argento. Risposi a entrambe che ero a New York e che avrei provveduto al mio ritorno. StellaSirio mi propose entusiasta di condividere sul mio profilo le foto del viaggio. Rimasi un attimo perplessa, ma poi pensandoci bene poteva essere davvero una bella idea, visto che nei giorni a venire avevo in programma di visitare la zona di SoHo in cui c'erano gallerie d'arte che esponevano anche ceramiche. Mi consultai immediatamente con Tania, che approvò, così ringraziai StellaSirio dell'idea e le promisi che avrei postato delle foto e probabilmente avrei anche fatto una diretta. Ne fu così entusiasta che mi inviò moltissime emoticon di cuori. Sorrisi, era incredibile per me anche solo pensare di avere un tale supporto da persone che neppure mi conoscevano ma che amavano la mia arte.

«Qualsiasi cosa ti faccia ridere così ha la mia approvazione» disse Pierpaolo rientrando in salone a torso nudo, con un asciugamano stretto in vita. Era appena uscito dalla doccia e tante goccioline seguivano le linee definite dei suoi muscoli.

Stavo iniziando ad aver anche io la sua stessa fame. Ci mangiammo fino a notte fonda, non eravamo mai sazi ed era perfetto così.

Capitolo trenta

Pierpaolo mi aveva promesso una sorpresa, anzi due, ed ero estremamente curiosa. Quella sera avrei scoperto la prima. Come sempre non voleva darmi indizi, ma decisi che mi sarei vestita elegante, sospettavo potesse essere qualcosa di tipicamente newyorchese. Chissà cosa.
Durante la giornata continuai a esplorare avidamente la città e il tempo volò via in un soffio.
Avevamo appuntamento per le 19:00, erano già le 17:00 e decisi di tornare a casa a prepararmi.
Ero ferma davanti allo specchio in crisi su cosa indossare. Volevo essere elegante, così optai per un vestito nero svasato dal taglio asimmetrico, il corpetto aveva alcuni inserti in tessuto aderente che seguivano e modellavano il corpo, mentre gli inserti di velo, attraverso un gioco di vedo non vedo, rendevano il vestito elegante ma sensuale; la gonna scendeva asimmetrica, sul lato destro era lunga e sul sinistro corta,

mettendo in mostra la gamba. Completai con dei sandali dal tacco color argento, in abbinamento con la pochette. Acconciai i capelli sollevando una ciocca sinistra e fermandola con un fermaglio a forma di stella, sempre color argento, che risaltava sui miei capelli scuri che lasciai sciolti. Stavano diventando sempre più lunghi e amavo sentirli sulle spalle mentre camminavo. Anche Pierpaolo amava i miei capelli e spesso me li accarezzava, un gesto così semplice e intimo che mi rilassava sempre.

Come richiamato dai miei pensieri entrò nella stanza. Era pronto, elegante e bellissimo. Indossava jeans neri e una camicia nera con le maniche arrotolate. Il total black gli donava, non c'era che dire.

«Sembri una dea» mi disse.

Iniziavo a conoscere quello sguardo ardente: o ci sbrigavamo a uscire o avremmo fatto molto tardi.

Eravamo in ascensore e Pierpaolo stava pericolosamente seguendo con un dito i contorni delle parti velate del mio vestito. Le porte si aprirono e una coppia di signori distinti ci squadrò con sguardo severo. Pensai a mia mamma e mi ricomposi all'istante. Pierpaolo, indifferente, salutò cortese e prendendomi per mano mi condusse fuori dal portone del palazzo dove ci attendeva un taxi.

Arrivammo all'entrata di un grattacielo, entrammo e ci dirigemmo verso l'ascensore. Salimmo all'ultimo piano. Eravamo in uno dei ristoranti più belli di New

York. Ci accomodammo al nostro tavolo, la vista era da sogno: si vedeva tutta la città.

«Qui servono gli *spaghetti with meatballs* vegani più buoni della città».

Pierpaolo mi sorrise e io mi incantai a guardarlo. Come faceva a essere bello anche quando leggeva un menù? La prima delle due sorprese che mi aveva promesso si stava rivelando fantastica, chissà l'altra. Ero curiosa. Adesso però era il mio turno di sorprenderlo. Gli porsi la busta con dentro i due biglietti per Broadway.

Mi guardò. «Che cos'è?»

«Aprila, è la mia sorpresa per te».

«Non dovevi».

Alzai gli occhi al cielo. Mi stava regalando una vacanza da sogno e io non dovevo neppure invitarlo a teatro? Che tipo!

«Dopo tutto quello che stai facendo per me, mi sembra il minimo».

«Non sto facendo niente che non voglia fare. Ti volevo qui con me da anni e sono contento di averne la possibilità adesso. E affinché tu lo sappia, continuerò a viziarti finché me lo permetterai». Mi strinse la mano.

Era un buon momento per commuoversi? Lo guardai dolcemente, sempre più innamorata, avevo davanti a me un uomo meraviglioso che mi amava e mi viziava, ero a cena sul tetto del mondo e intorno a me la visuale era mozzafiato. Avrei pianto di gioia se non mi fossi data un contegno, non mi sembrava il caso di dare spettacolo in un elegante ristorante con altri commensali ai tavoli vicini.

«Dai, apri la tua sorpresa» lo spronai cambiando discorso.

Aprì e disse ironico: «Wow, Broadway, *Il Fantasma dell'Opera*».

«Non ti piace?» chiesi allarmata. «Posso cambiarlo, credo». Non ne ero certa, stavo entrando nel panico.

«Non preoccuparti, ci andremo» mi rassicurò. «Ti sto solo prendendo in giro».

«Non ti piacciono i musical?»

«I musical sono una gran palla, però Broadway è unico». Mi fece l'occhiolino e mi baciò la mano che teneva tra le sue.

Cavoli. Volevo fargli una sorpresa e non c'ero riuscita.

Ma Pierpaolo era meraviglioso anche se continuava a prendermi in giro sfidandomi a indicargli anche un solo uomo a cui piacevano i musical. Io ribattevo che in tutto il mondo almeno uno doveva esserci e lui ridendo a crepapelle sosteneva di no. Mi raccontò che in tutti quegli anni gli era già capitato di andare un paio di volte a Broadway. Non volli investigare se ci fosse andato con altre donne, vista la sua teoria anti-musical. Mi garantì che era un'esperienza unica e che mi sarebbe piaciuta molto.

E così fu. Quando l'indomani andammo a vedere Il Fantasma dell'Opera, fu bellissimo. Amavo il teatro ed ero stata abbonata per anni insieme a mia madre, ma non avevo mai visto nulla del genere. Effetti speciali incredibili e scenografie da sogno con attori eccelsi. Ero estasiata.

Quando lo spettacolo finì, mi unii agli spettatori in uno scrosciante applauso, battei le mani convulsamente, volevo dimostrare il mio apprezzamento per quel capolavoro.

«Vederti così felice mi ripaga di ogni minuto passato a vedere un musical» mi sussurrò Pierpaolo all'orecchio. Forse il regalo lo avevo fatto più a me che a lui, ma ero un vortice di emozioni e passioni ed ero intenzionata a farmi perdonare una volta tornata a casa. Avevo qualche idea che ero certa avrebbe apprezzato.

La mattina dopo mi svegliai e Pierpaolo era già andato al lavoro. Mi stiracchiai e annusai il suo cuscino per sentire il suo profumo. Quel giorno sarei andata a SoHo per gallerie d'arte. Mi preparai velocemente e uscii senza fare colazione. Avrei preso un caffè take-away e un donut in qualche caffetteria lungo la strada, da perfetta newyorchese.

Mi persi subito per le strade di SoHo, il quartiere più trendy di New York: qui si trovavano gallerie d'arte esclusive ed eleganti edifici con facciate in ghisa che creavano un'atmosfera suggestiva. Avevo fatto una delle mie tante ricerche su internet e avevo scovato una piccola galleria d'arte in cui c'era una esposizione di ceramiche. Volevo condividerla con le mie follower. Stavo pensando di fare alcune foto per poi postarle e magari anche una diretta in cui spiegavo dove mi trovavo e mostravo le opere esposte. Secondo Tania, con cui stavo scambiando messaggi al riguardo, era una super idea.

Arrivai a destinazione ed entrai nell'unico posto al mondo che ti accoglieva con una coppetta di gelato. Sorrisi: il gelato rende tutti più felici. Scattai la prima foto, un selfie di me con il gelato. Avevo letto che era una galleria d'arte esperienziale: i visitatori l'avrebbero vissuta sperimentando le sensazioni interiori più svariate. Percorsi la galleria fino alla sala della ceramica, a quel punto chiesi al gallerista se potessi fare una diretta sul mio profilo social, mi disse di sì e mi chiese se fossi un'influencer. Non sapevo bene come rispondere, non mi sentivo tale. Il gallerista mi chiese, in cambio del permesso di riprendere, che taggassi e geolocalizzassi la galleria d'arte. Avvisai Tania che mi diede gli ultimi consigli e avviai la diretta.

Spiegai ai follower che mi trovavo in questa galleria d'arte di SoHo, che si veniva accolti con una coppa di gelato, che mostrai, e che vi erano varie sale, tra cui quella dedicata alla ceramica, in cui ci trovavamo. Mostrai loro le tantissime opere d'arte. Notavo sbalordita che il numero di persone che stavano seguendo la diretta cresceva costantemente. Si avvicinò il gallerista che iniziò a spiegarmi le varie opere esposte, grazie al mio inglese fluente potei fare una traduzione simultanea che rese partecipi anche i follower che non conoscevano la lingua.

Quando il gallerista terminò, prima di chiudere la diretta rimasi a parlare con i follower e StellaSirio, oltre a una valanga di complimenti, mi propose una challenge. All'inizio non capii, ma vidi subito apparire il messaggio di Tania che mi spiegava cosa fosse.

Era una sfida a riprodurre, io stessa e chiunque avesse voluto, alcune delle opere che avevamo visto alla galleria, ovviamente personalizzandole e fornendo tutti i credits degli originali. Accettai la sfida, entusiasta, e mi lasciai sfuggire che se tutto fosse proceduto secondo i piani, avrei esposto le mie creazioni il giorno della mostra. A quel punto iniziarono a piovere messaggi chiedendomi di quale mostra si trattasse. Avrei voluto mordermi la lingua ma Tania, che stava seguendo la diretta e mi spalleggiava, mi inviò subito un messaggio suggerendomi cosa rispondere, ossia che stavo organizzando la mia prima mostra e di continuare a seguirmi perché presto avrei svelato tutti i dettagli sulla data e il luogo. Arrivarono tantissime reazioni entusiaste sotto forma di like e cuori.

Chiusi la diretta in preda a una gioia folle. Il gallerista disse contento che grazie a me aveva ricevuto molti nuovi follower italiani, e per ringraziarmi mi regalava un buono sconto su un acquisto nella galleria. Scelsi una bellissima scultura in ceramica bianca che catturava il bacio di due innamorati: sarebbe stata benissimo nell'appartamento di Pierpaolo.

Tornai a casa che era già sera, Pierpaolo era già tornato e lo trovai ai fornelli. Mi accolse con un sorriso e mi venne incontro con una paletta di legno per farmi assaggiare il sugo che stava preparando.

«Mmm...» sospirai deliziata.

«Bene, mi sembra che ti piaccia. Vieni a tavola, c'è del vino bianco in fresco e tra poco è pronto. Siedi e raccontami tutto».

Andai a baciarlo ripensando alla scultura che avevo acquistato alla galleria: quel bacio mi ricordava noi due.

La mattina dopo scesi sotto casa e mi diressi a Central Park, l'enorme e incantevole polmone verde di Manhattan. Entrai imboccando un viale, il parco era immenso, non sarebbe bastata una sola giornata per visitarlo tutto, soprattutto esplorandolo a piedi. Avevo portato con me un telo, la colazione che volevo consumare seduta sull'erba e la lettera del mio amico di penna che non avevo ancora avuto modo di leggere.

Stavo camminando alla ricerca di un posticino perfetto in cui fermarmi, quando superai la statua di *Alice in Wonderland*, raffigurante i protagonisti del libro di Carroll, e lì notai una ragazza che gesticolava tentando di farsi capire mezzo in italiano e mezzo in inglese da un passante, ma era in evidente difficoltà. Mi avvicinai.

«Ciao, ti serve aiuto?» domandai.

«Oh, che bello! Un'italiana, finalmente! Sto cercando Strawberry Fields Memorial, il memoriale dedicato a John Lennon, i miei genitori sono due suoi grandi fan» disse indicando due signori poco distanti che mi fecero "ciao" con la mano. Ricambiai. La ragazza continuò: «Non riesco a capire dov'è, su questa cartina non si capisce niente. Ho fermato questo passante, ma il mio inglese è pessimo» disse mortificata indicando con la testa un signore accanto a lei che ci guardava curioso.

Chiesi le indicazioni per Strawberry Field, il signore mi rispose subito e si congedò.
«Cavolo, come parli bene inglese. Vivi a New York?» domandò ammirata la ragazza.
«Grazie. Non vivo qui, ci abita il mio...» Cosa avrei dovuto dire? Fidanzato? Mi suonava così strano «... compagno» conclusi.
«Wow, fico, anch'io vorrei poter venire a New York quando voglio a trovare il mio ragazzo. Perché non decidi di trasferirti qui?»
Rimasi in silenzio.
«Scusa» si affrettò ad aggiungere. «Chiacchiero troppo, me lo dicono tutti. Non lo faccio apposta, non volevo impicciarmi dei fatti tuoi».
«No, non c'è problema. In realtà sarà lui a trasferirsi a Roma».
«E lascerà la sua vita e questa città fichissima per te?»
La domanda della ragazza mi arrivò come un pugno nello stomaco.
Stavo ancora incassando il colpo, quando lei riprese: «Non che Roma non sia bella, ci vivo anche io, ma New York... cavoli, io non so se mi trasferirei per amore. Ma in effetti io sono single... non mi intendo d'amore». Rise e mi guardò, probabilmente in attesa che ridessi a mia volta della sua battuta. Questa ragazza mi metteva in difficoltà, quindi cambiai discorso.
«Lo Strawberry Fields Memorial è in quella direzione, se vuoi seguirmi, ti accompagno per un tratto di strada».

«Magari, sarebbe epico! Chiamo i miei genitori». Urlò ai due signori, che mi presentò, di seguirci. Mi raccontò che suo padre le aveva regalato un viaggio a New York per il suo compleanno. Che bel regalo. Mentre camminavamo, si presentò: «Piacere, io sono Freya».

«Piacere, Minerva».

Ci guardammo e questa volta ridemmo entrambe.

«Certo che abbiamo due nomi particolari, eh» disse Freya. «E io che credevo che solo i miei fossero strambi per avermi dato il nome di una dea».

Mi venne di nuovo da ridere, il termine "stramba" si addiceva a mia madre? Non lo sapevo, ma ne dubitavo, eppure non aveva prezzo l'idea della sua faccia se mai le avessi detto: "Mamma, ho conosciuto una ragazza simpatica e chiacchierona a Central Park e pensa che tu sia stramba per il nome che mi hai dato".

Freya mi riportò al presente. Parlava a raffica: «Senti, ti posso chiedere una gentilezza?» Continuò senza attendere risposta, probabilmente era più una domanda retorica: «Resteremo a New York ancora per alcuni giorni e purtroppo il mio inglese è tremendo e non riesco a farmi capire, non è che mi daresti il contatto del tuo profilo social (dal cellulare non posso fare telefonate), così che se dovessi avere bisogno ti scrivo?»

Mi spiazzò, ma le dissi: «Ho un profilo social professionale, va bene lo stesso?»

«Certo, ma di cosa ti occupi?»

«Sono una ceramista... un'apprendista ceramista» mi corressi.

«Wow, dimmi il nome del tuo profilo».
Glielo dissi e lei lo trovò facilmente.
«Le Ceramiche di Minerva, ma che figata!»
Ero in imbarazzo.
«Wow, ma li fai tu questi cosi?» esclamò indicando i vari oggetti ritratti nelle foto. «E anche questo che hai al collo, è stupendo, posso comprarlo?»
«Trovi tutto spiegato sul profilo». Ridevo ma ero nervosa.

Fortunatamente arrivammo al memoriale: un mosaico con al centro la scritta "Imagine", citazione del celebre brano e augurio di un mondo in cui finalmente avrebbe regnato la pace. Grazie, John Lennon, per la tua musica e per i tuoi messaggi, pensai vedendo varie persone posizionate in cerchio intorno allo Strawberry Fields in religioso silenzio. Freya mi chiese di scattarle una foto insieme ai suoi genitori e al mosaico.

«So che potrebbe sembrarti strano, ma sono cresciuta con la musica dei Beatles, i miei sono dei grandi fan e spesso mi è capitato di pensare che John mi parlasse attraverso le sue canzoni. Non prendermi per pazza» mi disse Freya.

Feci no con la testa, chi ero io per giudicare una cosa del genere? La mia vita si stava trasformando grazie a delle strane e misteriose lettere, l'ultima delle quali tenevo in borsa e che avrei letto tra poco.

«Minerva, grazie davvero, sei stata gentilissima a portarci qui. Per ringraziarti ho iniziato a seguire il tuo profilo social, che per altro mi piace sul serio. Allora per qualunque cosa ti scrivo in privato. Grazie ancora».

Mi congedai salutando Freya e i suoi genitori.

Ripresi a camminare. Proseguivo lungo la strada quando iniziai a sentire delle voci concitate. Una coppia stava litigando, e neppure troppo velatamente. Venivano nella mia direzione e non potei fare a meno di ascoltare le loro parole.

Lui la stava accusando. «Ho rinunciato a tutto per te e tu invece cosa hai fatto per me?. Nulla! Proprio nulla».

Lei si difendeva gridando a sua volta: «Non te l'ho chiesto io di seguirmi fino a qui. Ritorna alla tua vita e lasciami in pace».

Ero pietrificata. Mi passarono accanto continuando a inveire l'uno contro l'altra.

«Sei solo un'egoista!»

«Senti chi parla!»

Le parole si facevano sempre più lontane, ma la paura dentro di me cresceva. Saremmo arrivati anche io e Pierpaolo ad accusarci reciprocamente di essere la causa dell'infelicità dell'altro? Lui stava rinunciando alla sua vita a New York per me, ero un'egoista?

Senza accorgermene meccanicamente avevo ripreso a camminare e arrivai a un posto che reputai incantevole, con il rumore dell'acqua di un ruscello in sottofondo. Mi accomodai e iniziai a piluccare la mia colazione. Poco distante da me vidi uno scoiattolo che mi fissava, evidentemente aveva puntato il mio croissant. Gliene allungai un pezzettino, anche se c'era scritto a chiare lettere che non bisognava dare da mangiare agli animali. Non avevo resistito, era così carino! Rubò veloce la porzioncina di cibo e scappò via a mangiarselo.

Ero turbata: prima Freya che senza volerlo aveva toccato un tasto dolente, e adesso aver assistito a un litigio che dava vita alle mie peggiori paure. Tirai fuori dalla borsa la lettera, sperando con tutta me stessa che potesse essermi di conforto.

Cara anima,
ognuno nasce con un sogno che ha la possibilità di realizzare.

A volte la vita può portarti a credere che non sia così, che alcuni siano più fortunati di altri e forse in apparenza è vero, ma è altrettanto vero che la vita è saggia e conosce cose che tu ancora non sai.

Amare con gli occhi aperti è l'unico modo per vedere la verità, per comprendere le sfide e affrontarle con coraggio, per accogliere le novità senza paura e per permettere ai cambiamenti di avvenire senza portare scompiglio.

Non lasciarti assalire dal dubbio proprio ora che sei vicina al traguardo.

Non farti prendere dallo sconforto, sennò cadrai in un paradosso. Sii appagata per tutto quello che hai fatto fino a ora, non permettere all'insicurezza di offuscare l'amore. Gioisci per l'unione ritrovata. Niente è casuale, tutto ha un senso.

Ciò che si manifesta nella tua vita riflette sempre quello che provi dentro di te; cura le tue emozioni, non lasciarti dominare, sii forte e ricorda: non la-

sciarti andare all'insicurezza, sennò cadrai nel paradosso.
L'amore è la cura.
Sii forte, io faccio il tifo per te.
Con infinito amore.

Misi via la lettera e controllai il cellulare. In un messaggio, Pierpaolo mi avvisava che aveva finito di sistemare le ultime cose e probabilmente avrebbe terminato prima di lavorare.

Mi sentivo scossa, in testa mi risuonavano le parole del mio amico di penna e anche quelle di Freya, ma le accantonai perché, prima di avviarmi verso casa, avevo ancora una cosa importante da fare.

Passai ad acquistare i souvenir. Comprai una calamita sagomata della Statua della Libertà per Tania e ne presi un'altra a forma di mela per mia madre. Poi entrai nel negozio della Disney e scelsi alcuni regali per i miei nipotini. Infine optai per la tipica tazza con la scritta I love New York, con il cuore al posto della scritta love, per mio fratello, e la miniatura in ceramica di un vaso per Enzo; quest'ultimo regalo non era per niente tipico ed era realizzato in modo pregevole, ero certa che lo avrebbe apprezzato.

Quando rientrai era ancora presto ma Pierpaolo era già rincasato.

«Sei già qui? Che bella sorpresa!» gridai.

Gli corsi incontro e mi lanciai tra le sue braccia, mi prese al volo e mi fece ruotare.

«Che bella accoglienza, tornerò prima dal lavoro più spesso». Mi baciò. «Questa sera tieniti libera perché è giunto il momento della seconda sorpresa».

Ero elettrizzata e curiosa.

«Dammi indicazioni. Di che si tratta?»

«No, escluso. Che sorpresa sarebbe se no?» rispose categorico. Quando faceva così era impossibile estorcergli informazioni.

«Uffa! Dai, sono curiosa» insistei imbronciata.

«Scordatelo, sennò che sorpresa sarebbe?» Lo guardavo torva e lui sorridendo aggiunse: «L'unica cosa che posso dirti è di vestirti comoda».

«Non mi porterai in qualche strana impresa tipo scalare una montagna o qualcosa di simile, vero?»

«No, pigrona. Dovremo uscire puntuali per le 18:30, quindi fatti trovare pronta».

«Okay». Sospirai, ma non volevo arrendermi. «Ti convincerò a parlare» dissi in tono provocante.

«Potresti torturarmi» stette al gioco, «visto che è ancora presto e abbiamo tempo, non credi?» Mi tolse la maglietta e iniziò a baciarmi.

Passammo il resto del pomeriggio a letto, amandoci.

Verso le 17:00, mentre ero nuda tra le sue braccia e poltrivo, Pierpaolo mi chiese: «Vuoi mangiare qualcosa prima di uscire?»

«In effetti ho dimenticato di pranzare. In questa città mi dimentico di mangiare».

«Non va bene. Vieni, ti preparo qualcosa. Vuoi delle *extra creamy scrambled eggs* in versione newyorchese?»

«Quello che hai detto suona strano e delizioso al contempo. Approvato».

«Sono bravissimo a cucinare le uova strapazzate, vedrai» disse alzandosi dal letto e indossando solo dei pantaloncini da basket dei New York Knicks.

Presi la sua camicia, che aveva gettato sulla poltrona vicino al letto quando c'eravamo spogliati, e la indossai chiudendo solo alcuni bottoni; mi copriva fino al sedere lasciandomi le gambe scoperte come fosse un microabito, ma aveva il profumo di Pierpaolo e indossarla mi faceva sentire pregna di lui.

Eravamo in cucina, Pierpaolo ai fornelli (a torso nudo con quei pantaloncini indecentemente bassi che oltre a mettere in bella mostra i suoi addominali lasciavano spazio a pensieri indecenti) e io appollaiata sulla sedia vestita solo con la sua camicia. Gli raccontavo di Freya, del nostro strano incontro e della magia dello Strawberry Fields. Tuttavia, più lo guardavo e più subdole paure e meschine insicurezze si insinuavano in me come un veleno. Non potevo non ricordare il litigio cui avevo assistito, ma cercai con tutta me stessa di non pensarci. Avrei voluto fargli delle domande che iniziavano a frullarmi in testa, ma non volevo rovinare un momento così perfetto.

Guardai fuori, verso la meravigliosa vista su Central Park, e ripensai alle parole del mio amico di penna: ancora una volta aveva ragione, ma stavolta non sapevo cosa fare. Subdole paranoie si stavano facendo largo come veleno e le paure stavano diventando più grandi di me.

Pierpaolo mi riportò al presente.

«Tieni, mangia, poi ci andiamo a preparare se non vogliamo fare tardi» disse porgendomi il piatto e posizionando il suo sul bancone della cucina.

Uscimmo di casa puntuali, mano nella mano ci avviamo verso quella che sarebbe stata la mia prossima sorpresa. Non stavo più nella pelle. Pierpaolo non mi diceva niente, ma ormai mancava poco. Uscimmo dal palazzo e ad attenderci c'era un autista, salimmo sull'auto, che partì. Lasciammo dapprima Manhattan e poi ci dirigemmo fuori New York. Arrivammo a White Plains, all'aeroporto di Westchester County. Guardai Pierpaolo incuriosita, ma lui ancora non mi svelava i suoi piani. L'autista aprì la mia portiera e scesi.

Davanti a noi c'era una pista con vari elicotteri parcheggiati. Ci venne incontro un uomo, forse qualche anno più grande di noi. Si presentò, si chiamava Dylan e ci condusse all'interno di un basso edificio, dove ci invitò ad accomodarci e ad attenderlo, sarebbe tornato a breve con l'equipaggiamento per iniziare il briefing sulla sicurezza. Continuavo a non capire, anche se un inquietante sospetto cominciava a insinuarsi dentro di me.

Pierpaolo mi guardava con il suo sorriso sghembo.

Gli puntai un dito contro. «Io non ci salgo su uno di quegli affari. Ti stai vendicando per Il Fantasma dell'Opera?»

Scoppiò a ridere. «Non devi aver paura» tentò.

«Non potevamo andare al cinema o a un concerto invece di dover salire su uno strano trabiccolo?» piagnucolai.

«Sono elicotteri di ultima generazione e guiderà un pilota con patente e brevetto. Puoi stare tranquilla».
Pierpaolo cercava di rassicurarmi ma si vedeva che gli veniva da ridere.
Lo guardai scettica. «Ci saranno altre persone? Dove andremo di preciso?»
«Saremo solo noi due, è un tour privato e non ti dirò dove andremo. Sarà una sorpresa» rispose paziente.
Volevo dirgliene quattro. Quando Dylan tornò carico di roba che sospettavo avremmo dovuto indossare, la poggiò su delle sedie e iniziò le spiegazioni tecniche. Quando ebbe finito non avevo capito molto tranne che dovevamo collocare i nostri oggetti negli appositi armadietti perché a bordo potevamo portare solo i cellulari e le macchine fotografiche, che non avevamo. Ci infilammo le cuffie e i microfoni e facemmo le prove, funzionavano; speravo di non doverli usare per chiedere aiuto.
Salimmo a bordo che ormai era buio. Non era meglio con la luce del sole, almeno ci sarebbe stata più visibilità?
L'ultima cosa che Dylan ci disse fu: «Godetevi lo spettacolo. Le città andrebbero sempre viste dall'alto».
Facile dirlo per lui che sarebbe rimasto al sicuro con i piedi ben piantati a terra.
L'elicottero decollò. Strinsi forte la mano di Pierpaolo, che mi sorrise. Iniziai a sbirciare fuori, titubante, dovetti ammettere che il panorama dall'alto era incredibile. A poco a poco iniziai a sentirmi più tranquil-

la. Stavamo sorvolando il cielo notturno della Grande Mela e riconobbi subito la Statua della Libertà, illuminata e maestosa, poi mi persi a contemplare l'iconico skyline di Manhattan, le cui luci si riflettevano sul mare, una meraviglia indescrivibile e unica. Forse valeva davvero rischiare la vita per vederla.

Pierpaolo mi passò un calice di champagne che presi automaticamente. Poi realizzai. «Mi hai appena offerto dello champagne in volo?»

«Esatto». Mi fece l'occhiolino. «Incluso nel prezzo».

Mi sentivo dentro un sogno. I nostri calici si toccarono e brindammo alla vita. Bevvi un lungo sorso, ne avevo bisogno. Che esperienza fantastica e surreale. Tirai fuori il cellulare per fare alcuni video e delle foto, scattai anche un selfie di me e Pierpaolo insieme, con tanto di cuffie con microfono incorporato. Sorridevamo felici.

Atterrammo dopo circa un'ora. Nonostante la paura iniziale e qualche vertigine, mi piacque tantissimo sorvolare Manhattan di notte. La macchina ci attendeva per riportarci a casa. Ero stanca e felice.

Ci accomodammo sui sedili posteriori e Pierpaolo mi circondò le spalle con il braccio, io tenevo la testa poggiata sulla sua spalla. Ogni giorno che passava il suo corpo diventava sempre più il mio luogo preferito.

A un certo punto scherzai: «Comunque sei pazzo. Non bastava il volo privato in elicottero, addirittura lo champagne!»

Sorrise. «C'era anche l'opzione per farti trovare la scritta "Ti amo" all'atterraggio ma preferisco dirtelo a voce» mi rispose stringendomi a sé.

Mi sentivo felice e fortunata non solo perché ero sopravvissuta al volo in elicottero, ma anche perché avevo un uomo perfetto che mi amava e che amavo. Prima che qualcuno dei miei cupi pensieri potesse far capolino e rovinare una serata meravigliosa, mi addormentai.

La mattina dopo mi svegliai con un fortissimo mal di testa. L'esperienza in elicottero era stata grandiosa, ma iniziavo a credere di avere qualche problema di vertigini. Pierpaolo era già andato al lavoro. Gli scrissi un messaggio chiedendogli dove potessi trovare un analgesico. Mi rispose poco dopo dandomi indicazioni. Aprii il cassetto ma non conteneva i medicinali, bensì delle fotografie.

Non volevo curiosare, ma una delle foto era recente e ritraeva Pierpaolo e Giovanni. Rimasi pietrificata. Osservavo i due uomini che fissavano sorridenti l'obiettivo. Uno moro con i capelli corti, gli occhi neri e la mascella squadrata, l'altro con i lineamenti più dolci, i capelli ricci e gli occhi castani con delle pagliuzze verdi. Pierpaolo era leggermente più alto, ma entrambi avevano fisici snelli e in quello scatto erano bellissimi. E adesso non erano più amici, in parte per causa mia.

Avevo la testa che mi pulsava e mi sentivo in colpa. Presi la foto, sotto ce n'era un'altra. Ritraeva me e Pierpaolo da giovani. Erano passati così tanti anni, ma ricordavo ancora il momento esatto in cui ci avevano scattato quella foto. Quello era il giorno in cui speravo che Pierpaolo mi dichiarasse il suo amore, invece sarebbe stato l'inizio del nostro allontanamento.

Presi anche la seconda foto e sotto ne trovai un'altra: Giovanni e Pierpaolo nel cortile della facoltà di Giurisprudenza, avevano i capelli più lunghi e uno sguardo spensierato. Erano di spalle alla statua delle dea Minerva perché la tradizione voleva che si potesse guardare la dea in faccia solo dopo essersi laureati, mai prima.

Mi venne spontaneo continuare a far scorrere le fotografie. Erano tutte di loro due, ritratti nel corso degli anni. Avevano condiviso traguardi e successi, in alcune erano solo dei ragazzi, in altre erano uomini, ma nei momenti più importanti della loro vita c'erano stati l'uno per l'altro. Il mio ex marito era stato più presente di me nella vita di Pierpaolo.

In fondo, io cosa sapevo di lui e di quello che aveva fatto in tutti questi anni? Nulla. Anzi, adesso a causa mia stava anche rinunciando alla sua vita e al suo lavoro in questa città incredibile.

Sarà stato il mal di testa o qualcos'altro, ma iniziai a piangere e qualcosa dentro di me si ruppe. Quegli ultimi mesi si erano abbattuti su di me come una valanga di emozioni, non avevo avuto il tempo necessario per metabolizzare, era successo tutto troppo in fretta. Avevo paura che da un momento all'altro mi sarei svegliata da quel sogno e mi sarei resa conto di essere sola.

Dopo anni e anni, ero stata la causa della rottura tra Pierpaolo e Giovanni. Crollai a terra esausta e continuai a piangere accucciata vicino al mobile con le foto sparpagliate intorno a me.

Fu così che mi ritrovo Pierpaolo, quando ritornò dal lavoro prima del tempo.

«Ehi, che succede?» chiese preoccupato e corse al mio fianco. Si piegò per mettersi alla mia altezza. «Ho provato a chiamarti più volte, volevo sapere come andava il mal di testa, ma non mi rispondevi e mi sono preoccupato».

Volevo rispondergli, invece ripresi a piangere.

Mi sollevò delicatamente il viso. «Perché stai piangendo?»

Non riuscivo a parlare, mi veniva soltanto da piangere. Pierpaolo fece la cosa più giusta che potesse fare: si sedette di fianco a me, mi abbracciò e mi lasciò sfogare. Quando pensai di aver versato tutte le lacrime che avevo, lo guardai e tirai su col naso. Mi venne da ridere, sicuramente non ero un bello spettacolo, ma i suoi occhi pieni d'amore ancora una volta mi convinsero del contrario.

«Sei pronta a dirmi che succede?» domandò a mano a mano che raccoglieva le foto.

«Scusa, non volevo ficcanasare nelle tue cose, stavo cercando l'analgesico...» mi giustificai.

«Non preoccuparti, sono solo vecchie foto» minimizzò.

«Non è vero, sono istanti della tua vita di cui io non ho fatto parte, e se oggi tu e Giovanni non siete più amici è soltanto a causa mia». Guardavo dritta davanti a me.

«Se oggi non sono più amico di Giovanni è soltanto colpa sua» disse Pierpaolo. «Minerva, guardami».

Mi voltai verso di lui.

«Non ho rotto l'amicizia con Giovanni solo per te, lui mi ha ingannato, mi ha mentito per anni mentre io mi sono fidato. Mi ha tolto la donna che amavo, e sapeva dei miei sentimenti. In tutti questi anni ci ha impedito di stare insieme, ma non l'ha fatto in modo leale. Se ti avesse dato quella lettera e tu avessi scelto lui, io non avrei battuto ciglio, ma lui non ti ha mai dato quella lettera, privando te della possibilità di scegliere e privando me della possibilità di essere felice con la donna che ho sempre amato. Nonostante questo, cosa ha fatto? Ti ha tradito».

«E tu come fai a saperlo?» chiesi umiliata.

«Credevi davvero che non lo sapessi? Siamo stati amici per tanti anni, me lo raccontava e io gli dicevo che era un coglione».

Ripresi a tirare su col naso e Pierpaolo mi strinse ancora più forte. Volevo scomparire.

«Ascoltami bene» disse prendendomi il mento delicatamente e facendomi voltare verso di lui. «Il passato è passato e non lo possiamo cambiare, ma abbiamo un'altra occasione. Abbiamo il futuro davanti a noi, costruiamolo insieme, vuoi?»

Annuii.

«Abbiamo cose più importanti da decidere, come ad esempio: a Roma dove vivremo? Cosa faremo di questo appartamento?» Fece una pausa. «Promettimi che lascerai stare il passato. Godiamoci la nostra seconda opportunità, okay?»

Annuii di nuovo mentre tiravo su col naso, lui mi strinse a sé. Provai ad allontanarmi, non volevo bagnargli la camicia di lacrime, ma lui non mi lasciò andare e io mi accoccolai contro la sua spalla.

Dopo essermi calmata gli dissi: «Sei saggio come il mio amico di penna misterioso».

Mi allontanò leggermente per guardarmi con fare interrogativo, ma io feci la vaga.

«Niente, lascia stare. Non fare caso a quello che ho detto».

«Va bene, per adesso lasciamo perdere questa storia, ma poi me la dovrai spiegare».

Continuò a cullarmi tra le sue braccia finché non mi calmai.

«È la tua ultima sera a New York, cosa vuoi fare?»

«Passarla con te» risposi, e lo baciai.

Con il suo modo semplice e diretto, Pierpaolo mi aveva fatto capire che avremmo potuto affrontare ogni cosa insieme. Eravamo una coppia, c'era dialogo, c'era rispetto e soprattutto c'erano l'amore e la voglia di stare insieme. Adesso avevo tutto più chiaro.

Ci alzammo e iniziammo a preparare le valige, riflettendo se ordinare una cena take-away e mangiarla in casa o uscire per dare un ultimo saluto a New York.

Avevo lasciato il trolley aperto sul letto ed ero andata alla vetrata per godermi ancora una volta la meravigliosa vista su Central Park. Mi voltai e osservai Pierpaolo intento a preparare la sua valigia. Appoggiata su un ripiano della libreria a giorno avevo posizionato la ceramica che ritraeva il bacio. La nostra scultura. Compresi in quell'istante una cosa importante: l'indomani saremmo ripartiti per Roma, ma non dovevamo dire addio a New York.

Mi avvicinai a Pierpaolo, che mi sorrise e mi chiese: «A che pensi?»

«Ho deciso» iniziai. «A Roma potresti vivere da me e quando veniamo a New York possiamo vivere qui».

Mi guardò senza rispondere.

Continuai: «Ho capito che il tuo studio ti vorrebbe sia qui che a Roma e che, anche se adesso ti occuperai di espandere la sede italiana, ti potrebbe capitare di avere casi anche a New York. Vivendo qui con te questa settimana ho compreso che ami questa città, hai tanti ricordi qui e io vorrei farne parte. Non voglio essere un limite». Alzai una mano per fermarlo, sapevo che cosa stava per dirmi ma lo precedetti. «Tu ami il tuo lavoro e io non voglio che lo sacrifichi per me. Me lo hai insegnato tu: stare insieme vuol dire sostenersi ed essere presenti l'uno per l'altra. Non vendere questa casa, teniamola».

«Mi sembra un'ottima idea». Si vedeva che era felice. «Anche perché ho tanti ricordi legati a questa casa e adesso che c'è anche il tuo profumo ogni volta che rientro mi piace ancora di più».

Gli sorrisi.

Pierpaolo mi prese tra le braccia. «Te l'ho detto che ti amo?» chiese retorico.

«Mai» risposi ridendo.
«Bugiarda» mi sussurrò sulle labbra. «Ti amo, Minerva».
«E io amo te».
Ci baciammo. Prima di socchiudere gli occhi, vidi che in quell'istante eravamo nella stessa identica posa della nostra scultura. L'indomani avrei fatto una foto di quella bellissima opera d'arte e l'avrei postata sul mio profilo social come ricordo di questa meravigliosa settimana newyorchese.

Capitolo trentuno

«Sei sicura che sia la strada giusta?» domandò Tania per l'ennesima volta.
«Certo che sono sicura, sono già venuta qui. Non distrarmi».
«Non lo so, sembra un posto disabitato. Secondo me ci siamo perse».
«Stiamo andando a Deruta, mica nel lontano west» la presi in giro.
Eravamo in viaggio da quasi due ore e mancava poco alla destinazione, la radio trasmetteva una bella canzone e l'atmosfera era allegra. Nonostante avessi a fianco il peggior secondo pilota della storia, ci stavamo divertendo.
«Non lo so, non mi convinci» riattaccò la mia amica.
«Fidati del navigatore. Anzi, guarda, dobbiamo svoltare qui. Siamo quasi arrivate, mancano pochi chilometri» la rassicurai imboccando lo svincolo per Deruta.

«Hai con te la lista?» mi chiese.

«Sì, è nella mia borsa, ma la ricordo a memoria. Inoltre i ciondoli di orgonite sono praticamente tutti pronti e ho anche iniziato a cuocere le ceramiche della challenge di New York, stanno venendo carinissime. Ho anche ricreato varie versioni della statua del bacio. Mi piacerebbe che portasse fortuna ad altre coppie».

«Oh, come sei romantica» mi schernì.

«Non sono tutti allergici all'amore come te» la presi in giro a mia volta. «Ma torniamo alla lista. Ricordiamoci di prendere un'altra dozzina di angioletti».

«Direi due dozzine, quei meravigliosi angioletti vanno a ruba. Anzi, ne vorrei uno anch'io».

«Okay, uno sarà tuo. Proseguiamo».

Tania tornò concentrata. «Quindi, ricapitoliamo, avremo i servizi da caffè e da tè, i vasi, poi ci saranno i posacenere, anzi no, siamo contro il fumo, niente posacenere».

Mi venne da ridere. Non avevo mai fumato in vita mia, ma non avevo nulla contro i posacenere; anzi, era divertente realizzarli.

La mia collaboratrice proseguiva dritta come un treno: «In compenso ci saranno le tazze». Ci pensò su. «Potresti crearne altre simili a quella che hai realizzato per me».

«Mi sembra un'ottima idea» convenni. «Inoltre ho acquistato altra argilla che dovrebbe arrivare nei prossimi giorni».

«Mancano circa due settimane e abbiamo tutto sotto controllo. Batti il cinque, socia!» disse Tania entusiasta allungando la mano verso di me.

Le nostre dita si toccarono.

Arrivate a Deruta mi diressi al parcheggio, ricordavo dove fosse dalla sera della cena sotto i glicini con i partecipanti del corso. Ci incamminammo lungo le vie dei negozi e Tania si innamorò di quel luogo fatato. Avevamo la lista di tutto l'occorrente (l'avevo preparata io e ne andavo fiera, ero bravissima a stilare liste). La seguimmo rigorosamente e acquistammo tutto ciò che avevo segnato e qualche novità. Ci concedemmo una bibita rinfrescante in un grazioso bar con tavoli decorati con ceramiche locali e ci rimettemmo in viaggio verso Roma.

Tania era incontenibile e riprese a parlare dell'organizzazione della mostra, questa volta concentrandosi sulla questione cibo. «Abbiamo bisogno di un catering, conosco una persona che fa al caso nostro».

La guardai incuriosita prima di tornare a fissare la strada.

«Antonio, Tony per gli amici, è un cuoco a domicilio, se glielo chiediamo può organizzare il buffet, ovviamente vegetariano, e occuparsi anche delle bevande e del servizio. Collabora con un cameriere molto bravo e professionale, e per piccoli eventi offrono un servizio completo».

«Proprio quello che serve a noi» trillai entusiasta.

Tania era veramente brava, aveva tutto sotto controllo. L'emozione cresceva. Mi rimanevano da affrontare ancora altre due prove prima della mostra, che sentivo sarebbe stata la mia grande iniziazione.

La prima era l'udienza di separazione fissata entro pochi giorni. Avrei rivisto Giovanni per l'ultima volta. L'altra era andare a parlare con il preside, che mi aveva convocata avvisandomi che aveva delle notizie; aveva lasciato intendere che fossero buone, ma dovevo assolutamente capire cosa ne sarebbe stato del mio lavoro come insegnante.

Scacciai i pensieri e tornai a concentrarmi sulla guida e su Tania che, per l'ennesima volta, ripercorreva punto per punto ogni fase dell'organizzazione della mostra. Prevedevamo un'alta partecipazione: oltre a tutti gli inviti personali che Tania e io avevamo fatto ad amici e conoscenti; anche le mie follower si erano dette entusiaste e alcune di loro avrebbero partecipato.

Accompagnai Tania a casa e mi diressi in garage per lasciare la macchina e portare gli acquisti nell'appartamento. Passando per la cassetta delle lettere la trovai lì, con il suo lembo azzurro che sbucava e sembrava aspettarmi. La misi in una delle buste e salii. Pierpaolo mi attendeva in casa.

«Come è andata?» chiese interessato. Mi diede un bacio.

«Benissimo, porto tutto nel laboratorio, mi faccio una doccia e arrivo da te» gli dissi dopo aver ricambiato il bacio. Mi era mancato.

Avremmo trascorso una piacevole serata casalinga, ma prima volevo leggere cosa aveva da dirmi il mio amico di penna misterioso. Mi chiusi nello studio e aprii la lettera.

Cara anima,

a volte sei tu stessa la tua peggior nemica, in quei momenti hai tre avversari da battere: la paura che ti impedisce di fare scelte importanti, l'ansia che non ti permette di vedere con chiarezza e l'insicurezza che ti assale facendoti credere di non essere all'altezza e di non potercela fare.

Queste tre nemiche diventano come ombre mascherate da mostri imbattibili la cui arma più potente è l'illusione.

Ma tu ultimamente hai capito che, se anziché farti la guerra diventi la tua alleata, puoi realizzare ogni cosa.

È tempo di tirare le somme e giungere a un nuovo equilibrio tra mente e cuore. Se la mente smette di mentire e il cuore di soffrire tu diventi invincibile.

Chiedi alla tua mente di diventare la tua migliore alleata, così saprai sempre cosa fare e come farlo.

Cura il tuo cuore con dosi massicce di gioia affinché smetta di soffrire e impari a sorridere, solo così conoscerai sempre qual è la strada giusta per la felicità e scegliere diventerà molto semplice: se qualcosa ti fa felice è la strada giusta, in caso contrario è sbagliata.

Insegna a mente e cuore ad andare d'accordo e starai davvero amando con gli occhi aperti.

Sono molto orgoglioso di te, abbiamo passato vari mesi insieme e la tua trasformazione è stata spettacolare, sii fiera di te. So che farai ancora tanta stra-

da, ma prima ti mancano ancora due prove per poter celebrare il meritato successo.
Non mollare, fatti valere.
Fai far pace al tuo cuore e alla tua mente e sarai completa e supererai ogni prova, anche le più difficili.
Con infinito amore.

Era vero, nel giro di pochi giorni avrei dovuto affrontare due prove difficili, ma il mio amico di penna misterioso, come sempre, aveva ragione: dovevo trovare un nuovo equilibrio tra mente e cuore, non ero più la Minerva spaventata e insicura di pochi mesi prima. Ero diventata una donna intraprendente e coraggiosa, che stava facendo tutto ciò che era in suo potere per riprendersi la propria vita e renderla un capolavoro.

Capitolo trentadue

Il tempo volava e il giorno dell'udienza era arrivato. Uscii di buon'ora e mi avviai in tribunale. Pierpaolo mi aveva domandato se potesse accompagnarmi, ma era un'altra di quelle cose che dovevo fare da sola. Avevo bisogno di affrontare questa esperienza e dire addio a Giovanni, suggellando la nostra separazione. La sera a casa, poi, avrei ritrovato Pierpaolo e avremmo iniziato ufficialmente il nuovo capitolo della nostra vita. Dopo il viaggio a New York si era trasferito da me e avevamo iniziato a convivere. Vivere con lui era meraviglioso, eravamo affiatati e tutto veniva naturale, ci incastravamo alla perfezione e anche lui sembrava essersi ambientato a meraviglia.

Quando arrivai in tribunale, fuori trovai l'avvocato De Arcangelis ad attendermi.

«Buongiorno, Minerva, come ti senti?»

«Sono un pochino agitata, a dire la verità» risposi sincera.

«Non preoccuparti, è normale, ma vedrai: sarà solo una formalità. Con l'avvocato della controparte abbiamo già riportato l'accordo sul verbale d'udienza, la giudice lo rileggerà in aula per formalizzarlo e dovrete solo firmarlo. Tutto il resto avverrà d'ufficio. Ci metteremo davvero poco anche perché siamo i primi, probabilmente nel giro di mezz'ora saremo fuori di qui. Vieni, andiamo».

Lo seguii. Percorrere i corridoi del tribunale mi metteva sempre inquietudine, forse perché non ero una persona litigiosa e sapere che in quelle stanze tutti discutevano mi metteva ansia, però questo era un giorno importante e anche io, come tutte le persone presenti in quel luogo, volevo essere forte e lottare per far valere i miei diritti. Il mio amico di penna misterioso mi aveva dato un altro dei suoi saggi insegnamenti e lo avrei seguito a ogni costo. Non sarei certo stata io l'artefice della mia disfatta. Già una volta a New York c'ero andata vicino, le mie emozioni e le paure mi avevano assalito, ma per fortuna Pierpaolo mi aveva riportato in equilibrio e mi aveva fatto ragionare. Avevo capito tante cose da quel giorno, tra cui il fatto che potevo affrontare e vincere qualsiasi sfida. E ora ne avevo una bella tosta davanti.

Fuori dall'aula, Giovanni mi fissava. Di fianco a lui c'era un'avvocatessa che conoscevo fin troppo bene: Marisa Pettinari, una arpia senza cuore che non aveva mai cercato di nascondere l'antipatia che provava nei miei confronti. Mi guardava con gli occhi di fiamme. Non aveva mai perso occasione di lanciarmi qualche frecciatina avvelenata e oggi sembrava più furiosa che mai. Chissà che diavolo voleva da me.

Quando arrivammo fece un breve saluto con un cenno del capo al mio legale, ignorandomi. Maleducata. Disse con quel suo tono glaciale di sbrigarci a entrare perché il giudice ci stava aspettando, come a voler sottolineare che fossimo arrivati in ritardo, anche se eravamo in perfetto orario. Giovanni mi guardava fisso, i suoi occhi scuri erano due braci e non proferiva parola. Un tempo avrei abbassato lo sguardo, ma questa volta lo sostenni fiera.

Lo osservai come non facevo da tempo. Vidi un bell'uomo con un completo elegante, fiero e distinto, che con il suo piglio arrogante sembrava avere il mondo ai suoi piedi, ma ormai sapevo che era solo una maschera. Ostentava sicurezza di fronte al giudice, giocava in casa e la sua figura metteva soggezione, ma anch'io per quel giorno avevo indossato una maschera che mi faceva sentire protetta. Avevo capito da tempo che nelle aule di tribunale portare dei vestiti costosi e formali equivaleva a sfoggiare una divisa, che anche io avevo indossato per l'occasione: tailleur grigio scuro, giacca a maniche corte, gonna dritta e una camicetta rosa antico, scarpe basse ma eleganti. In effetti potevo essere scambiata per un'avvocatessa.

Entrammo e la giudice ci fece accomodare. Si sistemò gli occhiali sul naso e attaccò: «I vostri avvocati mi hanno detto che siete giunti a un accordo per una separazione consensuale. È vero?»

Io e Giovanni confermammo.

La giudice continuò: «Adesso vi leggerò il verbale e, se tutto sarà corrispondente alle vostre volontà, dovrete solo limitarvi a firmarlo».

Annuimmo di nuovo e lei lesse tutto quello che i nostri avvocati, di comune accordo, avevano messo agli atti. L'unica modifica riguardava il fatto che Giovanni mi cedeva le quote dei nostri fondi italiani cointestati e come da accordi la casa sarebbe rimasta a me, per il resto avremmo continuato ognuno la propria vita.

La giudice concluse la lettura e ci guardò, nessuno dei due ebbe nulla da dire. Ci passò il verbale d'udienza affinché apponessimo le nostre firme. Il primo a firmare fu Giovanni e quando fu il mio turno feci lo stesso. Immediatamente Giovanni e la sua avvocatessa si alzarono, salutarono la giudice e si avviarono verso la porta. Mi alzai anche io e mi diressi a mia volta verso l'uscita.

Stavo oltrepassando la porta quando Giovanni mi bloccò prendendomi per un braccio, i suoi occhi sembravano lanciare saette. «Minerva, non avresti dovuto farmi questo...» disse duro.

Lo interruppi: «Sei tu che mi hai portato in quest'aula, sei tu che hai innescato tutto quello che è successo. Giovanni, impara ad assumerti la responsabilità delle tue azioni. Io lo sto facendo e dovresti farlo anche tu. Buona vita». Con un gesto secco mi scrollai la sua presa.

Ancora una volta avevo capito che il mio ormai ex marito era una persona passivo-aggressiva con delle grandi mancanze che cercava di compensare sminuendo e annientando gli altri. Da quando eravamo soltanto dei giovani studenti universitari, per ogni sua sconfitta, per ogni successo non raggiunto aveva sempre dato la colpa a qualcun altro: alla sua famiglia, all'ingiustizia sociale, alle raccomandazioni, a me, a Pierpaolo, senza mai rendersi conto che era soltanto lui l'unico artefice del suo destino. Adesso era un uomo, eppure non aveva ancora imparato a prendersi la responsabilità delle sue azioni. Aveva provato a manipolare il destino nascondendo la lettera che mi aveva scritto Pierpaolo, mi aveva massacrata psicologicamente durante il nostro matrimonio e cosa ne aveva ricavato? La vita gli stava dando quello che si meritava. Forse aveva ragione Tania quando parlava del karma.

Uscita dall'aula quasi mi scontrai con Marisa Pettinari, che non perse l'occasione di lanciarmi il suo veleno, e con tutto l'astio che aveva mi disse: «Tu non lo hai mai meritato».

In quell'istante Giovanni stava uscendo furioso dalla porta senza degnarla di uno sguardo.

Lei non lo rincorse, ma con la voce più dolce del mondo gli domandò: «Ci vediamo dopo a casa?».

Soprassedendo sul repentino cambiamento di Marisa, da mostro di antipatia a tenero gattino, ebbi un'illuminazione e finalmente capii chi era la misteriosa amante grazie anche alla quale eravamo giunti al divorzio. Quello che però probabilmente lei non aveva ancora capito era che il mio ex marito non era una persona capace di amare o, come avrebbe detto il mio amico di penna misterioso, non sapeva amare con gli occhi aperti.

Guardai quella donna innamorata e non ricambiata e con una solidarietà femminile che non meritava le dissi: «Forse io non l'ho mai meritato, ma è più probabile che sia lui a non aver mai meritato me. Buona fortuna, ne avrai bisogno!»

Le voltai le spalle e me ne andai. Raggiunsi l'avvocato De Arcangelis che mi stava aspettando e mi sbocciò un sorriso sulle labbra: un capitolo importante e doloroso della mia vita si era ufficialmente chiuso e adesso ero libera, anche a livello legale, di aprirne un altro.

Uscii dal tribunale e chiamai Pierpaolo, che rispose al primo squillo: «Ti va di pranzare insieme? Offro io e non puoi non accettare» scherzai.

«In tal caso accetto» rispose stando al gioco.

«Sarò sotto il tuo ufficio tra quindici minuti».

«Mi troverai ad aspettarti».

Questa frase così semplice mi riempì il cuore di gioia perché per me diceva molto di più. Il mio uomo meraviglioso mi aveva davvero atteso per tutti questi anni, la vita ci aveva sfidato ma noi avevamo vinto.

Da oggi eravamo finalmente e ufficialmente insieme.

Capitolo trentatré

Quella mattina mi diressi a scuola. Il preside ci aveva convocato per darci informazioni sui rinnovi dei contratti. Quando entrai in sala professori vidi degli sguardi abbastanza sereni, c'erano state delle indiscrezioni e sembrava che i sovvenzionamenti fossero arrivati, ma non era ancora ufficiale. A turno si entrava nell'ufficio del preside per parlare direttamente con lui. I pettegolezzi erano tanti, c'era chi temeva una riduzione del personale, chi credeva che saremmo rimasti tutti, chi era scettico, chi fiducioso. Era inutile fare supposizioni, tra poco lo avremmo saputo.

In attesa del mio turno mandai un messaggio a Pierpaolo. Quando ero uscita stava ancora dormendo, ero sgattaiolata fuori dal letto in modo silenzioso per non svegliarlo. Gli diedi il buongiorno e lo avvisai che ero a scuola e che presto avrei parlato con il preside.

Mi rispose subito: "Andrà alla grande, faccio il tifo per te!"

Continuavo a stupirmi della perfezione del mio uomo. Era sempre dalla mia parte, mi sosteneva e mi incoraggiava. Per la prima volta in vita mia sapevo che qualunque cosa avessi deciso di fare, avrei avuto un supporto incondizionato da parte della persona che amavo: questo mi dava un coraggio che non avevo mai avuto.

Toccava a me, fui invitata a entrare. Bussai e attesi, quando ricevetti l'avanti del preside entrai.

«Buongiorno» salutai.

«Salve, Minerva, prego, si accomodi. Come avrà sentito ci sono stati dei sovvenzionamenti e quindi non c'è più il rischio di chiusura o di licenziamento. Ecco il suo contratto, può firmare il rinnovo» disse spingendo verso di me un plico di fogli.

Lo guardai, guardai quella stanza piena di libri, feci un profondo respiro e dissi: «Preside, grazie dell'opportunità ma ho deciso di non firmare».

Il preside rimase basito dalle mie parole. «Perché, Minerva, qual è il problema? Non si trova bene qui da noi?» Sembrava sincero.

«Non è questo, mi sono sempre trovata bene e anzi la ringrazio per l'opportunità che mi ha dato in un momento della mia vita in cui avevo bisogno di essere una professoressa e di aiutare gli studenti. Ma tante cose sono successe in questi ultimi mesi. Ho capito che la mia strada è un'altra. Non so cosa mi riserva il futuro, non so se sto facendo bene a rinunciare a questo lavoro, ma so che devo provare a seguire i miei sogni. O lo faccio adesso o potrebbe essere troppo tardi».

Mi guardava imperscrutabile, dopodiché mi stupì. «Minerva, mi permetto di darti del tu, perché quello che sto per dirti è confidenziale. In questo momento non sono il tuo superiore ma sono un amico. Voglio che tu sappia che ho sempre visto in te una luce diversa da quella degli altri, però era nascosta sotto un velo di tristezza. Oggi invece ti vedo brillare. Stai facendo una scelta non dettata dalla paura ma dalla tua forza di volontà e quello che ho capito in tanti anni, perché sono molto più grande di te e potrei essere tuo padre, è che quando si è coraggiosi la vita ci premia sempre, quindi vai e realizza il tuo sogno. Sono certo che ce la farai. Ti auguro tanta fortuna per tutto, e per qualunque cosa puoi sempre tornare qui. Chissà che magari non ci sarà ancora posto per te, ma ti auguro di non tornare e di realizzare i tuoi sogni perché so che puoi farcela».

«Grazie, preside». Ero commossa. «Non mi aspettavo un tale incoraggiamento e ammetto di averne bisogno perché, se da una parte sono veramente emozionata per la scelta che sto facendo, dall'altra ho una gran paura».

«Vai dritta per la tua strada e ricorda che porti il nome della dea della saggezza: con saggezza raggiungerai tutti i tuoi obiettivi. Ancora buona fortuna».

Mi allungò la mano, gliela strinsi e uscii dal suo ufficio con il sorriso sulle labbra. Alcuni colleghi mi guardavano incuriositi e dissi loro: «Vi saluto, il tempo in questa scuola per me è terminato». Molti di loro si preoccuparono domandandomi se fossi stata licenziata, ma li rassicurai: «No, state pure tranquilli, mi era stato offerto il rinnovo del contratto, ma ho avuto delle altre occasioni lavorative e voglio provare a percorrere una strada diversa».

Contro ogni aspettativa, una collega che era sempre stata ostile nei miei confronti si avvicinò, mi allungò la mano e disse: «Ti auguro di realizzare i tuoi sogni, quando ne ebbi l'occasione non tentai e ora me ne pento, non fare il mio stesso errore. Buona fortuna, ragazza».

Uscii dalla scuola scossa, sentivo il mio corpo vibrare perché superando ogni mia paura sapevo di aver fatto la scelta giusta. Razionalmente mi davo della pazza, ma irrazionalmente mi consideravo un'eroina.

Sapevo che ce l'avrei fatta. Non sapevo come, non sapevo quando, non sapevo se a Roma o a New York, sapevo solo che presto avrei incominciato una nuova vita: avevo ritrovato l'uomo che amavo, presto avrei ripreso le lezioni settimanali di mindfulness insieme a Tania, Angela e Stella, avrei continuato il tirocinio presso la scuola di ceramica e ormai mancavano pochissimi giorni alla mostra. Alzai gli occhi al cielo e mi venne spontaneo dire: «Grazie».

Capitolo trentaquattro

Il grande giorno era arrivato. I preparativi fervevano, Tania e io correvamo da una parte all'altra della casa. Tony, il cuoco a domicilio amico di Tania, e Aldo, il cameriere suo collaboratore, erano già arrivati. Erano simpatici e sembravano professionali, erano in cucina a sistemare il buffet, rigorosamente vegetariano. Preparavano tartine, rustici, canapè e stuzzichini vari; lo champagne era in frigorifero e i calici ben allineati sul tavolo.

Avevamo acquistato anche dei vassoi di dolci nella nostra pasticceria vegana preferita e avevamo cacciato via Pierpaolo, perché Tania aveva detto che era d'intralcio. Io l'avrei voluto al mio fianco, ma la mia socia e collaboratrice era un generale e comandava tutti a bacchetta. Nessuno si poteva opporre. «Tu che sei la protagonista della serata» mi disse puntandomi un dito contro. «vai a prepararti e fatti bellissima. Già lo sei, ma fatti ancora più bella ed elegante».

«Tania, così mi metti ansia». Sbuffai.

«Non ci provare! Tu hai sempre l'ansia!» ribatté a tono.

Non mi trattenni e scoppiai a ridere. La mia amica mi conosceva come le sue tasche. Le andai incontro e l'abbracciai, lei ricambiò, poi andai in camera, era ora di iniziare a prepararmi.

Per l'occasione avevo scelto un vestito che sembrava dipinto ad acquarello, i colori erano sui toni del celeste, del fucsia e del viola, ricordava un quadro di Monet. Completai l'outfit indossando dei sandali alla schiava color bronzo alti fino al ginocchio. I capelli, che stavano diventando sempre più lunghi, li avevo lasciati sciolti sulle spalle. Arrivò Tania con un ferro arricciacapelli in mano, mi fece qualche boccolo e me li acconciò dandogli movimento visto che i miei capelli erano lisci naturali. Anche lei aveva i boccoli, le stavano d'incanto.

«Minerva, sei bellissima» disse guardandomi.

«Anche tu».

Aveva indossato una tuta elegante nera e dei sandali col tacco, anch'essi neri, una rarità per lei.

«Non ti avevo mai visto con i tacchi» commentai.

«Ecco, questo dimostra quanto ti voglio bene. Già mi fanno male i piedi».

Fece una smorfia e scoppiammo a ridere. Finimmo di truccarci insieme e ci guardammo nello specchio compiaciute. Ci allacciammo al collo i ciondoli di orgonite e poi scattai una nostra foto che pubblicai sul mio profilo social con la scritta: "Manca poco. Noi siamo pronte, e voi?" Arrivarono varie risposte, alcuni chiesero in privato l'indirizzo, altri confermarono la propria partecipazione, altri ancora mi chiesero, visto che non sarebbero potuti essere presenti, di condividere foto e video.

Alle 19:00 puntuali iniziarono ad arrivare gli invitati. Le prime ospiti furono le amiche di Tania, ci salutarono calorosamente e iniziarono a guardarsi intorno. Contemporaneamente arrivò Enzo, il mio mentore: se tutto questo era potuto succedere era anche grazie a lui. Gli ero immensamente grata. Mi salutò con affetto e poi cominciò a osservare le mie opere. Scherzando gli chiesi di non essere troppo severo; lui, stando al gioco, mi promise che sarebbe stato cattivissimo. Sapevo che non era vero, Enzo era un tesoro. Lo vidi dirigersi verso la sala con un sorriso fiero sulle labbra.

Avevamo esposto tutto al meglio, la mia amica aveva fatto davvero un ottimo lavoro con l'allestimento e anche io avevo dato tutta me stessa nelle creazioni, dando vita a moltissimi pezzi, più di quanti avrei creduto possibile. Nell'angolo vicino alla finestra c'era il reparto gioielli (ero riuscita a realizzare più di venti ciondoli di orgonite, ciascuno con la propria catenina e sacchetto d'organza), nell'angolo opposto avevamo esposto la challenge, ossia le riproduzioni reinterpretate delle ceramiche che avevo visto alla galleria d'arte di SoHo. Tra queste vi erano anche tre copie differenti ispirate alla statua del bacio. Dall'altra parte della sala, in bella vista, c'erano i vari servizi da tè e da caffè, vasi e scatole, alcune delle quali simili a quella che avevo creato durante il corso e che adesso invece si trovava nella postazione che Tania aveva allestito come cassa. Mentre io avrei fatto gli onori di casa e parlato delle mie opere, lei si sarebbe occupata delle vendite. Dopo la mostra avremmo fatto i conti dei costi e dei guadagni e avremmo diviso l'incasso. Che fosse l'inizio di una collaborazione professionale con la mia migliore amica? Sarebbe stato meraviglioso.

Intanto, come richiesto dalle mie follower, Tania stava facendo una prima diretta con il mio cellulare sul profilo social, creando sempre più aspettativa. Filmò anche le sue amiche che sorrisero alla telecamera e mostrarono in primo piano i vari animaletti metallizzati che adoravano, poi inquadrò me che stavo sistemando alcuni angioletti d'argento, infine concludemmo la diretta salutando con la promessa di postare tante foto e, se fossimo riuscite, anche altri video.

Feci un ennesimo giro per assicurarmi ancora una volta che fosse tutto perfetto.

«Io ti dico una cosa, ma tu mi prometti di stare calma?» mi sussurrò Tania in un orecchio.

La guardai circospetta e annuii.

«La mia amica Silvia ci ha commissionato le bomboniere per il suo matrimonio. Vorrebbe gli animaletti con i colori metallizzati. Mi ha detto che nei prossimi giorni ci contatterà la sua wedding planner per darci la palette esatta dei colori del ricevimento affinché tu possa ispirarti e crearli in tono...»

La interruppi preoccupata: «Ma... ma... ma...» iniziai a balbettare. «Quanti pezzi vuole e quanto tempo ho a disposizione?»

«Non preoccuparti. Saranno più di cento bomboniere, ma...» Continuò prima che potessi assalirla: «Il matrimonio verrà celebrato la prossima primavera, quindi avrai tutto il tempo. Ora puoi semplicemente ringraziare la tua socia per questo fantastico ordine» concluse soddisfatta.

«Hai ragione, è fantastico». Mi veniva da saltellare dalla gioia.

«Ora ricomponiti che stanno arrivando altri ospiti» mi disse con un sorriso.

Mi voltai.

Stella e Angela, a braccetto, ci vennero in contro schioccandoci due baci sonori sulle guance, si dissero curiosissime e, dopo aver preso due calici di champagne offerti da Aldo, iniziarono a perlustrare la sala.

«Credo che quella signora sia tua madre» mi disse Tania. «Siete due gocce d'acqua!»

Era vero, mi avevano sempre detto che le assomigliavo.

«Chi sarebbe invece quel bel bocconcino di fianco a lei?» chiese la mia amica, interessata.

«È Samuele, mio fratello, e la donna bionda con lui è mia cognata con i miei nipotini».

«Va bene, ti lascio ai tuoi parenti. Torno a occuparmi degli affari». Si allontanò salutandomi con la mano.

Mia madre mi venne incontro: «Ciao, Minerva».

«Ciao, mamma, sono felice che tu sia venuta».

Prima che riuscissi a salutare anche gli altri nuovi arrivati Iris mi si lanciò addosso in un abbraccio affettuoso. «Zia, sei bellissima!»

Anche Ismael era venuto a farsi dare un bacio, lui non ne dava ma nel caso era disposto a riceverne. Notai con piacere che entrambi avevano con sé i regali che avevo comprato loro a New York nel negozio della Disney: la bambola di Elsa, la principessa di Frozen, per Iris e l'orologio dei Minions per Ismael.

Fu il turno di Sonia, che mi salutò cordialmente e disse con un sorriso: «Seguo i bambini, sennò distruggono tutto». Poi, rivolgendosi ai figli: «Venite, vi faccio vedere le meraviglie che crea la zia».

«Ho fatto preparare anche un buffet adatto ai bambini con succhi di frutta, pizzette e tramezzini. Lele mi aveva avvisato che avreste portato con voi Iris e Ismael» le dissi.

Mi ringraziò e si allontanò correndo dietro ai figli che nel mentre erano già spariti.

Guardai mio fratello, che mi sorrise. Cercavo di investigare con gli occhi e scoprire qualche novità sul suo rapporto con Sonia, sembravano la famiglia modello senza un problema al mondo, ma io sapevo che non era così. Samuele non mi diede informazioni; anzi glissò completamente sull'argomento. Contenti loro, contenti tutti. Speravo con tutto il cuore che stessero cercando e soprattutto trovando una via di pace.

Intanto Aldo si aggirava per la sala offrendo calici di champagne ben allineati su un vassoio. Le persone continuavano ad aumentare. In quel momento notai mia madre voltarsi verso la persona che meno al mondo mi sarei aspettata di vedere: il preside.

Venne verso di noi, mi porse la mano e io gliela strinsi ricambiando il saluto. Non avevo idea che sapesse della mostra.

Mia madre lo accolse: «Buon pomeriggio, Nicola, mi fa piacere che tu abbia accettato il mio invito».

Okay, il mistero di chi avesse invitato il preside era stato appena svelato. Ora però restava un altro interrogativo: perché?

«Sei più bella che mai» rispose lui incantato e le diede un bacio un po' troppo vicino alla bocca.

Li guardavo, probabilmente con la bocca aperta e gli occhi spalancati per lo stupore.

«Non devo fare le presentazioni, già sai chi è Nicola» disse mia madre rivolgendosi a me.

«Ma voi vi conoscete?»

Ecco, avevo appena fatto la domanda più stupida del cosmo, cosa che mi capitava spesso quando ero esterrefatta. Iniziavo ad avere dei sospetti sul secondo interrogativo, ossia perché mia madre aveva invitato il preside (non riuscivo proprio a chiamarlo solo Nicola).

«Minerva, certo che ci conosciamo, lo sai che siamo amici da tantissimi anni» disse mia madre che mal tollerava le ovvietà.

Io, che invece ero una campionessa, continuai: «Sì, ma non pensavo che vi conosceste così tanto».

Mia madre questa volta fu clemente e spiegò: «In effetti non avevo mai voluto avere un relazione con lui».

Si intromise Nicola: «Nonostante i miei molti tentativi di corteggiamento».

Si sorrisero. Io deglutii.

«Fino a che avessi lavorato presso la sua scuola, non lo avrei trovato ammissibile. Ma ho saputo che ti sei licenziata». Mia madre mi lanciò una delle sue occhiate di fuoco che sottintendeva: ne sono venuta a conoscenza nonostante tu non me lo abbia detto. «E ho accettato il suo invito a uscire».

Si guardarono in modo dolce e io mi intenerii. Quando Nicola, mi sa che mi dovevo abituare a chiamarlo così, si allontanò un attimo per andare a prendere due calici di champagne, mi rivolsi a mia madre: «Mamma, non immaginavo nulla di questo tuo legame con il pres... Nicola. Mi dispiace di aver ostacolato la vostra relazione visto che lavoravo nella sua scuola».

«Non dispiacerti, ogni cosa ha il suo tempo. Evidentemente è questo il momento giusto».

Quando Nicola ritornò porse il calice di champagne a mia madre e insieme si congedarono per andare a dare un'occhiata alla mostra.

Fu quello il momento in cui lo vidi: Pierpaolo, bellissimo ed elegantissimo, entrò con un enorme mazzo di rose. Ormai sapevo che era il suo modo di farmi sentire la sua presenza, e quei fiori erano così belli...

«Ciao, sei stupenda. Questi sono per te». Mi baciò.

«Grazie, anche tu non sei male» scherzai.

Presi i fiori e li annusai, emanavano un profumo incantevole. Insieme andammo a prendere un vaso, scelsi quello che avevo creato durante il corso di ceramica. Entrammo in cucina e il cameriere mi disse che se ne sarebbe occupato lui. Aprì il rubinetto per riempire il vaso d'acqua. Prima di passarglieli presi il biglietto e gli dissi: «Per favore, dopo portali in sala, mettili dove siano visibili a tutti. Sono così belli che daranno un tocco di colore all'allestimento».

Aldo annuì e io lessi il bigliettino: "Gli amori più belli sono quelli che iniziano per caso e durano per scelta. Ti amo, Pierpaolo". Avrei voluto mettermi a piangere, ma Tania mi avrebbe strangolata perché mi sarei rovinata il trucco, quindi mi limitai a far esplodere il mio cuore di gioia. In quel momento il diretto interessato mi stava guardando e io lo baciai con tutto l'amore che avevo. Gli sussurrai sulle labbra: «Ti amo».

«Ti amo anche io». Ricambiò il bacio, poi mi prese per mano e mi disse: «Sarei rimasto volentieri qui a baciarti, ma dobbiamo tornare in sala, i tuoi ospiti ti staranno cercando».

Il cameriere ci superò e uscì dalla cucina. Andò a sistemare i fiori sul tavolo su cui avevo posto tutti gli angeli d'argento; notai con gioia che il numero stava diminuendo, infatti vidi Tania nel suo reparto "cassa e vendite" che faceva pacchetti di continuo. Iris l'aiutava, contenta di fare fiocchi.

Ci dirigemmo verso di loro. «Vedo che hai un'assistente» dissi con il sorriso.

«Sì, la più brava» rispose la mia amica facendo l'occhiolino a Iris, che ricambiò strizzando entrambi gli occhi nel tentativo di imitarla.

«Zia, per favore, posso lavorare per te?» cinguettò.

«Ma certo, puoi aiutare Tania, vedo che te la cavi benissimo» le risposi.

Pierpaolo mi disse all'orecchio: «Forse dovresti aspettare che abbia l'età per lavorare, se non vuoi rischiare una denuncia per sfruttamento minorile».

Mi venne da ridere. «Avvocato, sei proprio pazzo».

«Sono il tuo legale, mi prendo cura dei tuoi interessi» mi rispose, e mi mordicchiò un lobo.

Salutammo Tania e Iris prima di mostrare cose inappropriate a una minore e andammo a fare un giro per la sala. Mi fermavo a parlare con gli ospiti, rispondevo alle domande, davo informazioni e alcune follower delle Ceramiche di Minerva mi chiesero di scattare una foto insieme. Mi vergognavo moltissimo, ma ne fui onorata.

Stavo ancora parlando con gli ospiti quando entrò la ragazza che avevo incontrato a Central Park.

Mi vide subito e mi salutò con la mano, poi mi corse incontro sorridente. «Ciao, Minerva, ti ricordi di me? Sono Freya» disse indicandosi. Senza lasciarmi rispondere continuò: «E tu devi essere il fidanzato che vive a New York».

Pierpaolo si presentò.

Freya riprese: «Quindi adesso dove vivete? Qui o a New York?»

«Un po' qua e un po' là» risposi guardando Pierpaolo che mi strizzò l'occhio con sguardo complice.

«Ottima scelta» convenne. «Scusate, sto parlando troppo, ma io parlo sempre troppo».

Mi venne da ridere e Pierpaolo mi disse: «È come me l'hai descritta».
«Wow, gli avevi parlato di me?» intervenne la ragazza che in effetti non riusciva a trattenersi dal parlare.
«Freya, mi fa molto piacere averti qui, ma come mai sei da queste parti?»
«Ricordi? Ho iniziato a seguire la tua pagina per ringraziarti di avermi portato al Memoriale di John».
Guardò Pierpaolo e puntualizzò: «John è John Lennon, ma lui e io siamo amici e quindi in confidenza io lo chiamo solo John, lo so, adesso starai pensando che lui è morto e per questo non possiamo essere amici, ma io lo sento vicino. Okay, sto tergiversando» disse tornando a guardare me mentre Pierpaolo le sorrideva. Forse stava pensando che avesse qualche rotella fuori posto, e come dargli torto?
Freya era una forza della natura, ma anche una chiacchierona irrefrenabile.
«Quindi ti stavo dicendo: ho saputo della mostra attraverso il tuo profilo social, che per altro diventa sempre più bello e interessante, e visto che anche io abito a Roma, anche se dall'altra parte, quella meno elegante, ho preso la metro e sono arrivata» concluse Freya soddisfatta della sua spiegazione.
Intanto si era avvicinata Tania e feci le presentazioni.
Freya, guardandoci entrambe, riprese a parlare: «Vorrei acquistare un ciondolo simile a quello che avete voi due al collo. Mi pare si chiami orco-coso».

«Orgonite» la corressi. «Sono esposti lì nell'angolo». Glieli indicai.

«Vieni con me» le disse Tania mettendole un braccio sulla spalla e portandola all'angolo dove erano esposti i ciondoli appena ribattezzati orco-cosi.

La mostra si protrasse ancora per un po', poi a poco a poco gli ospiti iniziarono ad andare via. Le mie follower vennero a salutarmi e si complimentarono con me. Anche Freya andò via, non prima di avermi mostrato entusiasta la busta con il suo acquisto. Fu poi la volta di Angela e Stella che, dopo essersi fatte dare da Tania i pacchetti con gli acquisti, ci salutarono affettuosamente. Anche Enzo si congedò, non prima di avermi riempita di complimenti, credeva in me e nel mio talento. Mi faceva davvero piacere avere la sua approvazione. Per me la sua opinione era importante.

Le persone diminuivano e io mi sentivo esausta; eppure, piena di energia come non mai. Ancora non mi capacitavo di quello che era successo quel pomeriggio.

Ma le sorprese non erano ancora finite.

Tania tornò da me con un sorriso a trentadue denti. «Tutto esaurito! Tutto quello che avevamo esposto: servizi da tè e caffè, vasi, scatole, angeli, animaletti, ovviamente gli orco-cosi, abbiamo venduto tutto».

«Tania, almeno tu chiamali orgoniti» le dissi.

«Ammettilo, orco-cosi è molto più carino».

Scoppiammo a ridere.

Poi la mia amica riprese: «Inoltre abbiamo ben tre ordini per matrimoni, uno di bomboniere con gli animaletti metallizzati per Silvia, mentre le altre due spose vorrebbero gli angioletti d'argento».

La guardavo piena di gioia. Era incredibile.

Ma la mia socia era in modalità business woman e proseguì: «Sono certa che arriveranno altri ordini a mano a mano che creerai le bomboniere. Se le condivideremo sui social saranno un successo incredibile».

«Condivideremo?» chiesi ripetendo ciò che aveva appena detto.

«Esattamente, non te l'ho detto? Sono la tua nuova social media manager oltre che collaboratrice e socia». Mi guardò speranzosa e continuò: «Quando tu e Pierpaolo dovrete andare a New York, mi occuperò io delle vendite e del nostro business. Quando invece starai a Roma faremo tutto insieme. Così tu hai il tuo laboratorio e puoi continuare a creare queste meraviglie, mentre io che non ho un lavoro...»

«In che senso, non hai un lavoro?» le chiesi preoccupata.

«Lascia stare. Perché se tu vorrai io avrò un nuovo lavoro».

«Tania, tu ti prendi sempre cura di me, ma non mi dici mai quali sono i tuoi problemi. Sono tua amica e se hai un problema voglio poterti aiutare».

Mi interruppe: «Minerva, ti ricordi quando ti dissi che i tarocchi mi avevano predetto che avrei ritrovato un'amica?»

Annuii.

«Da quando ti ho ritrovato anche la mia vita è migliorata, grazie a te sono tornata a credere nell'amicizia tra donne, che per me è una cosa importantissima. Tu mi hai inclusa, senza battere ciglio, in quello che è lo scopo della tua vita, facendomi capire qual è il mio. Io so allestire mostre, organizzare eventi, amo l'arte e vendere è una cosa che mi piace e mi diverte. Con le Ceramiche di Minerva posso fare tutto questo in modo etico. Oggi le persone sono venute qui per immergersi nella bellezza degli oggetti che realizzi, non ho dovuto forzare nessuno ad acquistare, gli ospiti volevano le tue creazioni perché tu hai un dono e i tuoi oggetti sono magici. Quindi, se lo vorrai e me lo permetterai, faremo crescere questo sogno insieme».

«Oh, Tania». Mi buttai tra le sue braccia mentre una lacrima scendeva dai miei occhi.

«Questa mostra non poteva finire in modo migliore. Non solo è stato tutto meraviglioso, ma l'idea di continuare un progetto così ambizioso con te è fantastica. Anche perché non c'è stata occasione di dirtelo prima, ma neanch'io ho più un lavoro. Ho deciso di non rinnovare il contratto a scuola» le confessai. Sapevo che stava per rimproverarmi per non averla aggiornata dopo l'incontro con il preside e la precedetti: «Non c'è stato tempo, tra i preparativi della mostra, le creazioni e le cotture...»

«Hai ragione! Hai dovuto arrostire un sacco di roba».

«Tania, cuocere e non arrostire. Ora che siamo socie dovrai imparare i termini tecnici, almeno quelli basilari» la rimproverai scherzosamente.

«Senti, io mi occupo dell'area marketing e tu di quella creativa» ribatté a tono. «Allora, per te va bene iniziare questa avventura insieme?»

«Sì, socia» le dissi allungando una mano che lei mi strinse. «Avvocato?» chiamai Pierpaolo. «Venga e suggelli il patto» dissi in tono formale.

Pierpaolo ci raggiunse e stando al gioco impostò la voce e disse: «Con i poteri conferitimi vi dichiaro ufficialmente socie». Poi ci guardò e disse: «Sembrava più un matrimonio ma va bene lo stesso».

Mi strizzò l'occhio e scoppiammo tutti e tre a ridere.

Ci raggiunsero Sonia, Samuele e i bambini.

«Ciao, sorellina, la mostra è stata fantastica e le tue opere eccezionali, sei bravissima» mi disse mio fratello. «Adesso noi andiamo a casa, i bambini sono stanchi. Ismael ha mangiato troppi dolcetti e gli fa male la pancia e Iris ha lavorato troppo» scherzò guardando la figlia che provava a imitare Tania facendo un goffo occhiolino strizzando entrambi gli occhi.

«Adesso ti fa causa per sfruttamento minorile. Ti avevo messo in guardia» mi disse Pierpaolo.

Ridemmo di nuovo.

«Una sera di queste dovete venire a cena da noi» propose Sonia.

Guardai mio fratello che sembrava il ritratto dell'innocenza.

Fu Pierpaolo a rispondere per entrambi: «Con molto piacere».

Mio fratello lo ringraziò con gli occhi e se ne andarono.

Rimanevamo solo io, Pierpaolo, Tania, mia mamma e, incredibilmente, Nicola. Fu proprio la mia amica la prima a congedarsi.

«Ragazzi, sono sfinita, vado a casa anch'io, vi saluto». Salutò il preside, mi diede un bacio sulla guancia e poi uscendo disse: «Ciao, avvocato». Chinò il capo in segno di saluto verso mia madre. «Prof Severa...»

«Cosa ha detto?» mi domandò lei accigliata.

«Buonasera» dissi per metterci una toppa, ma mia madre era poco convinta e sollevò un sopracciglio.

Contro ogni aspettativa poi propose: «Minerva, se hai ancora dello champagne potremmo fare un brindisi a questa tua prima mostra, è stata molto bella. Sono fiera di te e sono certa che ne farai altre. Anzi, prima che io vada via, ricordami di prendere i miei acquisti».

«Hai fatto degli acquisti?»

Era il mio momento delle domande ovvie, avrei voluto schiaffeggiarmi da sola.

Mia madre fu clemente per la seconda volta e mi spiegò, come si spiega a una bambina: «Certo, non si va a una mostra senza comprare nulla. Si selezionano gli artisti che ci piacciono e a quel punto è necessario acquistare. L'arte va supportata» disse in versione mecenate.

Mi venne da ridere, la ringraziai e l'abbracciai, scoccandole un bacio sulla guancia. Lei, sciogliendo il suo iceberg interiore, incredibilmente, mi diede una sorta di mezzo abbraccio. Era davvero tanto per lei e ciò mi rese felice.

Si stava concludendo una serata indimenticabile e

magica. Finora il mio più grande successo. Pierpaolo e io brindammo con mia mamma e Nicola, fu surreale ma anche bello. Ancora una volta ringraziai mentalmente l'Universo. Se qualche mese prima qualcuno mi avesse detto che avrei brindato con mia madre e il suo nuovo fidanzato al successo della mia prima mostra di ceramiche l'avrei preso per pazzo. Era tutto surreale e incredibile, sì, e per questo meraviglioso.

Quando rimasi sola con Pierpaolo, decidemmo che era tempo di celebrare a modo nostro, amandoci. I nostri vestiti caddero in salone a uno a uno e noi ci ritrovammo nudi in camera da letto, dove fondemmo i nostri corpi e le nostre anime per sempre.

Epilogo

Era passato un anno dalla mia prima mostra e tutto proseguiva a gonfie vele. Pierpaolo e io trascorrevamo dei periodi a New York e ogni volta che entravo nel nostro appartamento me ne innamoravo sempre più: non riuscivo smettere di incantarmi per quella meravigliosa vista su Central Park. Ero anche tornata presso la galleria d'arte di SoHo e avevo mostrato al titolare le foto della challenge in cui avevo ricreato le opere d'arte da lui esposte. Si complimentò con me e mi propose di creare alcune versioni della statua del bacio e di provare a esporle, per vedere come andava; poi avremmo deciso se intraprendere o meno una collaborazione. Tania era sicura che le Ceramiche di Minerva sarebbero diventate famose nella Grande Mela e che presto anche lei sarebbe venuta con me a New York per parlare d'affari con il gallerista. Non sapevo cosa sarebbe successo ma la sola idea mi elettrizzava.

Quando ero a Roma continuavo il tirocinio e gli studi di ceramica con Enzo. Adoravo apprendere sempre nuove tecniche e lui era un mare di conoscenza. Così come non saltavo mai una lezione di mindfulness: oltre al piacere di rivedere Stella e Angela, la mia mente non poteva farne a meno, mentre il cuore non poteva fare a meno dell'uomo stupendo che avevo al mio fianco e con il quale stavo facendo tanti progetti.

Stavo tornando dalla scuola di ceramica, carica di nuovi pezzi che avevo cotto perché presto ci sarebbe stata un'altra mostra. Postai una foto di me carica di buste sul profilo social delle Ceramiche di Minerva con scritto: "Lavori in corso per la prossima mostra".

Quando entrai nel portone la vidi. Era più di un anno che non ricevevo lettere dal mio amico di penna misterioso. Il cuore saltò un battito dall'emozione. La presi e la misi nella busta insieme alle nuove creazioni. Entrai in casa e andai nel laboratorio a riporre le ceramiche, facendo attenzione a che non si rompessero. Pierpaolo venne a salutarmi, ora che i preparativi della mostra fervevano capitava che tornasse a casa prima di me. Mi abbracciò da dietro e mi baciò. Guardò la lettera con fare curioso.

Gli spiegai: «Ti ricordi quella volta a New York quando ti accennai del mio amico di penna misterioso?»

Annuì.

«Tutto è iniziato in un periodo in cui ero triste e persa, tu non eri ancora tornato nella mia vita, era un momento molto buio. Un giorno iniziai a ricevere delle lettere, non ho mai saputo se fossero realmente rivolte a me, ma mi hanno aiutato a guardare la vita in modo differente e a diventare più coraggiosa e intraprendente. Era da più di un anno che non ricevevo una di queste lettere azzurre e ora non sto più nella pelle perché mai come adesso sono certa di stare amando con gli occhi aperti».

«Non ho capito molto di quello che mi hai spiegato, ma i tuoi occhi brillano di gioia e per me questo è sufficiente. Vai a leggere la tua lettera e io preparo un aperitivo, che ne dici?»

«Dico che sei il mio uomo perfetto e che ti amo».

Lo baciai.

«E io amo te» disse andando verso la cucina.

Mi accomodai sul divano e iniziai a leggere.

Cara anima,
come è bella la tua vita!

Il tempo è passato, la tua realtà si è trasformata e adesso sei felice e quindi lo sono anche io, perché la tua felicità è la mia felicità.

Ti ricordi di quella volta in cui ti parlai della manifestazione consapevole?

Ti avevo chiesto di scegliere tre desideri e ti dissi che se si fossero realizzati ti avrebbero resa felice...

Me lo ricordavo eccome.

Il primo desiderio che avevo scritto era che la mia storia con Pierpaolo potesse avere un'occasione reale per decollare e così era stato.

Vivevamo insieme tra Roma e New York, eravamo felici e avevamo tanti progetti. Buttai un occhio verso la porta della cucina, lo sentii armeggiare e sorrisi grata alla vita per avermi ridato il mio grande amore.

Il secondo desiderio riguardava la mia passione per la ceramica, avevo chiesto che avesse modo di sbocciare.

Quello che era successo aveva superato ogni aspettativa. Ero diventata una ceramista, conosciuta e seguita, il mio lavoro mi dava grandi soddisfazioni, anche economiche, e la mia socia era anche la mia migliore amica. Un sogno a occhi aperti che si realizzava giorno dopo giorno.

Infine ricordai il mio terzo desiderio: avevo chiesto che il mio angelo custode trovasse il modo di manifestarsi e di farmi sentire la sua presenza al mio fianco.

La comprensione giunse come un flash.

Guardai la lettera e sorrisi mentre una piccola piuma cadeva dal nulla e si posava sull'ultima riga del foglio azzurro.

Osserva la tua vita in questo momento e sorridi perché i tuoi tre desideri si sono realizzati e tu hai imparato ad amare con gli occhi aperti.
Con infinito amore,
il tuo angelo custode!

*Cara Anima che stai leggendo queste parole,
prima di salutarci vorrei che leggessi questa mia
ultima lettera, è per te.
Ti ricordi quando ho spiegato la manifestazione
consapevole?
Vorrei che tu scrivessi i tre desideri che se si
dovessero realizzare, da qui a un anno, ti
donerebbero una felicità incredibile.
Le tre cose per te più importanti, non una di più,
non una di meno.
Prenditi tutto il tempo che desideri per formularle,
ma poi scrivile:*

1 ....
....
2 ....
....
3 ....
....

*Cammina verso la tua felicità, io sarò sempre con te.
Con infinito amore,
il tuo angelo custode!*

Ringraziamenti

Scrivere i ringraziamenti è la cosa più bella perché vuol dire che ce l'ho fatta!
Amare con gli occhi aperti è il mio primo romanzo, da quando ero bambina sognavo di scriverne uno. Le strade della vita mi hanno portato altrove ma alla fine ho ritrovato il mio sentiero. Ricordo le estati passate a leggere sotto l'ombrellone sognando di essere una scrittrice, ed è stato proprio durante l'estate che è nato questo libro. Come sempre bisogna ringraziare chi ci è stato accanto, perché da sola non ce l'avrei mai fatta.
Quindi inizio ringraziando Lisa e Federica, le mie beta, grazie, ragazze, che mi avete spronata a non mollare.
Ringrazio le mie editor, Emanuela e Sara, per l'ottimo lavoro.
Ringrazio la mia super mamma, grazie di avermi accompagnata durante la stesura di questo libro e, soprattutto, grazie delle tantissime risate.

Ringrazio il mio amore, grazie per il sostegno incondizionato, per l'aiuto tecnico, per la bellissima copertina, per le missioni in libreria e per la pazienza durate le lunghe ore di scrittura, quando mi assentavo completamente. Sei il miglior compagno di vita e di viaggio.

Ringrazio il mio team di Leggi della Magia, senza di voi, ragazze, non avrei potuto dedicarmi a questo libro, siete fantastiche!

Ringrazio Elena che ha creduto nella riuscita di questo romanzo molto prima di me, come sempre!

Ringrazio Chiara per le camminate sulla spiaggia scambiandoci idee che diventano sempre meravigliosi progetti.

Ringrazio le Leggine e i Leggini, sono anni che il vostro supporto e il vostro sostegno mi spronano a dare sempre il meglio di me, siete dei follower fantastici e per voi i miei grazie sono infiniti.

Ringrazio te che hai letto questo libro e mi hai dato fiducia, spero con tutto il cuore che ti sia piaciuto.

Ringrazio tutti gli Angeli Custodi che ci sono accanto ogni giorno ispirandoci e proteggendoci senza chiedere nulla in cambio.

In particolare, grazie al mio Angelo Custode, questo libro è per te!

Grazie mille
Lianka

Lianka è un ex avvocato oggi scrittrice di libri sulla crescita spirituale e di importanti carte dell'Oracolo.
Nel 2015 fonda la community Leggi della Magia: un ambizioso progetto che si occupa quotidianamente di risveglio e di felicità.
Amare con gli occhi aperti è il suo primo romanzo.
Puoi trovare Lianka sul blog www.leggidellamagia.com e sui principali social media.

Printed in Great Britain
by Amazon